教育部人文社會科學研究規劃項目
全國高等院校古籍整理研究工作委員會項目
國家古籍整理出版專項經費資助項目

中國古典文學基本叢書

中州集校注

第一册

〔金〕元好問 編

張靜 校注

中華書局

圖書在版編目(CIP)數據

中州集校注/(金)元好問編;張靜校注. —北京:中華書局,2018.9(2023.11 重印)
(中國古典文學基本叢書)
ISBN 978-7-101-12921-2

Ⅰ.中… Ⅱ.①元…②張… Ⅲ.古典詩歌-詩集-中國-金代 Ⅳ.I222.746

中國版本圖書館 CIP 數據核字(2017)第 268716 號

責任編輯:張 耕
責任印製:陳麗娜

中國古典文學基本叢書
中州集校注
(全八册)
〔金〕元好問 編
張 靜 校注
*
中 華 書 局 出 版 發 行
(北京市豐臺區太平橋西里 38 號 100073)
http://www.zhbc.com.cn
E-mail:zhbc@zhbc.com.cn
大廠回族自治縣彩虹印刷有限公司印刷
*
850×1168 毫米 1/32 · 99⅝印張 · 16 插頁 · 3000 千字
2018 年 9 月第 1 版 2023 年 11 月第 2 次印刷
印數:2501-3000 册 定價:350.00 元

ISBN 978-7-101-12921-2

目録

鄭下趙光道與余有十五年家世之舊，守官代郡之崞縣。聞余以使事羈留平城，與諸公相從，皆一時英彦，遂以應舉自免去。駕短轅下澤車，驅一僮

劉記室迎 七十六首……五三八

目録

劉御史從益 三十三首 ……一六三

王右司渥　一十一首……一七六五

中州辛集第八……二〇七五

朱奉使弁 三十九首……二六三

李任道編録濟陽公文章，與僕鄙製合爲一集，且以雲館二星名之。僕何人也，乃使與公抗衡，獨不慮公是非者紛紜於異日乎？因作詩題於集後，

前言

一

《中州集》是元好問在金亡之後編纂的金代詩歌總集。全書共十卷，收録了金朝百年以來二百五十多位詩人的二千餘首詩歌。元好問（一一九〇——一二五七）字裕之，號遺山，秀容（今山西省忻州市）人。正大元年進士，歷官國史院編修、尚書省掾、左司員外郎。金亡不仕，堅守「國亡史作」的信條，以修史爲己任，往來於晉冀魯豫各地，采集遺逸，收集史料，於野史亭中「雜録近世事至百餘萬言」，體現出强烈的歷史責任感。他還以一代文宗的身份，致力於保存中原文化、延續中華文脈之事業，爲此不惜四處奔走呼號，周旋於蒙古權貴與漢人世侯之間，褒獎仁政，宣揚文教，培養後學，體現出强烈的文化使命感。

《中州集》是元好問保存金代史料的重要成果之一。此集編纂始於金哀宗天興二年，主體工作完成於羈管山東期間。元好問自序云：「歲壬辰，予掾東曹，馮内翰子駿、劉鄧州光甫約予爲此集。時京師方受圍，危急存亡之際，不暇及也。明年，留滯聊城，杜門深居，頗以翰墨爲事，馮、劉之言日往來於心。……乃記憶前輩及交遊諸人之詩，隨即録之。會平叔之子孟卿攜其先公手抄本來東平，因得合予所録者爲一編，目曰《中州集》。嗣有所得，當以甲乙次第之。」此序作於天興二年十月，説明此時《中州集》第一階段的集中編纂工作暫時告一段落。在隨後的十幾年間，元好問又陸續對《中州集》進行增補。元張德輝後序曰：「元遺山先生北渡後，網羅遺逸，首以纂集爲事，歷二十寒暑，僅成卷帙。思欲廣爲流佈，而力有所不足，第束置高閣而已。己酉秋，得真定提學龍山趙侯國寶資藉之，始鋟木以傳。」從天興二年開始，至己酉（蒙古海迷失后元年）借趙振玉資助付梓，前後歷時十七年。這些陸續增補的内容主要集中在後三卷。與前七卷相比，後三卷呈「兩增一減」的態勢。「兩增」即特意增加了詩人數量，收録了許多不太知名詩人的作品；特意增加了詩人小傳的篇幅。「一減」就是減少每位詩人的收詩量，八九兩卷中以一首、二首者居多。此外，元好問還采用分類編排的方法，收録多種類型金代歷史人物的作品。

元好問編纂《中州集》之目的就是爲了保存金源一代文獻。正如其自序所言：「亦念百餘年以來詩人多爲苦心之士，積日力之久，故其詩往往可傳。兵火散亡，計所存者才什一耳。不總萃之，則將遂湮滅而無聞，爲可惜也。」因篇幅、精力、財力等條件所限，他把搶救和保護的重點放在那些瀕臨散佚消亡的詩作上，如選周昂詩多至一百首、劉迎詩七十首；對當時有别集流傳者則少選，生存者之詩則不選。然而，很多金人别集毁於戰亂，散佚不傳，大量優秀詩歌因無緣進入《中州集》而永遠地消亡了。這在詩歌史上實在是一件非常遺憾的事情。今天的讀者想要比較全面地瞭解金詩原貌，像王寂《拙軒集》、趙秉文《滏水集》、元好問《遺山集》、李俊民《莊靖集》、麻革等人《河汾諸老集》等都不可不讀。清人郭元釪編纂的《御訂全金詩增補中州集》、吴重憙匯刻的《九金人集》以及今人薛瑞兆、郭明志編《全金詩》，閻鳳梧、康金聲主編的《全遼金詩》都是收録金詩比較全面的總集，可供參閲。

二

《中州集》作爲中國歷史上第一部斷代詩歌總集，開創了以詩存史、繫以詩人小傳、天干排序、附録父兄詩等編纂新體例，以及無姑息、存公論的批評態度，爲後人提供了模仿的範本，起到很好的示範效應。

（一）以詩存史，繫以小傳

在「以詩存史」編撰目的指導下，《中州集》爲入選的每位詩人立傳。這些小傳不僅包括字號、籍貫、科第、官職、著述、生平事蹟、文人逸事等，還有詩人詩作評價、金詩源流演變以及當時的重大歷史事件等内容。清人王士禎稱：「元裕之撰《中州集》，其小傳足備金源一代故實。」《金史》據以作傳者達七十多人，《金史·文藝傳》則主要依據这些小傳寫成。正如詹杭倫教授所言：「其不特爲金詩之淵藪，而且爲治金史者所必備。」

《中州集》在元初刊行之後，其編纂體例一度成爲人們學習模仿的榜樣。元初虞集曾欲仿《中州集》體例，編輯《南州集》，用以表彰江南遺老。《元史》本傳載：「嘗以江左先賢甚衆，其人皆未易知，其學皆未易言，後生晚進知者鮮矣，欲取太原元好問《中州集》遺意，别爲《南州集》以表彰之，以病目而止。」元末顧瑛編《草堂雅集》也仿效元好問《中州集》。清四庫館臣評曰：「又仿元好問《中州集》例，各爲小傳，亦有僅載字號里居，不及文章行誼者。蓋各據其實，不虚標榜。」可見在元代，元好問編撰詩集繫以小傳的體例，已爲世人所關注。

明人也仿效《中州集》此例。嘉靖年間，岳岱輯録《今雨瑤華集》，仿《中州集》例。「嘗輯其一時友朋之詩，仿篋中《中州集》之例，序而傳之，曰《今雨瑤華》。」此集雖然只收録十四家詩，規模不大，却因被錢謙益《列朝詩集》附於岳岱詩後而廣爲流傳。

至清代，對《中州集》的仿效之風又掀高潮。仿效主要集中在以下三個方面：

一、編選一代總集

明末詩壇元老程嘉燧認識到《中州集》「以詩繫人，以人繫傳」的編纂特點，決定仿《中州集》編明詩總集，可惜集未成而先卒。錢謙益編《列朝詩集》開啟了後人全面仿效《中州集》之先例。其《列朝詩集序》云：「録詩何始乎？自孟陽之讀《中州集》始也。孟陽之言曰：『元氏之集詩也，以詩繫人，以人繫傳，中州之詩，亦金源之史也。吾將仿而爲之，吾以采詩，子以庀史，不亦可乎？』」孟陽，程嘉燧字。《列朝詩集》選録明代兩千多位詩人的詩歌，並附各家小傳。其選詩標準亦如元好問，「間以借詩以存其人者，姑不深論其工拙……使後之觀者有百年世事之悲，不獨論詩而已也」。借詩存人、以詩存史是其編纂目的。

此後，模仿《中州集》體例編纂詩集者層出不窮。清初陳焯編《宋元詩會》一百卷，近效錢謙益《列朝詩集》，遠仿元好問《中州集》，旨在以詩存史。康熙初年，吴之振與吕留良合編《宋詩鈔》，「每集之首繫以小傳，略如元好問《中州集》例，而品評考證，其文加詳」。康熙後期，顧嗣立輯《元詩選》。其《凡例》曰：「元遺山先生《中州集》之選，寓史於詩，而犁然具一代之文獻。錢牧齋先生《列朝詩集》，蓋仿《中州》之例而變通之者也。獨有元之詩闕焉未備，故竊取前人之意，編成十集。非敢效顰遺山，亦以一代文獻所關，不可泯没云爾。」顧嗣立恐元詩散失泯滅，故仿效元好問例編《元詩選》。

二、輯録地方詩集

清人編輯地方詩集也仿效《中州集》。如清初胡文學、李鄴嗣編輯《甬上耆舊詩》，收録寧波歷代詩人詩作，體例仿效《中州集》。黄宗羲《李杲堂先生墓誌銘》曰：「先生愍郡中文獻零落，仿遺山《中州集》例，以詩爲經，以傳爲緯，集甬上耆舊詩。」乾隆年間盧見曾仿《中州集》體例輯録《山左詩鈔》，收録清初山東詩人六百二十餘家，詩作六千多首，人各繫傳。集前自序云：「元遺山《中州集》人列一小傳，欲讀者因其遺際以得其詩之興會所寄……余鈔本朝之詩，即不能每篇盡求其故，而因其人之平生行事，可考見其詩之仿佛，用以上繼遺山諸公之遺，此則區區編是詩之志也。」

有清一代，輯録地方詩集仿效元好問此例者，還有顧光旭編纂《梁溪詩鈔》、吴定璋編選《七十二峰足徵集》、鄭王臣編纂《莆風清籟集》、譚天成輯《增輯唐墅詩存》、阮元輯《淮海英靈集》、鄧顯鶴編《沅湘耆舊集》《資江耆舊集》、伍崇曜輯《楚庭耆舊遺詩》等。

三、編選詞集

清人編選詞集也仿此例。朱彝尊所輯《詞綜》仿元好問編《中州集》例,繫以詞人姓氏、籍貫和著作,間附前人評述資料。柯崇樸後序曰:「姓氏之下著其地,爵仕之前序其世,贈謚、稱號、撰述繫之爵仕之後,無所依據者姑闕之。由是先後之次可得而稽,詞人之本末可得而尚論也。間欲窺其寄託,致其抑揚,求如元遺山之《中州集》、錢虞山之《列朝詩集》序例。」

(二)以十天干爲序分編

《中州集》開創了以天干爲序的編排方法。將全書分爲十集,從甲集到癸集,以十天干爲序。這一編排方法,也被後人仿效和借鑒。

錢謙益編《列朝詩集》仿元好問此例而略有變通。錢氏所編只四集,始於甲止於丁,而不依《中州集》至癸集。其中深意,錢氏自序曰:「癸,歸也。於卦爲歸藏,時爲冬令。月在癸曰極。丁,丁壯成實也。歲曰强圉。萬物盛於丙,成於丁,茂於戊。於時爲朱明,四十强盛之年也。金鏡未墜,珠囊重理,鴻朗莊嚴,富有日新,天地之心,詩文之運也。」不難看出,錢氏編詩止於丁而不止於癸,寄託了他光復明朝的願望。錢謙益豐富和發展了元好問「詩史」的涵義,把《中州集》「以詩存史」又向前推進了一步。

顧嗣立編《元詩選》完全仿《中州集》之例,以十集分編。其《凡例》曰:「特仿《中州》之例,以十集分編。」嘉慶初年,阮元搜集清代揚州一千六百多人詩作,效《中州集》例,編成《淮海英靈集》。其自序云:

「效遺山《中州》十集之體，録爲甲乙丙丁戊五集，又以壬集收閨秀、癸集收方外，虚己庚辛以待補録。」時人李懿曾作《題阮雲臺先生所輯〈淮海英靈集〉後》：「斯文大雅藉扶輪，例仿遺山甲乙陳。品不强分上中下，集猶待補己庚辛。」

（三）卷首冠御製詩，卷末附父兄詩

元好問編選《中州集》仿照王安石《唐百家詩選》體例，卷首録顯宗、章宗詩，不入卷數，以示尊貴。又於卷末附録父兄詩，且以「先大夫」稱其父，不書名諱。這一體例也受到後人推崇，稱其深得儒家君臣人倫之道。

一、卷首冠以御製詩

元好問編《中州集》，在集前冠以帝王御製詩的編排方法，爲後人所仿效。明朱珪編《名跡録》六卷，將帝王之作單獨置於卷首。《四庫提要》稱：「首誥一篇，御製祭文五篇，璽書七篇，蓋尊帝王之作，不敢與臣庶相雜，雖篇頁無多，而自爲一卷。用元好問《中州集》冠以御製兩首、自爲一卷例也。」清陳焯編《宋元詩會》，以帝王詩爲先；顧嗣立編《元詩選》，將文宗和順帝詩置於卷首。無論其數量多少，不與臣屬詩歌相混雜，以彰顯地位尊貴，所仿效的正是《中州集》體例。

二、集後附録父兄詩

元好問將先父詩作附録集後，只書「先大夫」，不直標名諱。錢謙益編《列朝詩集》，選其六世祖錢洪、錢寬詩，稱仿元好問例。云：「謹仿元氏《中州集》録先大夫東嵓之例，庶幾先世風流，附先哲以不朽。」清人還借元好問此例對直標父之名諱者予以批評。閻若璩《與戴唐器書》中有這樣一段話：

枕中思《明文授讀》必不出黄先生手。果出黄先生手，敢直標其父名曰黄尊素乎？竊以元好問《中州集》選其父德名（明）詩，目曰「先大夫」，不敢標名。憶丘季貞選《淮安詩城》，標其尊人之名曰丘峻孫，爲余懷澹心所寄語，直攻當毀其板，且並追還其已送人間者，無令世謂淮安人不通，丘氏子爲不孝。

閻若璩懷疑《明文授讀》非黄宗羲所作之理由，就是書中直書黄父大名。他舉出元好問目曰「先大夫」爲證，還追憶丘象隨選《淮南詩城》標父名被人指斥事。丘象隨字季貞，曾參與《明史》纂修，又是有名的孝子，歿後入祀鄉賢祠，却因直書父名而遭人恥笑。余懷更是催其毁板、追書，免得毁了淮安人的名聲。可見，元好問書「先大夫」而不直書名諱，爲後人提供了一個範式，不符合此例者，即遭世人譏諷。《中州集》附録兄長之詩於集後也爲後人提供了範例。錢謙益附其族弟錢謙貞詩於《列朝詩集》，鄧顯鶴編《沅湘耆舊集》將其兄長鄧顯鶴及侄子鄧琳之詩附於集後，仿效的也是元好問的這一體例。

（四）評詩存公論者，尊稱「詩老」

元好問倡導「片善不掩，微纇必指」、「有公鑒而無姑息」的品鑒態度。在《中州集》小傳中，元好問尊辛愿爲「溪南詩老」，稱其「敢以是非白黑自任。每讀劉趙雷李張杜王麻諸人之詩，必爲之探源委，發凡例，解絡脈，審音節，辨清濁，權輕重。片善不掩，微纇必指。如老吏斷獄，文峻網密，絲毫不相貸……至論朋輩中，有公鑒而無姑息者，必以敬之爲稱首」。元好問所謂「詩老」不仅包括評鑒高手，善評詩，存公論，無姑息的意思，而且「溪南詩老」這一稱謂还彰顯一種志同道合、互爲賞識的知己關係。將評詩存公論者尊稱「詩老」也成爲清人仿效的對象。清代先後有錢謙益、全祖望、錢載、王鳴盛等人援引元好問此例。

錢謙益在《列朝詩集》中用「溪南詩老」例謚程嘉燧爲「松圓詩老」。曰：「遺山《題中州集後》云：『愛殺溪南辛老子，相從何止十年遲。』世無裕之，又誰知余之論孟陽，非阿私所好者哉！今故援中州之例，謚之曰『松圓詩老』。庶幾千百世而下，有知吾孟陽如裕之者。」表達對程嘉燧選詩評詩的肯定以及互爲知己之情。全祖望用此例稱陳南皋。其《陳南皋墓誌銘》云：「予偶有所作，南皋未嘗不知也。予援遺山『溪南詩老』之例，以推南皋。」錢載援此例稱大學士英廉爲「夢堂詩老」。錢載序英廉詩稿曰：「元遺山與辛愿敬之有溪南詩老之稱，……余之信而題曰『夢堂詩老』。」王鳴盛也用此例稱李果爲詩老。其《長洲李碩夫處士》詩云：「詠歸健筆最嶙峋，短律長歌妙入神。野史亭中如論定，他年詩老屬斯人。」楊知新以此例稱美施國祁。施國祁是元好問詩集的第一個箋注者，著有《元遺山詩集箋注》、《元遺山年譜》。楊知新《夏日雜憶》詩曰：「溪南詩老今辛愿，鎮日吟君幼婦詞。最憶遺山持贈語，相從何止十年遲。」稱施國祁爲當世辛愿。

綜上所述，元好問《中州集》所開創的新體例，自元至清影響了很多人。它不仅爲後人編纂詩集提供了模仿的範本，在詩歌品評、人物評價等方面都具有示範效應。

三

從接受與傳播的角度來看，《中州集》自元代刊行後，受政治因素及文學思潮的影響，關注者並不很多。直到明末清初，其史學價值和思想意義才得以顯現。隨着汲古閣的重刊，馮舒、馮班、王士禎等的評點，程嘉燧、錢謙益的效仿，郭元釪的增補，再加上康熙皇帝的高度評價，《中州集》的接受迅速進入高潮。可惜好景不長，伴隨着乾隆皇帝對元好問的貶斥，《中州集》的接受很快跌入低谷，到清中後期逐漸淡出了人們的視線。正如胡傳志教授所言：「時代能顯現一部著作的價值，又能埋没一部著作的價值。這就是《中州集》的命運給我們的啟示。」

（一）元明時期的《中州集》接受

元人對《中州集》的接受，除了兩次刊行，以及劉將孫、虞集欲仿《中州集》體例編輯詩集、蘇天爵評詩人小傳外，很少看到其他人的關注與評價。脱脱等史臣撰修《金史》時，雖然大量采用了《中州集》資料，却未標出處，更未予以評價。在元代，《中州集》的接受還處於起步階段。

明人對《中州集》的接受，比元代有所發展。《中州集》在明代先後三次刊行，傳播範圍不斷擴大，受衆漸多。明人筆記、雜著、詩話中開始出現對《中州集》詩歌的評價，説明它已逐漸進入更多文人的學術視野。但由於明代的民族正統觀以及文壇宗唐風氣的影響，明人對《中州集》詩歌的評價普遍不高。代表人物有李東陽、王世貞、胡應麟等，其觀點如下：

一、有句無篇，氣運使然

明人對《中州集》詩歌缺乏全面而客觀的瞭解，評價帶有一定的片面性。如李東陽《麓堂詩話》曰：「《中州集》所載金詩，皆小家數，不過以片語隻字爲奇。求其渾雅正大、可追古作者，殆未之見。元詩大都勝之……意者土宇有廣狹，氣運亦隨之而升降耶？」李東陽認爲《中州集》所收金詩，皆缺乏大家氣象，無渾雅正大之作，只以片語隻言爲奇，有句無篇。究其原因，或因外邦異族統治、地處偏僻以及領土幅員不廣造成。

胡應麟繼承了李東陽的觀點並加以發揮。他在《詩藪》雜編卷六「閏餘」下評論金詩，完全出於求全的心態。自言：「余束髮治詩，上距成周，下迄蒙古，備矣，則金百年内不得獨遺。」胡應麟對金詩的總體評價極低，即完顔氏金朝幾近於無詩。其評曰：「金人一代製作，不過爾爾。」他还將李東陽的觀點具體化：「大抵金人詩纖碎淺弱，無沉逸偉麗之觀。」「大概七言律全篇絶無佳者，遺山集亦然。諸句猶郄方回家僕，小有意耳，然其時不易也。」

郎瑛對李東陽觀點也有所继承。在《七修類稿》卷二一「辨證類」中，他將「馬夏畫」與《中州集》作比。其云：「太宗嘗言：『夏圭、馬遠之畫，乃殘山剩水，宋偏安之物。』今馬、夏成堂大軸亦少見矣，所見者，孤峰獨樹，果無重山疊水曲折之妙，真可謂至言。」後加按語，曰：「如《中州集》無全首好者，正詩文關國運也。」郎瑛評夏、馬之畫，聯想到金代中州詩歌，認爲二者皆偏安小家之産物，難有大器之作。國運使然，非人力所能爲。將《中州集》詩歌的風格與疆域範圍聯繫起來，純屬附會之説。況且《中州集》詩歌並不乏句篇俱佳、飽滿大氣、渾雅正大之作。郎瑛所作比況顯屬牽强。

二、不出蘇黄，淺而少情

明人評價中州詩歌影響深遠者是王世貞。作爲「後七子」領袖人物，王世貞主張文必秦漢，詩必盛唐，對宋金元詩歌評價不高。他對《中州集》詩歌缺乏全面深入的瞭解，《藝苑卮言》卷四的評價隨意而武斷。其云：

元裕之好問有《中州集》，皆金人詩也。如宇文太學虚中、蔡丞相松年、蔡太常珪、党承旨懷英、周常山昂、趙尚書秉文、王内翰庭筠，其大旨不出蘇黄之外。要之，直於宋而傷淺，質於元而少情。

王世貞認爲，中州詩歌大旨不出蘇黄之外，既缺乏宋詩之深度，又缺少元詩之情感，不能與宋元詩相提並論。这一觀點，被胡應麟所繼承。在《詩藪》卷六，胡氏全文引録王世貞評語。又於《中州集》詩人佳句後，指出其未脱宋詩之範疇。如評劉迎「客裏簿書慚老子，詩中旗鼓避元戎」一首後，稱「蓋金人雖學蘇、黄，率限籬塹，惟此作近之」。又如：「金人五言古，如党世傑、王仲澤、吴彦高諸人，大抵陶、杜、蘇、黄影響耳。」

三、題詠之作，頗具特色

明人對《中州集》詩歌的正面評價不多，可見於楊慎《升庵集》。其卷五七「金人詠物詩」條云：「《中州集》金羽士王予可詠西瓜云：『一片冷沉潭底月，半灣斜卷隴頭雲。』孫鐸詠玉簪花云：『披拂西風如有待，徘徊凉月更多情。』鄭子聃詠酴醾詩云：『玉斧無人解修月，珠裙有意欲留仙。』皆極體物之工。」又有陸深稱讚杜佺《馬嵬道中》一詩爲婉麗之作。《儼山續集》卷一八《停驂續録》曰：「馬嵬坡詩題詠甚多，惟杜佺一首極爲婉麗。」

（二）清康熙盛讚與《中州集》的接受高潮

明末至乾隆前期，文壇對《中州集》詩歌的評價，一改低調差評爲高調好評。这一時期的評價，完全摒棄了明人偏見，肯定金詩清雄豪健之風格特徵。特别是四庫館臣，給出了史上最爲公允的評價。這當然與清代的詩歌認識水準、詩壇風氣以及最高統治者的倡導等因素有關。

康熙皇帝對金代文學的重視推動了清人對《中州集》的接受。康熙五十年（一七一一），郭元釪《御訂全金詩增補中州集》編成，康熙親爲製序刊行。序言對金朝武功文治大加讚譽，肯定了元好問編《中州集》的詩史意義。其曰：「太原元好問撰《中州集》，以人屬詩，以事屬人，後世有詩史之目。」又曰：「朕嘗覽《金史》，多采用好問《中州集》，益信所謂詩史不虛也。」康熙的盛讚，對《中州集》的接受起到推波助瀾的作用。而「命更加搜緝，凡金人集之斷簡殘篇有可存者，皆令附以入」的明確表態，極大地推動了清人對金代文學的搜集和整理。

郭元釪在《中州集》基礎上增補而成《全金詩》。他廣采旁搜，巨細不遺，詩家數量與收詩總量都有大幅提高，基本上可以反映金詩的總體面貌。在體例上，郭元釪保留《中州集》的詩人小傳，又取劉祁《歸潛志》、《金史》和諸家文集、説部來補其不足，以備考核；凡自己有所論説者，亦附見其後。《全金詩》自序曰：「嘗讀金人元好問所選《中州集》詩，清真淡宕，有宋詩之新而無其鄙俚；有元詩之麗而無其纖巧。文質得宜，正變有體。而好問所作小傳，詞意斐亹，足以鼓吹風雅，爲史氏所采擇。」他認爲金詩的總體風格是真實自然，沖容淡宕，少奇險語，多乾坤清氣。並將其與宋元詩作比較，稱金詩有宋元詩之清新與華麗，而無宋元詩之鄙俚和纖巧。這與明人「直於宋而傷淺，質於元而少情」的看法截然不同。

四庫館臣亦認識到《中州集》「以詩存史」的特點，在肯定其「存一代公論」史學價值的基礎上，還對《中州集》所選詩歌的藝術水平給予肯定。曰：「其選録諸詩頗極精審，實在宋末江湖諸派之上。故卷末自題有『若從華實評詩品，未便吴儂得錦袍』及『北人不拾江西唾，未要曾郎借齒牙』句。」《御定四朝詩》提要亦稱：「金人奄有中原，故詩格多沿元祐。迨其末造，國運與宋同衰，詩道乃較宋爲獨盛。元好問《自題中州集後》詩曰：『鄴下曹劉氣盡豪，江東諸謝韻尤高。若從華實評詩品，未便吴儂得錦袍。』誠非虚語。」他們認爲金詩的整體水平在宋末諸派之上。

顧奎光曾「取《中州集》持擇之，合《遺山集》及房祺《河汾遺老詩》」成《金詩選》四卷。其例言中對《中州集》詩歌的評價客觀而中肯：「金詩宗尚，不出蘇黄，亦間規橅昌黎，故氣力勁健，寧率無弱，以救甜熟柔曼，有廓清摧陷之功。」又云：「金詩有本色，其華贍不及元人，然蒼莽悲涼，不爲嫵媚，行墨間自露幽并豪傑之氣。……金人之詩，清奇雄古，新麗處覺清氣拂拂從楮墨間出。元人中便有沉濁者。」在對比中突顯金詩的清、雄之特點。

文壇盟主王士禎對《中州集》中劉迎、李汾等人的詩歌盛讚有加，多次給予高度評價。《池北偶談》卷一九「劉李」條曰：「《中州集》中，如劉迎無黨之歌行，李汾長源之七律，皆不減唐人及北宋大家，南宋自陸務觀外，無其匹敵爾。時中原人才可謂極盛，非江南所及。」又《古夫于亭雜録》卷一：「如劉迎無黨之七言古詩，李汾長源之七言律詩，乃集中眼目，雖北宋作者，無以過之。」又《分甘餘話》卷一：「金李汾長源詩『煙波蒼蒼孟津戍，旌旗歴歴河陽城』，不減少陵、東坡。」又卷四：「元瑞歴舉中州諸人，特標出劉迎、李汾，亦是具眼。然劉不稱其歌行，李不舉『煙波蒼蒼孟津戍』一聯，謬矣。」又《帶經堂詩話》：「《中州集》載劉迎無黨長句數篇，風格獨高。」從「不減唐人及北宋大家」，「雖北宋作者，無以過之」，「不減少陵、東坡」，「非江南所及」等評語中，可以看出王士禎對劉迎、李汾詩歌的高度認同。

吴喬《圍爐詩話》卷五曰：「江山之秀，有所偏注。北宋詩猶可則，遼無傳人；南宋詩落節，《中州集》反有佳者。……優柔含蓄，大抵金人詩勝於宋人。」「大率宋詩三變，一變爲傖父，再變爲魑魅，三變爲群丐乞食之聲。《中州集》中，高者秀雅，卑者亦不至鄙俚。一時惡氣，獨集於東南，國之不祥，先見於筆墨耶？」吴喬的觀點，延續了明人的氣運説，但他極貶南宋詩，認爲世間惡濁氣獨集於東南，南宋國運之衰，可於詩中見之。金人占據中原，得江山之秀，故金人詩作才會秀雅含蓄，遠超南宋之上。

徐釚曾從《中州集》中選録十之三四，成《中州詩選》，其序曰：「大抵金源氏之作，間多奇崛慷慨，挾幽并之氣，總不拾西江餘唾，較諸南宋，似爲勝之。」明確指出金詩的藝術水平不在南宋詩之下。

吴景旭的《歷代詩話》從卷六二到六四的三卷專論金代詩歌。其「中州集」條曰：「金自北渡後，詩教乃行。遺山記録見聞，歷二十寒暑，載爲野史，而《中州集》其一也。意故不止於詩，而一經其手，上下百餘年間金源氏之風，烺烺可誦爾。」吴景旭將《中州集》作爲元好問所著野史之一，突出强調其詩史特徵和文獻價值。《歷代詩話》列出的金詩詞條有四十個，如「日精」、「扶老養和」、「適安居士」、「燕子圖」、「青奴黄妳」等，還多次引録完顏璹、劉迎、党懷英、朱之才等人的詩歌。

總體上講，在康熙的倡導之下，《中州集》的接受呈現繁榮態勢。正面評價多，負面評價少，且大多數評者認爲金詩成就在南宋詩之上，與宋元詩相比，並不遜色。

（三）乾隆怒批使《中州集》的接受遭受冷遇

乾隆皇帝對元好問的怒批，驟然之間使《中州集》的接受遭受冷遇。此事由錢謙益引起。乾隆爲了進一步鞏固統治，統一思想，在大力表彰忠臣的同時，下令編纂《貳臣傳》，借此「崇獎忠貞」、「風勵臣節」。他以忠君爲標準，把降清的明朝官員稱爲「貳臣」，指責他們「遭際時艱，不能爲其主臨危授命」，皆爲道德上有缺陷者。對已出仕清朝，又心懷復明之心的錢謙益，乾隆更是深惡痛絶，將其列入貳臣傳乙編，还下令把錢氏所有著作列爲禁書，連同印板全部銷毁，以肅清流毒。在此背景下，被錢氏推崇和仿效的元好問以及《中州集》自然受到牽連，被拖入政治輿論的漩渦，遭到非議与批駁。乾隆曾言辭激烈地抨擊元好問，其御批曰：「元好問於金亡之後，以史事爲己任，託文詞以自蓋其不死之羞，實堪鄙棄。」

从封建君權至上觀出發，乾隆只認同國亡臣死、臣必殉君的死節。至於保存文化，以史事爲己任，在他看來，都是爲偷生怕死尋找借口，理應受到鄙棄。自此以後，對錢氏連帶元好問借修史而苟存的聲討從未間斷，對《中州集》的評價也一落千丈。

乾隆朝詩壇大老沈德潛對《中州集》詩歌評價不高。其《説詩晬語》卷上曰：

《中州集》，錢牧齋極爲獎激。然可取者，元裕之小序。詩品薄弱，又在南宋諸公下也。集中所傳，如「好景落誰詩句裏？蹇驢馱我畫圖間」，好句不過爾爾。王元美謂直於宋而傷淺，質於元而少情。豈苛論哉？

沈德潛對《中州集》的評價也與錢謙益聯繫在一起。被錢謙益所激賞的《中州集》，在他看來，其可取之處僅在詩人小傳。至於《中州集》詩歌，「詩品薄弱，又在南宋諸公下也」。這與康熙朝論者「不在宋元之下」的共識恰恰相反。他還舉出被人廣爲傳頌的趙渢詩句，稱其「不過爾爾」，輕視之意頗爲明顯。最後援引王世貞語表達自己的看法。

這一時期，評《中州集》者還有翁方綱。其《石洲詩話》卷七云：「遺山録金源一代之詩，題曰《中州集》。『中州』云者，蓋斥南宋爲偏安矣。」翁方綱單純地從地域方位角度來理解元好問所稱的「中州」，未能領悟元好問中原文化、大中國的深意，還牽强附會地説成有「斥南宋爲偏安之意」，曲解了元好問的「中州」一詞的本義。翁方綱是元好問接受史上的大家，但統觀其作品，對《中州集》關注和論述少之又少，對其思想價值、詩學價值以及詩史價值，幾乎無一提及。僅在《石洲詩話》卷五曰：「遺山金亡不仕，著壬辰之編，撰中州之詩，掩淚空山，殫心野史，此豈可以元人目之？」就這段論述而言，翁方綱對《中州集》的認識，僅限於保存史料方面。

沈德潛對《中州集》的負面評價，翁方綱對「中州」有意無意間的曲解，以及對《中州集》多方面價值評價的缺失，都與《中州集》忠於故國的思想價值觸及到乾隆朝政治禁忌有關，也與錢氏《列朝詩集》涉及的微妙關係有關。《中州集》從康熙朝的接受高潮陡然跌入乾隆朝的接受低谷，並轉入相當長時間的沉寂，主要原因還是歸結於其隱含的思想價值和受到錢謙益的牽連。

嘉道以後，清朝統治進入衰落階段，此時國運衰落，内外交困，民族矛盾日益加重。宋詩派占據詩壇的主導地位，崇尚杜甫、蘇黄，被譽爲老杜嫡傳、蘇黄後勁的元好問受到文人的追捧。但《中州集》的接受與傳播却未能一改乾隆朝之頽勢，繼續沉寂下去，逐漸淡出了人們的視線。這一時期與其相關的隻言片語，只在重複前人話語，無多新意。如郭麐《靈芬館詩話》有零星的評論，涉及金章宗、王中立、曹用之、王予可等人詩歌，總體評價不高。黄培芳《香石詩話》談到李長源詩歌：「《中州集》七律自以李長源爲冠，如遺山所引『清鏡功名兩行淚，浮雲親舊一囊錢』，『長河不洗中原恨，趙括元非上將才』數聯，已極其妙。」林昌彝《射鷹樓詩話》提及《中州集》小傳的詩學價值：「元遺山《中州集》，不獨所選之詩極善，即所立小傳筆力亦絶似龍門，可備一朝文獻。」還論及李汾律詩：「金元遺山金詩選載平原李長源講議汾七言律詩，沉雄高壯，直接少陵，非前明前後七子所能及。」這些評價都在重複前人話語，無太多新意。

從以上《中州集》的接受情況來看，它的接受命運更多地受到政治的影響。元人的政治顧忌、明人的民族正統觀，清代的皇帝指揮棒都嚴重影響了時人對《中州集》的接受態度。正如胡傳志教授所説：「時代風雲牽繫着《中州集》的命運。」《中州集》的詩史意義從元至清一直爲世人所識，並得到康熙的讚譽，但其藴含在深層的追懷故國之思想意義，是被錢謙益、二馮挖掘出來之後，才逐漸爲人所知。這種思想意義遂成爲一把雙刃劍，喜歡者盛讚仿效之，借以表達内心隱曲的遺民情愫；而統治者害怕它，千方百計防範剿滅它，唯恐其成爲引發對抗朝廷的禍患。可以看出，《中州集》曲折、坎坷的接受命運，其根源正在於其深刻的思想含義。這一思想在清代因觸犯了統治者的政治禁忌，許多文人爲了避免招致災禍，對其采取三緘其口、避而不談之態度。《中州集》雖然未像錢謙益的《列朝詩集》那樣遭到禁毁，但在文人中間已是頗有顧忌。《中州集》自乾隆朝以後，其思想價值再度湮没，其接受也漸趨沉寂，直至淡出了人們的視線。

四

《中州集》的版本有元刻本、明刻本、清刻本、民國本、解放後排印本等。最早的是蒙古憲宗五年（一二五五）乙卯新刊本與元至大三年（一三一〇）平水曹氏進德齋刻遞修本，明代有宣德廣勤書堂本、弘治李瀚本和明末毛晉汲古閣本，清代有四庫本、讀書山房本，民國时期有武進董氏誦芬室影元本、四部叢刊本，新中國有中華書局排印本。另外，日本早在其南北朝時代（一三三六——一三九二）就有刻印的《中州集》在五山的禪僧間流傳，延寶二年（一六七四）重刊所據爲明宣德刻本，到明治四十一年（一九〇八)經近藤元粹評訂的《中州集》第三次刊行。

(一)元刻本

元刊《中州集》十卷附《中州樂府》一卷,卷前有元好問引,卷末有元張德輝庚戌年(一二五〇)所作後序。據此可以推斷,鋟木已大致完成。此版首次刊印本,今已不傳。現可見此版的兩種重印本:一是乙卯新刊本,一是至大遞修本。

一、乙卯新刊本

首題「乙卯新刊」的《中州集》版本,僅見於日本翻印本。乙卯,蒙古憲宗五年,在初版雕成五年之後。

第一種爲日本宫内廳書陵部藏本。由全國高校古籍整理委員會影印複製,綫裝書局二〇〇二年出版發行。其行款:《中州集》十卷,卷首元好問《中州集引》,次爲總目,題「乙卯新刊中州集總目」,附《中州樂府》一卷。四周雙邊,雙魚尾,半頁十五行,行二十八字。

第二種爲傅增湘藏五山版翻刻本。傅增湘題記曰:「余别藏有日本五山版翻刻本,其首題正爲『乙卯新刊』四字。是此書初刻當爲『乙卯新刊』,其後板歸坊肆,重印行世,特改題此名,以聳人耳目,冀廣流佈。」又曰:「日本五山翻元本,十五行,二十八字。目録題『乙卯新刊中州集』,是此集初行時書名。檢余藏曹氏進德齋遞修本,其卷首序、總目前書名所冠『鼓吹翰苑英華』、『翰苑英華』等字,字形微異,行氣亦不連貫，顯系書經修版時改易所致，原名當作『乙卯新刊』。乙卯爲蒙古憲宗五年，當南宋理宗寶祐三年。」此本現藏國家圖書館。

第三種爲楊守敬敘録日本五臺板永正年間刊本。楊守敬《日本訪書志》卷十三《中州集》曰：「日本五臺板永正年間刊，首元好問自序，次張德輝序，目録題乙卯新刊中州集，總目卷首題中州甲集第一，每卷有總目，總目後低二字分目，有黑蓋子，每半葉十五行，行二十八字。據張德輝序，此爲《中州集》之初刊本，小字密行，字體有北宋遺意。汲古刊本雖佳，然非其原式也。」

二、至大遞修本

元至大三年平水曹氏進德齋刻遞修本。卷末有「至大庚戌良月平水進德齋刊」牌記。庚戌良月，即至大三年十月，爲此本的具體刷印時間。曹氏進德齋爲平水著名書坊，但此本所用書板非進德齋另刻，乃「乙卯新刊」書板歸於曹氏，曹氏據以重印行世。其與「乙卯新刊」本的不同之處只在題名。卷首元好問自序，題曰「中州鼓吹翰苑英華序」，目録題曰「翰苑英華中州集總目」。「中州鼓吹」與「翰苑英華」諸字，如上所説，字體風格與其他字略有不同，當爲後人所補刻。

清代張金吾、瞿鏞、陸心源三家曾藏有此本。張金吾《愛日精廬藏書志》卷三十五：「《中州集》十卷，元至大刊本。金元好問編，總目題《翰苑英華中州集》，『翰苑英華』四字似是後來改題，痕跡顯然。自序又題『中州鼓吹翰苑英華』六字亦似刓改，未知原書作何標題，俟續考。每頁三十行，行二十八字，是本與影元抄本《中州樂府》款式相同，知亦至大刊本也。」瞿鏞《鐵琴銅劍樓藏書目録》卷二十三：「《中州集》十卷，元刊本。金元好問撰並序。是書初刻有龍山趙國寶本，爲至大庚戌武宗三年也。此本爲仁宗延祐二年再刻，汲古閣毛氏所刻《列朝詩集》行款依此式也。卷末有蕘圃跋。卷首有雲間顧氏君濬閱藏二朱記。」陸心源《儀顧堂續跋》元槧《中州集》跋：「《翰苑英華中州集》十卷，《中州樂府》一卷。前有元好問《中州鼓吹翰苑英華序》，首爲十一卷總目，卷一首題《中州集》，下十集仿此。樂府則題《中州樂府》，每卷有目，連屬篇目。樂府卷末有至大庚戌平水進修堂刊木記。每葉三十行，每行二十八字，版心有字數，皆宋本舊式也。」

元本在明末清初已很稀見，據傅增湘《藏園群書題記》卷十九《題元刊本中州集》載：「其刊本流傳最爲罕秘，據何義門校本所記，汲古閣所藏只有壬、癸及閏集三卷，高陽許氏只有甲、乙二集，近時瞿、陸兩家藏有元本，丁氏則爲弘治本。」毛晉之子毛扆曾從京城求得蒙古憲宗五年刊本，但爲徐乾學豪奪而去。故汲古閣止有壬癸及閏集三卷。而徐乾學傳是樓所藏元本《中州集》，後歸蔣鳳藻，又歸繆荃孫。書中鈐有「健庵收藏圖書」、「茂苑香生蔣鳳藻秦漢十印齋秘篋圖書」等印。後爲傅增湘所有。傅所作題記稱：「此本卷帙特爲完具，余得之繆藝風前輩，藝風得之蔣香生鳳藻家。」「今驗卷中鈐印及書篋篆刻，知此本即斧季所收，健庵所奪者也。」此本行格疏朗，刻印精良，所附《中州樂府》一卷，爲傅增湘據日本五山本影摹補入。此書現藏國家圖書館，二〇〇八年入選第一批國家珍貴古籍名録。此外，國家圖書館另藏一本，卷末有黄丕烈跋，爲瞿鏞鐵琴銅劍樓藏書。

（二）明刻本

明代最早的《中州集》刻本是宣德建陽葉景達廣勤書堂繡梓本，明中葉有弘治李瀚西安刻本，明末有毛晉汲古閣本。

一、宣德葉景達廣勤書堂本

宣德年間，建陽書林三峰葉景達廣勤書堂刊行《中州集》，前有宣德九年（一四三四）蘇州府儒學教授陳孟浩敘。此本流傳不廣，世人少有提及。清末葉昌熾《緣督廬日記抄》雖有提及，但已不識其真面目。葉氏日記曰：「廿二日從古惟處見元刻《中州集》，藝風藏本，僅樂府一册，除目録外皆抄配，亦從元刻影寫，密行細字，精妙不減毛抄也。目録前大字一行曰『翰苑英華中州集』，面葉《中州集》上欄外横列『廣勤書堂』四字，左右隔單線，各題六字如聯額，元槧中所稀見。」葉昌熾作爲清末金石學家、版本目録學家、藏書家，尚不清楚「廣勤書堂」四字含義，説明廣勤書堂早已没落，所刻宣德本已不爲人知。

日本近藤元粹稱曾得到延寶二年（一六七四）翻刻本，原本爲明宣德本。近藤元粹稱：「其書不啻不附樂府，校閲疏漏，訛誤脱文亦不爲少。」可知，明宣德本並不精善。

二、弘治李翰刻本

弘治九年（一四九六）李翰刻本《中州集》十卷附《中州樂府》一卷，共十二册，半頁十一行，行二十一字，黑口，四周雙邊。前有西安知府嚴永濬序。李瀚本存世較多，南圖、上圖、國圖等均有收藏。與元本及影元本相比，李翰刻本也非精善，錯訛之處頗多。

三、明末毛晉汲古閣本

毛晉汲古閣《中州集》十卷附《中州樂府》一卷，共十一册，半頁八行，行十九字，白口，左右雙邊。前有元好問引，後有毛晉《中州集跋》，附録元好問《自題中州集後》五首，樂府後附毛晉《中州樂府跋》以及毛鳳韶跋。

汲古閣《中州集》所據原本，毛晉只言爲家藏本，後人以爲是弘治李瀚本。何焯《跋中州集》云：「毛氏刻此書時所見者止嚴氏重開之本，其行款俱不古。」嚴氏即嚴永濬，弘治本的刊誤及序者。黄丕烈亦云：「毛氏刻《中州集》並樂府，觀其序跋，《中州集》有弘治人跋，謂出於前哲。」況周頤《蕙風詞話·中州樂府刻本》：「汲古閣刻《中州集》，據明弘治刻本。」

汲古閣所刻《中州集》存世較多，其中最爲珍貴者，當屬國圖所藏的何焯批校本。此本經多人收藏，章鈺校並録明代馮舒、馮班批校題識，前有章鈺壬子（一九一二）五月題識。章鈺曾任兩江總督端方幕府，後隨端方北上，供職於吏部、外務部，兼爲京師圖書館纂修。其題云：「此書爲常熟二馮先生閲本，後又爲吾長洲何義門先生閲本。」書眉處有何焯語：「毛氏刻此書時所見者止嚴氏重開之本……北方新出水火，故開雕亦無良匠云。」眉批以何焯爲主，字跡雋秀小巧，楷法精勁。偶有馮班署名批注。行間批以馮氏爲主，字跡大而粗獷。空白處間有章鈺署名批注。國圖還另藏一本，爲何焯校本，其中何焯眉批字跡不一，有與前本相同者，也有不同者，批注内容完全相同。此本爲何焯批注之複本。

毛氏汲古閣所鐫《中州集》板之下落，可尋得兩處痕跡：一爲吴門寒松堂，一爲蘇州萃古堂。吴門寒松堂印本題「吴門寒松堂藏板」，鈐陰文印記「寒松堂讀書記」，今藏國圖，共十二册。蘇州萃古堂印本，二十册，半頁八行，行十九字，白口左右雙邊，版心下方題「汲古閣」三字。扉頁題「萃古齋藏板」，卷端鈐有「徐鴻熙讀」朱方印章。又鈐「虎丘太子馬頭萃古齋書坊發兑印」長方朱印。卷首有吴祖修跋及評點凡例，卷末有吴祖修、徐鴻熙二跋。紙質粗劣，不及汲古閣印本和寒松堂印本。可知汲古閣所鐫《中州集》板曾歸蘇州書商錢聽默的萃古齋，重新刷印發行。此本今藏復旦大學圖書館。

（三）清刻本

一、四庫全書本

《中州集》十卷附《中州樂府》一卷，所用爲清内府藏本，屬毛晉汲古閣本。前有四庫館臣提要，删去元好問引、張德輝後序以及毛晉重刊所作《中州集跋》，只保留了《中州樂府》後毛鳳韶跋以及毛晉識語。

二、讀書山房本

讀書山房刻本《中州集》十卷附《中州樂府》一卷，共十一册，半頁十行，行二十二字，黑口，四周單邊。卷首削去總目，卷末附樂府。首録校閲者方戊昌以下十五人姓氏，後附郝椿齡、趙培元撰跋文。光緒九年（一八八三），忻州知州方戊昌因重修光緒《忻州志》後所募資金尚有結餘，遂重刊《中州集》。光緒讀書山房本字畫端正，校閲亦頗精善，加之刻印之時距今未遠，故流傳較廣，存世數量較多，各地多家圖書館均有收藏。

三、日本青木嵩山堂近藤元粹評注本

日本明治四十一年(一九〇八)大阪青木嵩山堂鉛印本,《中州集》十卷《中州樂府》一卷,共十一册,半頁十行,行二十字,白口,四周雙邊,單魚尾。現存國圖。近藤元粹搜羅到《中州集》的多種版本,包括日本翻刻的五山本、延寶翻刻本、元刻本、汲古閣本、讀書山房刻本,互相參校,又仿效《金詩選》之評點,成《中州集》評注本。此書附録衆多,首附四庫全書提要,次爲明弘治本嚴永濬序,其次爲明宣德本陳孟浩敘,再爲元好問引,然後是《中州集》姓氏總目。詩十卷後,附録元好問《自題中州集後》五首,次爲毛晉識語,又元張德輝後序。《中州樂府》前有明彭汝寔序,後有明毛鳳韶書以及毛晉識語。最後附録讀書山房本郝椿齡、趙培元跋,諸家品評,包括元虞集、吴澄,明都穆,清王士禎四人評語,《金史·文藝傳》。

(四)民國本

一、武進董氏誦芬室刻本

武進董氏誦芬室影元本《中州集》十卷樂府一卷,民國九年刻,國圖藏六册本,南圖藏四册本。卷首元好問中州鼓吹翰苑英華序,翰苑英華中州集總目,削去卷末元張德輝序,最後誦芬室刊印書目。此本所據爲傅增湘所藏元至大遞修本,原缺《中州樂府》,傅氏據五山本影摹補入。對此書的刊行,傅氏丁丑(一九三七)六月有記:「董綬金同年特取兹本影寫重刊,書手鐫工,極盡精能,楮墨明湛,妙麗絶倫,視原本絲毫無爽。從此化身千萬，遺山遺範，頓還舊觀。不獨汲古本之訛謬，徒資覆瓿，即弘治沁水李氏重開之本，亦可棄如敝屣，豈非藝林之盛舉哉！」誦芬室影元本，確如傅增湘所言，選本精良，加上名家校鐫，堪稱精善絕倫，明李瀚本、毛晉本不可与之同日而語。

二、四部叢刊本

四部叢刊本，上海涵芬樓影武進董氏誦芬室景元刊本《翰苑英華中州集》，前有元好問中州鼓吹翰苑英華序，翰苑英華中州集總目。四册，半頁十五行，行二十八字，雙魚尾，左右單邊，上下雙邊。

（五）中華書局排印本

《中州集》的整理本，只有中華書局上海編輯所一九五九年出版的一種。排印本將誦芬室影元本《中州集》進行了簡單的斷句排印，間以毛晉汲古閣本參校，用來排除一些明顯的錯誤。書後有附録二篇，一是元好問《自題中州集後》五首，録自汲古閣本；一是家鉉翁《題中州集後》，録自《元文類》。最後列出影元本與汲古閣本不同用字對照表，供讀者參考。

五

此次對《中州集》的校注，選用誦芬室影元本爲底本。雖然此本誤刊之處也不少，但相對於其他版本，還是比較完整與可靠的。因元本不太完整，明刊本雖時間較早，但無論李瀚弘治本，還是毛晉汲古閣本，都存在主觀臆斷、胡亂竄改原書文字的通病。故校注以涵芬室本作底本，而以汲古閣本、李本以及四部叢刊本、四庫本等來校正。凡遇到兩歧又可兩存者，從涵芬室影元本，同時在校記中説明；少數明顯的錯字，加以改正。

作爲一部詩歌總集的校注本，本書篇幅宏大，詩人衆多。爲了方便讀者查找，特於書末附録人物索引和篇名索引。又因書中宋金之際的帝王紀年、干支紀年多未具體標注，故附録宋金之際紀年對照表，方便讀者查閲。

本書的校注工作歷時八年，其間得到了多位師友同仁的無私幫助。狄寶心先生審閲了全部書稿，訂補缺漏，校正失誤，對本書的完善付出了大量的精力與心血；我的導師鍾振振先生在百忙中爲我解答疑難，並爲本書題寫了書名；孫育華先生、趙林恩先生、馮大北先生都對書稿提出了許多寶貴意見；還有中華書局的張耕先生，爲本書的順利出版提供了極大的幫助，在此一併致以誠摯的感謝。

因才學所限，加之少有前人成果可以借鑒，本書在注釋和疏解方面難免存在錯謬不當之處，真誠地希望學界方家不吝指正。

張靜　二〇一六年六月

凡例

一、校勘

（一）底本和校本

以民國武進董氏誦芬室影元本爲底本，以明弘治九年李瀚西安刻本（簡稱李本）和明末毛晉汲古閣本（簡稱毛本）爲主校本。以四庫全書本、光緒九年讀書山房本、四部叢刊本以及相關金人别集作爲參校本。《中州樂府》部分以朱孝臧彊村叢書本和今人唐圭璋《全金元詞》等爲參校本。

（二）校勘體例

壹　底本正確而他本錯誤者不出校記；底本錯誤而李本、毛本正確者直接據改，出校；底本、李本、毛本皆誤且明顯屬因形近、音近、顛倒而訛者據他本酌改，出校記説明；底本與李本、毛本兩通者出校，必要時於校記中説明優劣。别本異文可能産生歧義者，酌情出校。

貳　一詩數首者，加「又」字分首排序，題序中的校記置於第一首之下。

叁　通用字（包括通假字、古今字、正俗字等）選用規範字，不出校記。

肆　校號用①②等表示，置於所在句之後。

二、注釋

（一）注號用〔一〕〔二〕等表示，置於題、句之後。一題數首者，分首重排序號。題序的注解置於第一首之下。

（二）主要徵引書籍不一一表明作者及其時代，一般常見書目如「二十四史」、《世説新語》等亦省略作者及其時代；

（三）徵引詩句出處標明時代、作者、篇名。爲了節省篇幅，如李白、杜甫、蘇軾等衆所周知的作家不標時代。

（四）典故的注釋分爲原文徵引、内容概述以及只標明出處等形式。文字較短者徵引原文，較長者則概述，常見典故只指明出處。

（五）對疑難字句作必要的解釋和疏通，注重把握與貫通全詩的意脈。

三、其他

因《中州集》中詩人、篇目衆多，爲方便讀者查找，特附「作者索引」和「篇名索引」，用以標注某作者、某詩詞在書中的相應頁碼。另附「宋金之際帝王紀年干支紀年與西元紀年對照表」，書中宋金時期的紀年在正文中一般只説廟號年號，不作對應年份標注。

中州鼓吹翰苑英華序

商右司平叔衡嘗手抄《國朝百家詩略》〔一〕，云是魏邢州元道道明所集〔二〕，平叔爲附益之者。然獨其家有之，而世未之知也。歲壬辰〔三〕，予掾東曹，馮内翰子駿延登、劉鄧州光甫祖謙約予爲此集〔四〕。時京師方受圍，危急存亡之際，不暇及也。明年，留滯聊城〔五〕，杜門深居，頗以翰墨爲事，馮、劉之言日往來於心。亦念百餘年以來，詩人多爲苦心之士，積日力之久，故其詩往往可傳。兵火散亡，計所存者才什一耳。不總萃之，則將遂湮滅而無聞，爲可惜也。乃記憶前輩及交遊諸人之詩，隨即録之。會平叔之子孟卿攜其先公手抄本來東平〔六〕，因得合予所録者爲一編，目曰《中州集》。嗣有所得，當以甲乙次第之。十月二十有二日，河東人元好問裕之引〔七〕。

【注】

〔一〕商右司平叔：商衡（一一八七——一二三二），字平叔，曹州濟陰（今山東省菏澤市）人。至寧元年癸酉科特恩狀元。曾任右司都事、左右司員外郎。天興元年與蒙古作戰，戰敗不屈，自剄而死。《金史》卷一二四有傳。

〔二〕魏邢州元道：魏道明，字元道，易縣（今河北省易縣）人。晚年居雷溪，號雷溪子。仕至安國軍節度使。著有《鼎新詩話》，曾注蔡松年《蕭閑老人明秀集》。《中州集》卷八有小傳。

〔三〕壬辰：金哀宗天興元年（一二三二）歲次壬辰。

〔四〕馮内翰子駿：馮延登（一一七五——一二三二），字子駿，吉州吉鄉（今山西省吉縣）人。承安二年進士。元光二年，兼翰林修撰，累官國子祭酒，禮部侍郎。蒙古兵攻汴京，自投井死。著有《横溪集》。《金史》卷一二四有傳，《中州集》卷五、《歸潛志》卷四有小傳。劉鄧州光甫：劉祖謙（？——一二三三），字光甫，安邑（今山西省安邑縣）人。承安五年進士。曾爲鄧州倅。正大初爲右司都事、翰林修撰。遭亂北遷，爲兵士所殺。《中州集》卷四有小傳。

〔五〕聊城：金縣名，屬山東西路博州，今山東省聊城市。

〔六〕孟卿：商挺（一二〇九——一二八八），字孟卿，晚年號左山老人。商衡之子。仕元，歷官參知政事、樞密副使等。有詩千餘篇，尤善隸書。《元史》卷一五九有傳。東平：金府名，屬山東西路，今山東省東平縣。金元之際嚴實萬户府所在地。

〔七〕元好問（一一九〇——一二五七）：字裕之，號遺山。秀容（今山西省忻州市忻府區）人。興定五年進士，官至尚書省左司都事、左司員外郎，金亡不仕。其所集金代君臣遺言往事，爲纂修《金史》所本，輯録金詩爲《中州集》，著有《遺山先生文集》。《金史》卷一二六有傳。引：文體名。唐以後始有此體，大略如序而稍簡短。

中州集卷首

顯宗 二首〔一〕

賜石右相琚生日之壽 大定辛酉承華殿書〔二〕

黃閣今姚宋〔三〕，青宮舊綺園〔四〕。繡絺歸里社〔五〕，冠蓋晝都門〔六〕。善訓懷師席〔七〕，深仁寄壽尊〔八〕。所期河潤溥〔九〕，餘福被元元〔一〇〕。

【注】

〔一〕顯宗（一一四六——一一八五）：本名胡土瓦，更名允恭。初立爲皇太子，未即位而崩。謚宣孝，追謚光孝皇帝，廟號顯宗。顯宗體貌雄偉，孝友謹厚。好文學，工詩善畫。《金史·世紀補》有紀。

〔二〕石右相琚：石琚（一一一一——一一八二），字子美，定州（今河北省定州市）人。熙宗天眷二年中進士第一。大定十七年拜平章政事，封莘國公。明年，拜右丞相。二十二年，以疾薨於家，年七十二。謚文憲。泰和元年，圖像衍慶宫，配享世宗廟廷。琚博通經史，工於詞章。《金史》卷八八有傳。《金史·石琚傳》云：「唐括鼎爲定武軍節度使，上謂鼎曰：『久不見石琚，精力比舊何如？汝到官往視之。』顯宗亦思之，因琚生日，寄詩以見意。」大定：金世宗年號（一一六一——一一八九）。辛酉：大定年間未有辛酉年，石琚爲相在大定十八年至二十二年之間，胡傳志《〈中州集〉文獻失誤瑣考》稱：「辛酉疑是辛丑（大定二十一年）之訛。」可備一説。承華殿：《金史·地理志上》「中都路」注：「明昌五年，復以隆慶宫爲東宫，慈訓殿爲承華殿。承華殿者，皇太子所居之東宫也。」

〔三〕黄閣：漢代指三公官署。因其廳門塗黄色，故稱。唐時亦稱門下省爲黄閣。後借指宰相。姚宋：唐開元賢相姚崇、宋璟合稱。《新唐書·姚宋合傳》：「然唐三百年，輔弼者不爲少，獨前稱房、杜，後稱姚、宋，何哉？君臣之遇合，蓋難矣夫！」

〔四〕青宫：太子所居東宫。東方屬木，於色爲青，故稱。綺園：商山四皓中的東園公、綺里季，漢高祖時曾入宫輔佐太子。見《史記·留侯世家》。石琚曾爲太子少師，故有此句。

〔五〕繡絺：飾以刺繡的貴族禮服。絺：細葛布。

〔六〕「冠蓋」二句：《漢書·疏廣傳》：「廣遂稱篤，上疏乞骸骨。上以其年篤老，皆許之……公卿大夫故人邑子設祖道，供張東都門外，送者車數百兩。」冠蓋：泛指古代官員的冠服和車乘。此處代指爲石相送别的官員。

〔七〕「善訓」句：石琚曾爲太子師。《金史・石琚傳》：「進拜左丞，兼太子少師。」

〔八〕「深仁」句：語本《論語・雍也》：「知者樂，仁者壽。」

〔九〕河潤：謂恩澤及人，如河水滋潤大地。溥：《説文》：「大也。」

〔一〇〕元元：庶民。《戰國策・秦策一》：「制海内，子元元，臣諸侯，非兵不可！」高誘注：「元，善也。民之類善，故稱元。」

次高駢《風箏》韻①

心與寥寥太古通〔一〕，手隨輕籟入天風〔二〕。山長水闊無尋處②，聲在亂雲空碧中。山陽民家有上御書一詩〔三〕，云：「心與寥寥太古通，手隨輕籟入天風。山長水闊無尋處，聲在亂雲空碧中。」不知何人作。及見唐高駢賦《風箏》云〔四〕：「夜靜絃聲響碧空，宫商信任往來風。依稀似曲才堪聽，又被移將别調中。」乃知上所書蓋《風箏》詩，而又次駢韻者也。姑存之，以俟更考③。

【校】

① 此詩原題闕，據《大金國志》補。《大金國志・章宗皇帝》：「先皇顯宗亦嗜詩，曾於世宗朝右相石琚生日賜一詩云云，又《次高駢風箏韻》云云，皆得詩人風騷之旨也。」

② 無尋：李本作「尋無」。

③ 詩後注四庫本作：此詩山陽民家有上御書，不知何人作。及見唐高駢賦《風箏》云：「夜靜絃聲響碧空，宫商信任往

來風。依稀似曲才堪聽，又被移將别調中。」乃知上所書蓋《風箏》詩，而又次駢韻者也。姑存之，以俟更考。

【注】

〔一〕寥寥：廣闊深遠貌。太古：遠古。

〔二〕輕籟：指風箏上帶的重量很輕的竹管風哨。籟：古代一種竹製管樂器，三孔。《淮南子·説山訓》「視籟與竽」高誘注：「籟，三孔籥也。」

〔三〕山陽：金縣名，在今河南省輝縣市西南七十里處。

〔四〕高駢（八二一——八八七）：字千里。南平郡王高崇文之孫，晚唐名將。先後封燕國公、渤海郡王。新、舊《唐書》有傳。駢能詩，《全唐詩》收其詩一卷。《唐詩紀事》稱其詩「雅有奇藻」。

章宗

一首〔一〕

雲龍川泰和殿五月牡丹〔二〕

洛陽穀雨紅千葉〔三〕，嶺外朱明玉一枝〔四〕。地力發生雖有異〔五〕，天公造物本無私〔六〕。

【注】

〔一〕章宗：完顏璟廟號。完顏璟（一一六八——一二〇八），小字麻達葛，世宗孫，顯宗完顏允恭子。

大定二十六年拜尚書右丞相，立爲皇太孫，二十九年即帝位。璟善書法，知音律，雅尚漢文化。《金史》卷九至卷一二有本紀。

〔二〕雲龍川：即長樂川，金代駐夏、秋獮之處。位於燕山之北的龍門縣，即今河北省赤城縣西南。泰和殿：即泰和宫，又名慶寧宫，金代駐夏行宫。《金史·地理志上》「龍門」縣：「有慶寧宫，行宫也。」《金史·章宗三》：「（泰和二年）甲子，更泰和宫曰慶寧，長樂川曰雲龍。」

〔三〕「洛陽」句：唐宋時洛陽牡丹最負盛名。宋歐陽修《洛陽牡丹記》：「洛花，以穀雨爲開候。」諺曰：「穀雨三朝看牡丹。」

〔四〕嶺外：指燕山以北。朱明：夏天的别稱。《爾雅·釋天》：「春爲青陽，夏爲朱明，秋爲白藏，冬爲玄英。」

〔五〕地力：土地的出産能力。句偏指嶺外與洛陽氣候之異。

〔六〕「天公」句：化用蘇軾《元祐三年春帖子詞·太皇太后閣》其一：「雕刻春何力，欣榮物自知。發生雖有象，覆載本無私。」頌揚大自然滋長哺育萬物一視同仁。

中州甲集第一

宇文大學虚中 五十首　吴學士激 二十五首　張秘書斛 一十八首
蔡丞相松年 五十九首　蔡太常珪 四十六首　高内翰士談 三十首
馬御史定國 三十一首

宇文大學虚中 五十首

虚中字叔通，成都人。宋黄門侍郎〔一〕，以奉使見留〔二〕，仕爲翰林學士承旨。皇統初〔三〕，上京諸虜俘謀奉叔通爲帥〔四〕，奪兵仗南奔。事覺，繫詔獄〔五〕。諸貴先被叔通嘲笑〔六〕，積不平，必欲殺之，乃鍛鍊所藏圖書爲反具〔七〕。叔通歎曰：「死自吾分〔八〕。至於圖籍，南來士大夫家例有之。喻如高待制士談〔九〕，圖書尤多於我家，豈亦反邪？」有司承風旨〔一〇〕，並寘士談極刑〔一一〕。人至今寃之。

【注】

〔一〕黄門侍郎：即門下侍郎。

〔二〕奉使見留：《宋史·宇文虚中傳》：建炎二年，詔求使絶域者，虚中應詔，復資政殿大學士，爲祈請使。明年春，金人遣歸宋使，宇文虚中曰：「奉命北來祈請二帝，二帝未還，虚中不可歸。」於是獨留。

〔三〕皇統：金熙宗年號（一一四一——一一四九）。

〔四〕上京：金國早期都城，在今黑龍江省哈爾濱市阿城縣白城。金太宗時始建都城，稱會寧府。天眷元年，金熙宗命名上京。

〔五〕詔獄：謂奉詔治獄。

〔六〕「諸貴」句：《金史》本傳：「虚中恃才輕肆，好譏訕，凡見女直人輒以礦鹵目之，貴人達官往往積不能平。」

〔七〕鍛鍊：羅織罪名，陷人於罪。《後漢書·韋彪傳》：「鍛鍊之吏，持心近薄。」李賢注：「言深文之吏，入人之罪，猶工冶陶鑄鍛鍊，使之成孰也。」《金史》本傳：「虚中嘗撰宫殿牓署，本皆嘉美之名，惡虚中者擿其字以爲謗訕朝廷，由是媒糵以成其罪矣。六年二月，唐括酬斡家奴杜天佛留告虚中謀反，詔有司鞫治無狀，乃羅織虚中家圖書爲反具。」

〔八〕死自吾分：死是我所應得的、應該的。《資治通鑑·晉紀七》孫拯曰：「吾義不負二陸，死自吾分。」

〔九〕高待制士談：高士談（？——一一四六），字子文，一字季默，號蒙城居士，亳州蒙城（今屬安徽）

人。宣和末曾任忻州（今山西省忻州市）户曹參軍。後仕金爲翰林直學士。皇統六年，因宇文虚中案牽連被殺。《金史》卷七九有傳，《中州集》卷一有小傳。

〔一〇〕有司：指主管部門。古代設官分職，各有專司，故稱。風旨：本指君主旨意，後亦泛指上司意旨、意圖。《後漢書・鮑永傳》：「莽以宣不附己，欲滅其子孫。都尉路平承望風旨，規欲害永。」

〔一一〕寘：處置。極刑：死刑。

鄭下趙光道與余有十五年家世之舊〔一〕，守官代郡之崞縣〔二〕。聞余以使事羈留平城〔三〕，與諸公相從，皆一時英彦〔四〕，遂以應舉自免去。駕短轅下澤車〔五〕，驅一僮二驢，扶病以來，相聚凡旬日而歸。昔白樂天與元微之偶相遇於夷陵峽口，既而作詩叙别〔六〕。雖憔悴哀傷，感念存没，至歎泣不能自已。而終篇之意，蓋亦自開慰。况吾輩今日，可無片言以識一時之事邪〔七〕？因各題數句，而余爲之叙。夜將半，各有酒，所語不復鍛鍊，要之，皆肺腑中流出也 光道名晦，時爲代州士曹。善篆隸，詩筆高雅。有集傳河東，今不復見矣。

窮愁詩滿篋〔八〕，孤憤氣填胸〔九〕。脱身枳棘下〔一〇〕，顧我雪窖中〔一一〕。竟日朋合簪〔一二〕，論文一樽同〔二三〕。翻然南飛燕，卻背北歸鴻〔二四〕。人生悲與樂，倚伏如張弓〔二五〕。莫言竟憒憒〔二六〕，作書怨天公。

【注】

〔一〕趙光道：趙晦，字光道，號睡軒居士。管城（今屬河南省鄭州市）人。宋末任代州法曹、秀容主簿。善篆隸，詩筆高雅。有集傳河東，後散佚。《中州集》卷九有小傳。家世之舊：指父子祖孫輩的世代舊交。

〔二〕代郡：古郡名，戰國趙武靈王置，秦朝爲三十六郡之一，治今河北省蔚縣西南。此指代州，治今山西省代縣。崞縣：代州縣名，今山西省原平市。

〔三〕「聞余」句：宇文虛中天會六年（一一二八）使金被留，被羈管於雲中。王慶生《金代文學家年譜》認爲趙至大同造訪爲天會八年事。平城：北魏都城，金時稱西京，今山西省大同市。

〔四〕「與諸公」二句：當時被羈管雲中的有朱弁、王倫等人。諸公唱和之作有《予寫〈金剛經〉與王正道，正道與朱少章復以詩來，輒次二公韻》等。英彥：指才智卓越的人。晉袁宏《後漢紀·光武帝紀二》：「願陛下更選英彥，以充廊廟。」

〔五〕短轅下澤車：簡陋輕便的小車。《後漢書·馬援傳》「乘下澤車」李賢注：「《周禮》曰：車人爲車，行澤者欲短轂，行山者欲長轂。短轂則利，長轂則安。」

〔六〕「昔白」二句：白樂天：白居易。元微之：元稹。夷陵：今湖北省宜昌市。唐元和十四年春，白居易自江州啟程赴忠州任，時元稹自通州司馬遷虢州長史。三月十一日，相遇於峽口，停舟夷陵，留三日而别。白居易作詩《十年三月三十日别微之於澧上，十四年三月十一日夜遇微之於峽中，停舟夷陵，三宿而别，言不盡者，以詩終之。因賦七言十七韻以贈，且欲寄所遇之地與相見之時，爲他年會話張本也》。

〔七〕識：記載。

〔八〕窮愁：壯志難酬的愁鬱。《史記·平原君虞卿列傳》：「然虞卿非窮愁，亦不能著書以自見於後世云。」篋：小箱。

〔九〕孤憤：本爲韓非著書之篇名。《史記·老子韓非列傳》：「（韓非）悲廉直不容於邪枉之臣，觀往者得失之變，故作《孤憤》。」司馬貞索隱：「孤憤，憤孤直不容於時也。」後常謂因孤高嫉俗而産生的憤慨之情。

〔一〇〕枳棘：枳樹與棘樹，多刺惡木。《後漢書·仇覽傳》：「時考城令河内王渙，政尚嚴猛，聞覽以德化人，署爲主簿。……曰：『枳棘非鸞鳳所棲，百里豈大賢之路？』」以「枳棘」喻賢才不得其所。此指趙光道任職秀容主簿事。

〔一一〕雪窖：《漢書·蘇武傳》：「單于愈益欲降之，乃幽武置大窖中，絶不飲食。天雨雪，武卧齧雪，與旃毛並咽之，數日不死。」句用此典，以蘇武自比。其《上烏林天使》「魯人除館西河外，漢使驅羊北海湄」等皆如此。

〔二〕朋合簪：即「朋盍簪」。語出《易經》：「九四，由豫，大有得，勿疑，朋盍簪。」唐孔穎達疏：「盍，合也；簪，疾也。若能不疑於物，以信待之，則群朋合聚，而疾來也。」後用以謂朋友相聚。杜甫《杜位宅守歲》：「盍簪喧櫪馬，列炬散林鴉。」

〔三〕「論文」句：用杜甫《春日憶李白》詩句：「何時一樽酒，重與細論文。」

〔四〕「翻然」二句：鴻雁與燕子均爲候鳥，於長江一帶，前者秋來春去，後者秋去春來。二句感慨二人將南北背道而馳，歡會短暫。蘇軾《送陳睦知潭州》：「有如社燕與秋鴻，相逢未穩還相送。」

〔五〕「人生」二句：言聚會之樂與離别之悲如弓之張弛，互爲依存，有起必有落。倚伏：倚，依託；伏，隱藏。語出《老子》：「禍兮福之所倚，福兮禍之所伏。」意謂禍福相因，互相依存、轉化。張弓：語出《老子》：「天之道，其猶張弓乎？高者抑之，下者舉之；有餘者損之，不足者補之。天之道，損有餘而補不足。」「張弓」之道在於「一張一弛」，重在「相反相成」。

〔六〕「莫言」二句：語本《晉書·天文下》：「天公憒憒，無皂白之徵也。」唐李賀《野歌》：「男兒屈窮心不窮，枯榮不等嗔天公。」憒憒：昏亂貌。

古劍行　爲劉善長作〔一〕

公家祖皇提三尺，素靈中斷開王跡〔二〕。自從武庫衝屋飛〔三〕，化作文星照東壁〔四〕。夫君安得此龍泉〔五〕，秋水湛湛浮青天〔六〕。夔魖奔喘禺强護〔七〕，中夜躍出光蜿蜒。拄頤檑具男兒飾，彈鋏長歌氣填臆〔八〕。嶙峋折檻霽天威，將軍拜伏姦臣泣〔九〕。龍泉爾莫矜雄鋩〔一〇〕，不見鳥盡良弓藏〔一一〕。會當鑄汝爲農器〔一二〕，一劍不如書數行〔一三〕。

【注】

〔一〕詩題：樂府舊題。宋鄭樵《通志·音律》列「鼓角横吹十五曲」，「古劍行」屬其中之一。鼓角横吹曲，按《周禮》以鼖鼓鼓軍事。劉善長：北安（今屬黑龍江省黑河市）人。少聰慧，事親孝。與使金羈留的洪皓、朱弁交遊。洪皓《送劉善長歸北安省親》詩題下注：「其父守北安，九歲爲質子。」知劉善長爲女真貴族子弟，以質子居上京，詩爲詩人在上京時作。朱弁有《劉善長出示李伯時畫馬圖》詩。

〔二〕「公家」二句：用漢高祖斬白蛇建立漢朝典故。以劉邦後裔稱美劉善長。素靈：白蛇的精靈。三尺：指劍。因劍長約三尺，故古人以此代劍。王跡：帝王功業。

〔三〕「自從」句：南朝宋劉敬叔《異苑》卷二：「晉惠帝元康五年，武庫火，燒漢高祖斬白蛇劍、孔子履、王莽頭等三物。中書監張茂先懼難作，列兵陳衛，咸見此劍穿屋飛去，莫知所向。」武庫：古代儲藏武器的倉庫。

〔四〕「化作」句：晉葛洪《西京雜記》卷一：「高祖斬白蛇劍，劍上有七星珠、九華玉以爲飾，雜廁五色琉璃爲匣，劍在室中，光影猶照於外，與挺劍不殊。」高祖斬白蛇劍以七星珠爲劍飾，似天上北斗七星，故云。文星：即文曲星，北斗七星之一，古人認爲主管文運。東壁：即壁宿，二十八宿之一，分東西壁。古人認爲東壁主管圖書文章。

〔五〕龍泉：寶劍名，相傳爲歐冶子所鑄。原名龍淵，唐朝時因避高祖李淵諱而改龍泉。《越絶書》載：春秋時歐冶子鑿茨山，泄其溪，取山中鐵英，作劍三枚，曰「龍淵」、「泰阿」、「工布」。

〔六〕秋水：形容劍光冷峻明澈。前蜀韋莊《秦婦吟》：「匣中秋水拔青蛇，旗上高風吹白虎。」

〔七〕夔魖：泛指神話傳説中的山怪。《説文》：「夔，神魖也。如龍，一足，從夊；象有角、手、人面之形。」「魖，耗鬼也。」《文選·張衡·東京賦》：「殘夔魖與罔象。」薛綜注云：「夔，木石之怪，如龍有角，鱗甲光如日月，見則其邑大旱。」禺强：也作「禺彊」、「禺京」，傳説中的風神，海神，是黄帝之孫。《山海經·大荒北經》：「北海之渚中，有神，人面鳥身，珥兩青蛇，踐兩赤蛇，名曰禺彊。」郝懿行箋疏：「《大荒東經》云：『黄帝生禺虢，禺虢生禺京。禺京即禺彊也，京、彊聲相近。』」此句寫古劍之威力，有神護理，鬼怪聞風而逃。

〔八〕「拄頤」二句：説古劍裝點出男兒的豪邁與瀟灑。拄頤：一直頂到面頰，多用以形容劍長。《戰國策·齊策》：「大冠若箕，修劍拄頤。」蘇軾《武昌銅劍歌》：「君不見凌煙功臣長九尺，腰間玉具高拄頤。」櫑具：古長劍名。《漢書·雋不疑傳》：「不疑冠進賢冠，帶櫑具劍。」顔師古注引晉灼曰：「古長劍首以玉作井鹿盧形。上刻木作山形，如似蓮花初生未敷時。今大劍木首，其狀似此。」彈鋏長歌：用馮諼客孟嘗君事。《戰國策·齊策四》載，馮諼爲孟嘗君門客時，曾彈鋏唱歌，抱怨自己待遇低。

〔九〕「嶙峋」二句：用漢代朱雲直諫事。《漢書・朱雲傳》載，朱雲朝見成帝，請賜尚方斬馬劍以斬佞臣安昌侯張禹。成帝大怒曰：「小臣居下訕上，廷辱師傅，罪死不赦。」御史拉朱雲下，雲攀殿檻，抗聲不止，檻爲之折。經大臣求情，雲始得免。事後成帝命保留折檻原貌，以表彰直諫之臣。嶙峋：形容人剛正有氣節。

〔一〇〕雄鋩：鋭利的鋒芒。

〔一一〕「不見」句：《史記・越王勾踐世家》：「范蠡遂去。自齊遺大夫種書曰：『蜚鳥盡，良弓藏；狡兔死，走狗烹。』」此喻指南北講和，天下罷兵。

〔一二〕農器：農用器具。宇文虛中使金之目的，旨在金宋和好息兵，人民安享太平。其《在金日作三首》有「回首兩朝俱草莽，馳心萬里絶農桑」，《上烏林天使》有「拭玉轅門吐寸誠，敢將緩頰沮天兵」，《燈碑五首》有「劍戟漸銷農器出，人家只識勸農官」等句。

〔一三〕「一劍」句：《史記・陸賈傳》載，陸生勸説劉邦：「居馬上得之，寧可以馬上治之乎？且湯武逆取而以順守之，文武並用，長久之術也。」句暗用此典，有勸誘女真貴族施行文治，以儒治國之意。

白菊

西風蕭颯百草黄，南齋白菊占秋芳。主人好事不專饗〔一〕，擷送客館分幽香〔二〕。幽香清豔兩難得〔三〕，冰雪肌膚龍麝裛〔四〕。悄然坐我蕊珠宮〔五〕，玉斧瑤姬皆舊識〔六〕。仙家藝菊名日精〔七〕，我今號爾爲月英。月中風露秋夕好，感此仙種來曾城〔八〕。憑君傳與金天令〔九〕，月與霜姿駐清景。重陽好伴白衣來，五柳先生憶三逕〔一〇〕。

【注】

〔一〕好事：謂熱心助人。宋陸游《貧病》：「好事鄰僧勤送米，過門溪友强留魚。」

〔二〕擷：採摘。幽香：清淡的香氣。宋歐陽修《醉翁亭記》：「野芳發而幽香，佳木秀而繁陰。」

〔三〕清豔：清秀豔麗。

〔四〕龍麝：龍涎香與麝香的並稱。宋司馬光《涑水記聞》卷三：「(梅侍讀詢)好潔，衣服裛以龍麝，其香數步襲人。」裛：用香熏。上二句贊揚白菊色味俱佳。

〔五〕蕊珠宮：亦稱「蕊宮」，道家傳説中的仙居。此處指代詩人居所。

〔六〕「玉斧」句：形容白菊的冰清玉潔與嫵媚綽約之美。玉斧：玉斧子，晉道士許翽的小字，傳修道昇仙。見《神仙内傳》。瑤姬：傳説中的仙女。唐王周《大石嶺驛梅花》：「仙中姑射接瑤姬，成陣清香擁路岐。」

〔七〕藝：種植。日精：菊花的别名。《初學記》卷二七引晉周處《風土記》：「日精、治蘠，皆菊之花莖别名也。」

〔八〕曾城：傳説中的地名。亦泛指仙鄉。漢張衡《思玄賦》：「登閬風之曾城兮，搆不死而爲牀。」李賢注引《淮南子》：「昆侖山有曾城九重，高萬一千里，上有不死樹，在其西。」

〔九〕金天：指秋天。唐王維《奉和聖製天長節賜宰臣歌應制》：「金天淨兮麗三光，彤庭曙兮延八荒。」趙殿成箋注：「金天，唐人多使『金天』字，即秋天也。秋於五行屬金，故曰金天。」令：古代按十二個月分別記載所施行的政令，謂之月令。後因以指時令、節令。金天令：指掌管秋季的天神。

〔一〇〕「重陽」二句：用王弘給陶淵明送酒典故。南朝宋檀道鸞《續晉陽秋·恭帝》：「王弘爲江州刺史，陶潛九月九日無酒，於宅邊東籬下菊叢中摘花盈把，坐其側。未幾，望見一白衣人至，乃刺史王弘送酒也。即便就酌而後歸。」遂成爲詠重陽、飲酒、詠菊典故。五柳先生：陶淵明宅邊有五柳樹，因自號「五柳先生」，遂作《五柳先生傳》。三逕：此謂故園。三逕本指庭院中小路，出《三輔決録》。晉陶淵明《歸去來兮辭》：「三逕就荒，松菊猶存。」

還舍作

燕山歸來頭已白〔一〕，自笑客中仍作客。此生悲歡不可料，況復吾年過半百。故人驚我酒尚狂，爲洗瓶罍貯春色〔二〕。酒闌人散月盈庭，靜聽清渠流灖灖〔三〕。

【注】

〔一〕燕山：宋宣和四年改燕京爲燕山府。後以指燕京，即今北京市。金初東路軍駐北京，西路軍駐大同，分建樞密院，時稱東西朝廷。味「吾年過半百」，當指五十出頭，時詩人常在大同，句謂自北京回到大同。

〔二〕瓶罍：泛指酒器。春色：指酒。唐人名酒多帶春字。

〔三〕瀌瀌：水流聲。

庭下養三鴛鴦，忽去不反，戲爲作詩

先生久忘機〔一〕，爲爾虞矰繳〔二〕。一朝長羽翮〔三〕，萬里翔寥廓〔四〕。誰信惡溝鴟〔五〕，忽作華表鶴〔六〕。豈無三玉環〔七〕，遺音嗣黄雀〔八〕。

【注】

〔一〕忘機：即「鷗鳥忘機」。《列子·黄帝》：「海上之人有好鷗鳥者，每旦之海上，從鷗鳥遊。鷗鳥之至者百數而不止。其父曰：『吾聞鷗鳥皆從汝遊，汝取來吾玩之。』明日之海上，鷗鳥舞而不下也。」句指詩人善待鴛鴦的心態。

〔二〕虞：防備，防範。矰繳：繫有絲繩、弋射飛鳥的短箭。

〔三〕羽翮：泛指鳥類的羽翼。翮：鳥羽的莖，中空透明，俗稱「羽管」。漢高祖劉邦《鴻鵠歌》：「鴻鵠高飛，一舉千里。羽翮已就，横絶四海。」

〔四〕寥廓：遼闊的天空。

〔五〕惡溝鴟：墮入惡溝之鴟。唐韓愈《病鴟》：「屋東惡水溝，有鴟墮鳴悲。青泥掩兩翅，拍拍不得離。」此處戲指飛走前的鴛鴦。

〔六〕華表鶴：舊題晉陶潛《搜神後記》卷一：「丁令威，本遼東人，學道於靈虚山。後化鶴歸遼，集城門華表柱。時有少年，舉弓欲射之，鶴乃飛。」

〔七〕「豈無」句：用「玉環猶在」典故。唐范攄《雲溪友議》卷中《玉簫記》載，唐韋臯遊江夏，與玉簫女有情，别時留玉指環，約定數年後來娶。後諾言成空，玉簫絶食而死。此處謂二鴛鴦决然而去，無玉環相留。

〔八〕遺音：指美妙動聽的鳴叫聲。黄雀：鳥名。雄鳥上體淺黄緑色，腹部白色而腰部稍黄。雌鳥上體微黄有暗褐條紋，鳴聲清脆。

予寫《金剛經》與王正道，正道與朱少章復以詩來，輒次二公韻〔一〕

次正道韻

平生幸識繫珠衣，窮走他鄉未得歸〔二〕。有客爲傳祇樹法①〔三〕，此心便息漢陰機〔四〕。百千三昧一門入〔五〕，四十九年諸事非〔六〕。寄與香山老居士，要憑二義發餘輝〔七〕。

【校】

① 衹：底本原作「衹」，據李本、毛本改。

【注】

〔一〕金剛經：佛教經典，全稱《能斷金剛般若波羅蜜經》，又稱《金剛般若波羅蜜經》。以空慧爲體，説一切法無我之理，尤爲禪宗所重。王正道：王倫（一〇八四——一一四四）字正道，莘縣（今屬山東）人。建炎初，以朝奉郎代刑部侍郎的身份出使金國。後又充迎梓宫、奉還兩宫、交割地界使，高宗賜其同進士出身、端明殿學士、簽書樞密院事。皇統三年使金，再次被扣留，次年被殺。追封通議大夫，謚號「湣節」。《宋史》卷三七一、《金史》卷七九有傳。朱少章：朱弁（一〇八五——一一四四）字少章，婺源（今屬江西）人，朱熹族叔祖。建炎二年，以通問副使赴金，爲金拘留。紹興初，金人逼仕僞齊，誓死不屈，被留十六年始得歸。有《曲洧舊聞》、《風月堂詩話》等傳世。《宋史》卷三七三有傳、《中州集》卷一〇有小傳。王倫與朱弁原詩已佚。

〔二〕「平生」二句：用佛經「衣珠」典故。衣珠：又云繫珠、衣内明珠。法華七喻之一。比喻有大器而滿足小智者，猶如衣内繫寶珠而不自知。《法華經》卷四「五百弟子授記品」：有人至親友家，醉酒而卧。親友忽有要事當行，以無價寶珠繫與其衣裏而去。其人醉卧不知。行至他國，爲求衣食，倍受艱難。後再會遇親友，具語前事，其人乃以寶珠購其所需，成爲富家。

〔三〕「有客」句：用佛教「祇樹給孤獨園」典。須達多，別號「給孤獨」，買下祇陀太子的花園建精舍，供佛祖釋迦牟尼說法，又感化祇陀太子將園中所有樹木奉獻給佛，虔誠侍佛。祇樹法，借指佛法。

〔四〕漢陰機：指漢陰丈人所斥笑的「機心」。語出《莊子·天地》：「子貢南遊於楚，反於晉，過漢陰，見一丈人方將爲圃畦，鑿隧而入井，抱甕而出灌，搰搰然用力甚多而見功寡。子貢曰：『有械於此，一日浸百畦，用力甚寡而見功多，夫子不欲乎？』……爲圃者忿然作色而笑曰：『吾聞之吾師，有機械者必有機事，有機事者必有機心。機心存於胸中，則純白不備；純白不備，則神生不定；神生不定者，道之所不載也。吾非不知，羞而不爲也。』」句言摒棄機心，歸於純樸。杜甫《登舟將適漢陽》：「鹿門自此往，永息漢陰機。」

〔五〕百千三昧：即指無量法門。《觀無量壽經疏》云：「得平等法，具足無量，百千三昧，於一念頃，無不周遍。荷負群生，愛之如子。一切善本，皆度彼岸。」三昧：佛教語。意謂屏除雜念，專注一境。是一種修行法門。《大智度論》卷七：「何等爲三昧？善心一處住不動，是名三昧。」晉慧遠《念佛三昧詩集序》：「夫三昧者何？專思、寂想之謂也。」

〔六〕四十九年：用佛典。《楞嚴經正見》：「世尊於涅槃會上曰：我四十九年說法，未曾說一字。」意謂真如之理，離言說相。四十九年說法，既爲言說，即非真理。金天會六年正月，朱弁充河東大金軍前通問副使，與王倫使金被拘。五月，宇文虛中復資政殿大學士，爲祈請使，使金被拘。是年，詩人五十歲，此處有一語雙關意。《淮南子·原道訓》：「故蘧伯玉年五十，而有四十九年非。」謂年五十而知前四十九年過失。李白《潯陽紫極宮感秋》：「四十九年非，一往不可復。」

〔七〕二義：佛教中「了義」和「不了義」的合稱。直接顯了佛法道理的稱「了義」，不直接顯了佛法的稱不了義。香山老居士：白居易晚號香山居士。「寄與」二句：《五燈會元》卷四載：白居易嘗援引《維摩》及《金剛三昧》等六經，闢二義而難之。白居易《與濟法師書》：「若云依了義經，則三世諸佛，一切善法，皆從此六經出，孰名爲不了義乎？況諸經中與《維摩》、《法華》、《首楞嚴》之説同者非一也，與《法王》、《金剛》、《金剛三昧》之説同者，亦非一也，不可遍舉，故於二義中各舉三經。」

次少章韻

前世曾爲粥飯僧〔一〕，此生隨處且騰騰〔二〕。經中因認人我相〔三〕，教外都忘大小乘〔四〕。寫去欲云居士頌，信來如續祖師燈〔五〕。他年辱贈茅庵句〔六〕，誰謂因緣昔未曾〔七〕。

【注】

〔一〕粥飯僧：原指只吃粥飯而不努力修行的僧人，多爲僧人自謙之詞。

〔二〕騰騰：舒緩、悠閑貌。唐司空圖《柏東》：「冥得機心豈在僧，柏東閑步愛騰騰。」

〔三〕人我相：即人相、我相，佛教四相之二。《金剛經》稱，生命現象依緣而起，並無自性可得，而凡夫誤以爲皆有恒常不變的生命主體，因而産生四種妄執，謂之四相。人相：即指生命個體。我相：指自我觀念。

〔四〕大小乘：即佛教派别大乘佛教與小乘佛教。

〔五〕「寫去」二句：點題。前句緊扣自寫《金剛經》與人一事，表明抄經展示了自己的心情境界。後句以「續祖師燈」稱朱弁來詩對佛經的發揮及高見。居士：居家學佛的人。詩人自指。燈：喻指佛法。謂佛法如燈火，可照明破暗。

〔六〕茅庵：茅廬；草舍。代歸隱、修行之處。句言詩人將來要皈依佛法、歸隱山林的人生取向。

〔七〕「誰謂」句：句謂自己歸隱山林乃因「前世曾爲粥飯僧」的緣故。

郊居

芒屨松冠野外裝，茶鐺藥竈静中忙〔一〕。含風荇逐波紋展〔二〕，着雨花連土氣香。停策仰檐朝覓句〔三〕，披襟穿樹晚追涼①。蓬蒿似欲荒三逕〔四〕，疏懶誰知意更長〔五〕。

【校】

①披：原作「被」，據毛本、李本改。

【注】

〔一〕茶鐺：煎茶用的釜。藥竈：即丹竈，道家燒煉丹藥所用。

〔二〕荇：荇菜。多年生水生草本植物，葉呈對生圓形，嫩時可食，亦可入藥。《詩·周南·關雎》：「參差荇菜，左右流之。」

〔三〕停策：停止寫書。策，古代用竹片或木片記事著書，成編的叫做策。《左傳·序》孔穎達疏：「單執一札謂之爲簡，連編諸簡乃名爲策。」覓句：構思詩句。

〔四〕蓬蒿：蓬草和蒿草。亦泛指草叢。

〔五〕「疏懶」句：李白《金陵酒肆留别》：「請君試問東流水，别意與之誰短長。」句奪胎於此，謂自己與陶淵明相比，哪個更爲「疏懶」呢？

歲寒堂〔一〕

洞户延清吹〔二〕，庭除貯緑陰〔三〕。不隨風月媚，肯受雪霜侵。潤入珠泉爽〔四〕，聲傳玉帳深〔五〕。主人留勝賞〔六〕，同此歲寒心〔七〕。

【注】

〔一〕歲寒堂：《論語·子罕》：「歲寒，然後知松柏之後凋也。」以此名所居之堂，表歷經變故，始終如一的人生志向。

〔二〕洞户：指北地挖成供人居住的窑洞的門。清吹：猶清風。唐張喬《再題敬亭清越上人山房》：

「石窗清吹入，河漢夜光流。」

〔三〕庭除：庭院。緑陰：指松樹蔭。

〔四〕珠泉：泉的美稱。語本南朝梁沈約《高松賦》：「擢柔情於蕙圃，湧寶思於珠泉。」

〔五〕玉帳：主帥所居的帳幕，取如玉之堅的意思。句謂主人名聲遠播，爲主帥所知。

〔六〕主人：按其所居之陋及其志向，當屬羈留北地的南宋人。

〔七〕歲寒心：喻堅貞不屈的節操。唐張九齡《感遇》其七：「豈伊地氣暖？自有歲寒心。」

重陽旅中偶記二十年前二詩，因而有作〔一〕

舊日重陽厭旅裝，而今身世更悲涼。愁添白髮先春雪，淚著黄花助晚香①〔二〕。客館病餘紅日短〔三〕，家山信斷碧雲長〔四〕。故人不恨村醪薄〔五〕，乘興能來共一觴。

【校】

①香：李本、毛本作「霜」。

【注】

〔一〕詩題：王慶生《金代文學家年譜》宇文虚中「天會七年（己酉）」下云：「其《己丑重陽在劍門梁山鋪》作於大觀三年，下推二十年，正爲本年。」認爲此詩作於金天會七年五十一歲時。按此，詩作於羈管大同時。

〔二〕「淚著」句：暗用韓琦《九日水閣》：「隨慚老圃秋容淡，且看黄花晚節香。」以菊臨霜盛開寓窮而彌堅的氣節。

〔三〕客館：指詩人在金羈留之所。

〔四〕家山：謂故鄉。碧雲：碧空中的雲。南朝江淹《擬休上人别怨》：「日暮碧雲合，佳人殊未來。」後因以爲思念之詞。宋柳永《傾杯》詞：「最苦碧雲斷，仙鄉路杳，歸雁難倩。」句意本此。

〔五〕村醪：村酒。醪，本指酒釀，引申爲濁酒。

春日

北洹春事休嗟晚〔一〕，三月尚寒花信風〔二〕。遥憶東吴此時節〔三〕，滿江鴨緑弄殘紅〔四〕。

【注】

〔一〕北洹：與南洹（今河南省安陽市）相對言。又名胡良河，在河北省涿州市，東西合拒馬河，入玻璃河，即古洹水。句用宋歐陽修《戲答元珍》「春風疑不到天涯，二月山城未見花。……野芳雖晚不須嗟」詩意。

〔二〕花信風：指風信，即應花期而起的風。江南地區自小寒至穀雨，每五日一番風候，共二十四番，稱二十四番花信風。南唐徐鍇《歲時廣記》：「花信風，三月花開時風，名花信風。」句言北方三月寒氣料峭，有風而無花。

〔三〕東吴：指蘇州府，也泛指太湖流域。此處代指江南。

〔四〕鴨緑：也稱「鴨頭緑」，古人常以此代水，狀其碧緑。宋王安石《半山即事十首》其三：「含風鴨緑粼粼起，弄日鵝黄嫋嫋垂。」殘紅：指落花。

己丑重陽在劍門梁山鋪〔一〕

兩年重九皆羈旅，萬水千山厭遠遊。白酒黄花聊度日〔二〕，青萍緑綺共忘憂〔三〕。卻憐風雨梁山路〔四〕，不似蓴鱸楚澤秋〔五〕。何必東皋是三逕〔六〕，此身天地一虚舟〔七〕。

【注】

〔一〕己丑：宋徽宗大觀三年（一一〇九）歲次己丑。劍門：北宋縣名，因劍門山爲名，治今四川劍閣縣東北劍門鎮。宋樂史《太平寰宇記·劍南東道三》「劍州」：「劍門縣東北六十里，舊九鄉，今十一鄉。本漢梓潼縣地，諸葛武侯相蜀，於此立劍門。以大劍山至此有益東之路，故曰劍門。」梁山鋪：《四川通志》卷二二「劍州」：「梁山鋪，在州西二十里。」《宋史·宇文虚中傳》：「登大觀三年進士第，歷官州縣。」按此，詩人是年初仕，在劍門縣爲官。

〔二〕「白酒」句：古人於重陽節飲菊花酒以益壽延年。

〔三〕青萍：古劍名。三國魏陳琳《答東阿王牋》：「君侯體高世之才，秉青萍、干將之器，拂鐘無聲，應機立斷。」緑綺：古琴名。晉傅玄《琴賦·序》：「齊桓公有鳴琴曰號鐘，楚莊有鳴琴曰繞梁，中世司馬相如有緑綺，蔡邕有焦尾，皆名器也。」「青萍」與「緑綺」常作爲劍、琴的代稱。李白《鄴中贈王大勸入高鳳石門山幽居》：「紫燕櫪上嘶，青萍匣中鳴。」又《聽蜀僧濬彈琴》：「蜀僧抱緑綺，西下峨嵋峰。」

〔四〕「卻憐」句：《藝文類聚》卷二引漢蔡邕《琴操》：「曾子耕泰山之下，天雨雪凍，旬日不得歸，思其父母，作《梁山歌》。」句用此典，言思家難歸之情。

〔五〕蓴鱸楚澤秋：用張翰思歸典故。《晉書·文苑傳·張翰》：「翰見秋風起，乃思吴中菰菜蓴羹、鱸魚膾，曰：『人生貴得適志，何能羈宦數千里以要名爵乎？』遂命駕而歸。」

〔六〕東皋：水邊向陽高地。也泛指田園、歸隱之處。唐初隱逸詩人王績自號東皋子。宋王禹偁《書懷簡孫何丁謂》：「舉人自代何由得，歸去東皋種黍田。」三逕：漢趙岐《三輔决録》：「蔣詡字元卿，隱於杜陵。舍中三逕，惟羊仲、求仲從之遊。」後稱隱士所居田園爲「三逕」。陶淵明《歸去來兮辭》：「三逕就荒，松菊猶存。」

〔七〕虚舟：隨波逐流、無人駕御的船隻。《莊子·山木》：「方舟而濟於河，有虚船來觸舟。」常比喻人事飄忽，播遷無定，難以預料與掌控。句言自己如一葉扁舟，漂浮不定。

生日，和甫同諸公載酒袖詩爲禮，感佩之餘，以詩爲謝〔一〕

詞人詩句壓離騷〔二〕，按膝長吟意自豪〔三〕。袖裏虹蜺銜霽色〔四〕，筆端風雨駕雲濤〔五〕。將衰難稱千年祝，增重虛蒙隻字褒。太史已應飛急奏〔六〕，文星偏傍使星高〔七〕。

【注】

〔一〕和甫：即和父，當爲南宋留北者，朱弁有《餞和父之并州》。

〔二〕離騷：戰國楚屈原所作長篇抒情詩作《離騷》。

〔三〕按膝：指按照詩的節奏敲擊膝蓋。長吟：引長聲音吟詠。

〔四〕虹蜺：雨後天空出現的弧形彩暈。主虹稱虹，副虹稱蜺。古人以虹蜺色彩豔麗，常用來比喻人的才華藻繪，特别是文采。宋范仲淹《與謝安定屯田書》：「先生胸中之奇，屈盤虹蜺。」霽色：雨過天晴後明淨的天色。

〔五〕「筆端」句：用杜甫「筆落驚風雨，詩成泣鬼神」句意。一句謂友人詩清淨明麗，才氣横溢。

〔六〕「太史」句：用嚴子陵典故。《後漢書·嚴光傳》：嚴光字子陵，會稽餘姚人。少有高名，與光武同遊學。及光武即位，乃變名姓，隱身不見。帝思其賢，乃令以物色訪之。「因共偃卧，光以足加帝腹上。明日，太史奏客星犯御座甚急。」

〔七〕文星：星名。即文昌星，又名文曲星。相傳文曲星主文才，後亦指有文才的人。唐裴説《懷素臺歌》：「杜甫李白與懷素，文星酒星草書星。」此處文星指諸公。傍，陪伴。《後漢書·李郃傳》：「李郃，字孟節，漢中南鄭人也。……和帝即位，分遣使者，皆微服單行，各至州縣，觀采風謡。使者二人當到益部，投郃候舍。時夏夕露坐，郃因仰觀，問曰：『二君發京師時，寧知朝廷遣二使邪？』二人默然，驚相視曰：『不聞也。』問何以知之。郃指星示云：『有二使星向益州分野，故知之耳。』」後因以「使星」爲使者的代稱。二句言諸詩人來賀壽，會上應天象。

和題稽古軒〔一〕

堆架縑緗粲蔀居〔二〕，眼前長物掃無餘〔三〕。避囂肯要鄰人卜〔四〕，論友先尋上世書。汲古不須憂綆短〔五〕，隨波聊復任舟虚〔六〕。勿欺丈室纔容膝〔七〕，六合神遊有日車〔八〕。

【注】

〔一〕稽古軒：書齋名，主人不詳。稽古：考察古代事跡，以明辨道理。語出《尚書·堯典》：「曰若稽古帝堯，曰放勳。」孔安國注：「稽，考也。能順考古道而行之者帝堯。」

〔二〕縑緗：淺黄色細絲絹。此泛指書籍。粲：鮮明的樣子。蔀：覆蓋於棚架上以遮蔽陽光的草席。蔀居，指僅用草席蓋頂的簡陋居室。此處指稽古軒。

〔三〕長物：多餘之物。《世説新語·德行》：「（王大）見其坐六尺簟，因語恭：『卿東來，故應有此物，可以一領及我。』恭無言。大去後，即舉所坐者送之。既無餘席，便坐薦上。後大聞之，甚驚曰：『吾本謂卿多，故求耳。』對曰：『丈人不悉恭，恭作人無長物。』」唐白居易《消暑》：「眼前無長物，窗下有清風。」

〔四〕避囂：避開喧囂。鄰人卜：選擇鄰居。《左傳·昭公三年》：「且諺曰：『非宅是卜，唯鄰是卜。』二三子先卜鄰矣。」杜預注：「卜良鄰。」

〔五〕「汲古」句：反用莊子「綆短汲深」典。《莊子·至樂》：「褚小者不可以懷大，綆短者不可以汲深。」綆：井繩。汲：從井裏打水。句謂有志稽古者不必擔憂才學的高下。

〔六〕舟虚：即虚舟，無人駕御的船隻。語本《莊子·山木》：「方舟而濟於河，有虚船來觸舟，雖有惼心之人不怒。」句言身在書室，遨遊學海，信馬由韁，隨興所至。

〔七〕欺：輕慢，看不起。丈室：一丈大小的居室，言房間狹小。

〔八〕六合：天地四方。神遊：謂形體不動而心神嚮往，如親遊其境。日車：指神話中太陽所乘的六龍所駕之車。《莊子·徐無鬼》：「有長者教予曰：『若乘日之車而遊於襄城之野。』」句謂主人在稽古軒，可閱覽古今，神遊四海。

己酉歲書懷〔一〕

去國匆匆遂隔年，公私無益兩茫然〔二〕。當時議論不能固〔三〕，今日窮愁何足憐〔四〕。生死已從前世定，是非留與後人傳。孤臣不爲沉湘恨〔五〕，悵望三韓别有天〔六〕。

【注】

〔一〕己酉：金太宗天會七年（一一二九）歲次己酉。

〔二〕「去國」二句：《宋史·宇文虚中傳》：「（建炎）二年，詔求使絶域者，虚中應詔，復資政殿大學士，爲祈請使……明年春，金人並遣歸，虚中曰：『奉命北來祈請二帝，二帝未還，虚中不可歸。』於是獨留。」於私無益指滯留北地之窮愁，公之無益乃指祈請放歸徽、欽二宗而言。

〔三〕「當時」句：《宋史》本傳：「宣和間，承平日久，兵將驕惰，蔡攸、童貫貪功開邊，將興燕雲之役，引女直夾攻契丹，以虚中爲參議官。虚中以廟謨失策，主帥非人，將有納侮自焚之禍，……虚中建十一策，上二十議，皆不報。」「當時議論」當指此。固：指堅持自己的意見，抗争到底。

〔四〕窮愁：指個人仕途的窮困和憂國憂民的悲愁。

〔五〕孤臣：《孟子·梁惠王下》：「幼而無父曰孤。」時徽、欽二宗被擄居韓州，故稱。

〔六〕三韓：漢時朝鮮南部有馬韓、辰韓、弁韓，合稱三韓。遼開泰中伐高麗，以辰韓、弁韓、馬韓三國之俘户置縣，治今内蒙古赤峰市東北。此指徽、欽二宗囚居地。《金史·太宗紀》載，天會六年十月，徙徽、欽二宗於韓州（今遼寧省昌圖縣），至天會八年七月，再徙於鶻里改路（《金史·地理志》作「胡里改路」，治今黑龍江省依蘭縣，即五國城）。按此，知三韓指韓州。

涇王許以酒餉龍溪老人，幾月不至，以詩促之　龍溪，叔通別號也〔一〕。

先生寂寞草玄文，正要侯芭作富鄰〔二〕。客至但須樽有酒，日高不怕甑生塵〔三〕。急催嶺外傳梅使〔四〕，來餉籬邊采菊人〔五〕。已掃明窗供點筆，爲君擬賦洞庭春〔六〕。

【注】

〔一〕涇王：曾從學於宇文虛中的金室皇子，名字失考。龍溪老人：宇文虛中別號。

〔二〕「先生」二句：用揚雄作書、嗜酒、傳書典故。草玄文：指漢揚雄作《太玄》。《漢書·揚雄傳下》：「哀帝時，丁、傅、董賢用事，諸附離之者或起家至二千石。時雄方草《太玄》，有以自守，泊如也。」後因以「草玄」謂淡於勢利，潛心著述。侯芭：鉅鹿人，揚雄弟子，從其學《太玄》、《法言》。《揚雄傳下》曰：「雄以病免，復召爲大夫。家素貧，耆酒，人希至其門。時有好事者載酒肴從遊學，而鉅鹿侯芭常從雄居，受其《太玄》、《法言》焉。」富鄰：富有的鄰人。語本《易·小畜》：「有孚攣如，富以其鄰。」此處詩人以揚雄自況，以侯芭比涇王。

〔三〕甑生塵：用東漢范冉典。《後漢書·范冉傳》：范冉字史雲，陳留外黄人。桓帝時爲萊蕪長。「遭黨人禁錮，……乃結草室而居焉。所止單陋，有時糧粒盡，窮居自若，言貌無改。閭里歌之曰：『甑中生塵范史雲，釜中生魚范萊蕪。』」甑：陶製的蒸食器皿。唐權德輿《寓興》：「敢求庖有魚，但慮甑生塵。」有不得已而求其次之意，宇文詩反用之，更强調寧可挨餓，也需有酒。

〔四〕嶺外傳梅使：《太平御覽》卷九七〇引南朝宋盛弘之《荆州記》：「陸凱與范曄相善，自江南寄梅花一枝，詣長安與曄，並贈花詩曰：『折梅逢驛使，寄與隴頭人。江南無所有，聊贈一枝春。』」句用此典，意在催促涇王實現「許以酒餉」之諾言。古人呼酒爲春，與「一枝春」諧音。

〔五〕籬邊采菊人：用陶淵明典故。南朝宋檀道鸞《續晉陽秋·恭帝》：「陶潛九月九日無酒，於宅邊東籬下菊叢中摘菊盈把，坐其側。未幾，望見一白衣人至，乃刺史王弘送酒也。即便就酌而後歸。」詩人以淵明自況。

〔六〕洞庭春：酒名。以黄柑釀就。蘇軾《洞庭春色》：「二年洞庭秋，香霧長噀手。今年洞庭春，玉色疑非酒。」其序曰：「安定郡王以黄柑釀酒，謂之洞庭春色，色香味三絶。」

從人借琴

嶧陽慣聽鳳雛鳴〔一〕，瀉出泠然萬籟聲〔二〕。已厭笙簧非雅曲①，幸從炊爨脱餘生〔三〕。昭文不鼓緣何意〔四〕，靖節無絃且寄情〔五〕。乞與南冠囚縶客〔六〕，爲君一奏變春榮〔七〕。

【校】

① 簧：李本作「篁」。

【注】

〔一〕嶧陽：指嶧山之南。嶧山又名鄒山、鄒嶧山、邾嶧山，位於鄒縣東南（今山東省鄒城市）。樂史《太平寰宇記》卷二一「鄒縣」：「山在縣南二十里，亦名鄒山。……嶧陽猶多桐柏也。」又《書·禹貢》「嶧陽孤桐」孔安國注：「嶧山之陽特生桐，中琴瑟也。」鳳雛鳴：《呂氏春秋·古樂》：「昔黃帝令伶倫作爲律。伶倫自大夏之西，乃之阮隃之陰，取竹於嶰谿之谷。以生空竅厚鈞者，斷兩節間，其長三寸九分，而吹之以爲黃鐘之宮。吹曰舍少，次制十二筒，以之阮隃之下，聽鳳皇之鳴，以别十二律。其雄鳴爲六，雌鳴亦六。」此處指笙簧聲。句謂幸有美琴可以寓高雅之情，成全晚年的志趣。

〔二〕泠然：清澈之音。唐劉長卿《聽彈琴》：「泠泠七絃上，靜聽松風寒。」萬籟：自然界萬物發出的各種聲響。籟，從孔穴中發出的聲音，泛指一切聲響。

〔三〕「幸從」句：用漢蔡邕焦尾琴典。《後漢書·蔡邕傳》：「吳人有燒桐以爨者，邕聞火烈之聲，知其良木。因請而裁爲琴，果有美音，而其尾猶焦，故時人名曰焦尾琴焉。」

〔四〕「昭文」句：用昭文鼓琴典。《莊子·内篇·齊物論》：「有成與虧，故昭氏之鼓琴也；無成與虧，故昭氏之不鼓琴也。」昭氏，即昭文，春秋時期鄭國人，善鼓琴。莊子借昭文鼓琴五音難以併舉例，説明若要保持音樂的全聲，鼓琴不如不鼓。

〔五〕「靖節」句：用晉陶淵明無絃琴典。南朝梁蕭統《陶靖節傳》：「淵明不解音律，而蓄無絃琴一張，每酒適，輒撫弄以寄其意。」

〔六〕南冠：楚冠，指被羈縶的南方人。典出《左傳·成公九年》：「晉侯觀於軍府，見鍾儀，問之曰：『南冠而縶者，誰也？』有司對曰：『鄭人所獻楚囚也。』」此處詩人自指。

〔七〕春榮：喻少年時期。《文選·潘岳·金谷集作》：「春榮誰不慕，歲寒良獨希。」李善注：「春榮，喻少；歲寒，喻老也。」

過居庸關〔一〕

奔峭從天拆〔二〕，懸流赴壑清。路回穿石細〔三〕，崖裂與藤爭〔四〕。花已從南發，人今又北行。節旄都落盡〔五〕，奔走愧平生〔六〕。

【注】

〔一〕居庸關：在今北京市昌平西北，爲古之九塞之一。《畿輔通志》卷四〇：「居庸關在昌平州西北二十四里，關門南北相距四十里，兩山夾峙，下有巨澗，懸崖峭壁，稱爲絶險。」據詩中「節旄都落盡」，可知此詩作於宇文虛中仕金之前。

〔二〕奔峭：勢若奔湧的山峰。杜甫《入宅》其一：「奔峭背赤甲，斷崖當白鹽。」仇兆鼇注引邵傅之曰：「山峰高峻，如奔湧然。」拆：同「坼」。裂開；分裂。杜甫《登岳陽樓》：「吴楚東南坼，乾坤日夜浮。」此處言兩山中的天空似一道裂縫。

〔三〕「路回」句：言關山間的穿山小路曲折狹窄。

〔四〕「崖裂」句：謂山崖分裂，壁立高聳，似與其上的松藤爭高。唐錢起《中書王舍人輞川舊居》有「藤長穿松蓋」語。

〔五〕「節旄」句：用蘇武持節牧羊不辱使命典。《漢書·蘇武傳》：「武既至海上，廩食不至，掘野鼠去草實而食之。杖漢節牧羊，卧起操持，節旄盡落。」此處以蘇武自比。

〔六〕「奔走」句：言奔波於金東西朝廷所在地燕京與大同之間，未完成使命，自感慚愧。

晚宿耀武關〔一〕

山與煙雲暝，溪兼冰雪流。寒枝啼秸鞠〔二〕，煬室聚呻嚘〔三〕。此日征行困〔四〕，何時喪亂休。尚矜爭席好〔五〕，無復舊鳴騶〔六〕。

【注】

〔一〕耀武關：金地名，在弘州順聖縣（今河北省陽原縣），屬西京路大同府。元王惲《渾源劉氏世德碑銘》：「劉氏先隴，始葬順聖之耀武關。」

〔二〕秸鞠：鳲鳩。即布穀鳥。

〔三〕煬室：竈房。咿嚘：象聲詞。多用以形容歎息、呻吟聲。句言所宿人家生計困難。

〔四〕「此日」句：言民家生計窮困是因爲征兵打仗。

〔五〕「尚矜」句：用陽子居在老子教導下去其矜誇、與人融洽相處的典故。語出《莊子·寓言》：「其往也，舍者迎將其家，公執席，妻執巾櫛，舍者避席，煬者避竈。其反也，舍者與之爭席矣。」郭象注：「去其誇矜故也。」成玄英疏：「除其容飾，遣其矜誇，混跡同塵，和光順俗，於是舍息之人與爭席而坐矣。」爭席：爭座次，表示彼此融洽無間，不拘禮節。

〔六〕鳴騶：古代隨從顯貴出行時傳呼喝道的騎卒。以上二句謂尚喜所宿之家民風淳樸，自己也不再是高官，與之混跡相處。

安定道中〔一〕

落日塵埃壯〔二〕，陰風天地昏〔三〕。牛羊爭隘道〔四〕，鳥雀聚空村。跛曳傷行役〔五〕，光華誤主恩〔六〕。未甘遲暮景，伏櫪意猶存〔七〕。

【注】

〔一〕安定：遼縣名，在今遼寧省新民市。《遼史·地理志》卷三八「遼州」：「本佛寧國城，渤海爲東平府。……太祖改爲州，軍曰東平，太宗更爲始平軍。有遼河、羊腸河、錐子河……兵事屬北女直兵馬司。統州一，縣二：遼濱縣，安定縣。」按此，詩當作於宇文虛中赴上京受金官時。

〔二〕「落日」句：化用杜甫《江漢》「落日心猶壯」詩句。

〔三〕陰風：北風。

〔四〕隘道：狹窄而險要的路。

〔五〕跛曳：跛足曳行。漢焦贛《易林·剥之萃》：「脛足跛曳，不可以行。」此處指腿脚不利落，行程緩慢。行役：因服役或公務出外跋涉。

〔六〕「光華」句：語出《詩·小雅·皇皇者華》毛序：「『皇皇者華』，君遣使臣者，送之以禮樂，言遠而有光華也。」鄭箋：「言臣出使能揚君之美，延其譽於四方，則爲不辱命也。」《毛詩正義》於「皇皇者華，于彼原隰」下云：「『皇皇』猶煌煌也。高平曰『原』，下濕曰『隰』。忠臣奉使能光君命，無遠無近，如華不以高下易其色。箋云：『無遠無近，維所至則然。』」宇文虛中使金，除祈請二帝外，還與其他使者一樣，兼有罷兵求和之任務。綦崇禮《北海集》卷八載宋高宗《賜宇文虛中詔》：「敕虛中：潘致堯等回，得丞相都元帥書，于國家事情甚厚。諒卿爲我懇請多矣。……我之區區計，今大國所能深悉……惟卿忠亮之節，孚于上下，其亦爲我極陳而力贊之。」由此可見，虛中肩負勸和之任。句言尚未完成宋高宗主和之使命，心感慚愧。

〔七〕「未甘」二句：用曹操《步出夏門行》其二「老驥伏櫪，志在千里。烈士暮年，壯心不已」詩意。

上烏林天使三首〔一〕

平生隨牒浪推移〔二〕，只爲生民不爲私。萬里翠輿猶遠播〔三〕，一身幽圄敢終辭〔四〕。魯人除館西河外〔五〕，漢使驅羊北海湄〔六〕。不是故人高議切〔七〕，肯來軍府問鍾儀〔八〕。

【注】

〔一〕烏林天使：烏林答贊謀，又譯作烏陵思謀、烏凌噶思謀，女真名撒盧母。本爲遼合蘇館女真，出身貧寒，砍柴時遭國相撒改長子宗翰擄掠，成爲其家僕。因聰慧善辯而深得宗翰信任。後多次作爲使臣出使西夏、遼、宋，在金初的外交活動中起過重要作用。天眷元年授寧遠大將軍，知懷州。調任行臺刑部尚書、行臺參知政事。天德二年遭人誣陷，被海陵王派人縊殺。大定十二年，詔復官爵，贈特進。《大金國志》卷二七有小傳。天使：謂天子的使者。周惠泉《金代文學論》認爲此詩作於天會十一年，「烏林天使」爲「齊相張孝純」，不妥。味「幽圄」、「鍾儀」諸語，詩當羈管大同時作。

〔二〕隨牒：授予官職的文書。《漢書·匡衡傳》：「平原文學匡衡，材智有餘，經學絶倫。但以無階朝廷，故隨牒在遠方。」顔師古注：「隨牒，謂隨選補之恒牒，不被超擢者。」

〔三〕翠輿：帝王坐的車有翠羽爲飾的華蓋，故用作帝王的代稱。句指金軍擄徽、欽二帝北歸事。

〔四〕「一身」句：天會六年，詩人赴金的使命即祈請徽、欽二帝回國，句謂未完成使命，雖身陷囹圄，亦在所不辭。敢：豈敢。

〔五〕「魯人」句：用叔魚勸季孫歸魯事。《左傳·昭公十三年》：諸侯盟於平丘，邾、莒告魯朝夕伐之，故無力向晉進貢。晉遂執魯國大夫季孫。後欲釋之，季孫不肯歸。叔魚遂威脅説：「鮒（叔魚）也聞諸吏將爲子除館於西河，其若之何？」季孫懼，乃歸魯。此處自比季孫而稍變其意，言己被留難歸。除館：爲賓客安排館舍。此指拘禁。西河：又稱河西，指今山西、陝西兩省間黄河南段以西的地區。

〔六〕「漢使」句：用蘇武北海牧羊典。言己使金被拘羈北地。

〔七〕故人：指烏林答贊謀。據徐夢莘《三朝北盟會編》，烏林於宋宣和元年、四年、五年多次出使北宋。其與虚中的相識最遲不晚於金天會四年，即宋靖康元年，金軍兵臨汴京城下，烏林答贊謀出使宋廷時。據《宋史·宇文虚中傳》：「會姚平仲劫金營失利，西兵俱潰。金人復引兵逼城下，虚中縋而入。欽宗欲遣人奉使，辨劫營非朝廷意，乃姚平仲擅興兵。大臣皆不肯行。虚中承命即往都亭驛，見金使王汭，因持書復議和。」而此時烏林也在金國使團中。句言烏林天使以舊交之故來看望自己。

〔八〕「鍾儀」句：《左傳·成公七年》：「楚子重伐鄭。……因鄖公鍾儀，獻諸晉。……晉人以鍾儀歸，囚諸軍府。」九年，「晉侯觀於軍府，見鍾儀，問之曰：『南冠而縶者誰也？』有司對曰：『鄭人所獻楚囚也。』〔二〕此處以楚囚自比，述自己被拘押之處境。據此可確定此詩作於虛中使金被扣留之初。

又

拭玉韓門吐寸誠，敢將緩頰沮天兵〔一〕。雷霆儻肯矜彫弊〔二〕，草芥何須計死生〔三〕。定鼎未應周命改〔四〕，登牀合許宋人平①〔五〕。知君妙有經邦策，存取威懷萬世名〔六〕。

【校】

①「牀」原作「壇」，「宋」原作「趙」，據《三朝北盟會編》卷二一五改。

【注】

〔一〕「拭玉」二句言己出使金營期望罷兵的初衷。拭玉：謂奉命出使。《北史·伊婁謙傳》：「帝尋發兵。齊主知之，令其僕射陽休之責謙曰：『貴朝盛夏徵兵，馬首何向？』答曰：『僕拭玉之始，未聞興師。』」韓門：主帥營帳。緩頰：婉言勸解。天兵，指金朝軍隊。

〔二〕雷霆：本指震雷、霹靂，後用以比喻威猛、迅猛，常指軍隊。此處指金兵。彫弊：即凋敝。指戰爭中呻吟的百姓。

〔三〕草芥：草和芥，常用以比喻輕賤。《舊唐書·倪若水傳》：「草芥賤命，常欲殺身以效忠；葵藿微心，常願隳肝以報主。」此處自指。

〔四〕定鼎：舊傳禹鑄九鼎，以象九州，歷商至周，作爲傳國重器，置於國都。《左傳·宣公三年》：「成王定鼎於郟鄏。」周成王在太廟建成大殿，選擇吉日，集文武百官及四方諸侯，舉行了隆重的安放九鼎的大典，以示周朝完成了滅商的大業。句謂北宋雖亡，但趙宋政權仍在延續。

〔五〕「登牀」句：《左傳·宣公十五年》：「宋人懼，使華元夜入楚師，登子反之牀，起之，曰：『寡君使元以病告，曰敝邑易子而食，析骸以爨。雖然，城下之盟有以國斃不能從也。去我三十里，唯命是聽。』子反懼，與之盟而告王退三十里。」句用此典，以華元自比，希望金朝罷兵議和，與宋簽訂盟約。

〔六〕威懷：威服和懷柔。謂威德並用。兵家强調不戰而屈人之兵，一以力勝，一以道勝。此處偏重於後者。

又

當時初結兩朝歡，曾見軍前捧血槃〔一〕。本爲萬年依蔭厚，那知一日遽盟寒〔二〕。羊牽已作俘囚獻〔三〕，魚漏終期網罟寬〔四〕。幸有故人知底藴〔五〕，下臣獲考敢謀安〔六〕。

【注】

〔一〕「當時」二句：指自己出使金營達成和議事。《宋史·欽宗紀》靖康元年二月「乙巳，宇文虚中、王球復使金軍。康王至自金軍。金人遣韓光裔來告辭，遂退師，京師解嚴。」《宋史》本傳：「虚中承命即往都亭驛，見金使王汭，因持書復議和……諸酋曰：『樞密（虚中時受任簽樞密院事）不稍空，我亦不稍空。』如中國人稱『脱空』，遂解兵北去。」

〔二〕「那知」句：指欽宗允許虚中以割讓三鎮（中山、太原、河間）等條件與金人達成和議後，又暗使太原等將帥堅守不與，金人以宋人失信再興兵南伐事。《中州集·滕茂實傳》：「奉使割三鎮，太原尋奉密詔，據城不下。」《金史·褚承亮傳》所載天會六年真定舉試題中「少帝失信」即指此事。

〔三〕「牽羊」句：《史記·宋微子世家》：「周武王克殷，微子乃持其祭器造於軍門，肉袒面縛，左牽羊，右把茅，膝行而前以告。於是武王乃釋微子，復其位如故。」句指靖康元年十二月欽宗出降，次年四月徽、欽二宗被擄北上事。

〔四〕「魚漏」句：謂北宋已亡，二主被擄，期望金人對其臣民能網開一面，寬大爲懷。網罟：用繩、線等結成的捕魚捉鳥的器具。

〔五〕底蘊：内情底細。此指宋廷力主和議之方略。

〔六〕考：成全。《書·大誥》：「天棐忱辭，其考我民。」孔傳：「爲天所輔，其成我民矣。」上二句謂幸有烏林天使知道自己的出使意旨，只要能夠解救保全百姓，豈能顧及個人的安危。也即「只爲生民不爲私」之意。

姑蘇滕惇禮榜所居閣曰齋心，成都宇文某作詩以廣其意〔一〕

不是憑虚避世喧，此中於物本無緣〔二〕。靜看畏影徒勞爾〔三〕，題作齋心亦且然。意識已隨言語斷〔四〕，生涯聊任歲時遷。老夫亦涉天遊趣①〔五〕，三復南華第四篇〔六〕。

【校】

① 亦：李本作「未」。

【注】

〔一〕詩題：《中州集·滕茂實傳》謂其「姑蘇人」。元好問《遺山集》卷三四《王無競題名記》載：「南中王氏（無競），國初以好客名河東，朱少章（弁）、姚仲純（孝錫）、滕秀穎（茂實）、趙光道（晦）、宇文叔通（虚中）皆遊其門。」按此，疑滕惇禮或即滕茂實，或爲其兄弟。滕茂實於靖康元年出使被留，羈居代州，時其兄絢已降金，又取其弟華至代。詩當宇文虚中羈管初期作。心齋，《莊子·人間世》：「回曰：『敢問心齋。』仲尼曰：『若一志。無聽之以耳，而聽之以心；無聽之以心，而聽之以氣。聽止於耳，心止於符。氣也者，虚而待物者也。唯道集虚。虚者，心齋也。』」廣其意，指拓展其「齋心」的寓意。

〔二〕「不是」二句：謂「齋心」的主人並非因躲避世俗紅塵而心儀虚靜專一，而是因爲自己對世俗追求的名利本無牽念。《莊子·人間世》：「虚室生白，吉祥止止。」即謂心中純淨無欲。 憑虚：古代寓言的假託人名。《文選·張衡·西京賦》：「有憑虚公子者，心奓體忲，雅好博古，學乎舊史氏。」李善注：「憑，依託也；虚，無也，言無有此公子也。」避世喧：用陶淵明《飲酒》「結廬在人境，而無車馬喧。問君何能爾，心遠地自偏」之意。 物：指世俗追求的富貴名利。

〔三〕「静看」句：用莊子畏影避跡典。《莊子·漁父》：「人有畏影惡跡而去之走者，舉足愈數而跡愈多，走愈疾而影不離身。自以爲尚遲，疾走不休，絶力而死。不知處陰以休影，處静以息跡，愚亦甚矣。」此句批評畏影避跡者不明事理，庸人自擾，旨在强調閉門静處，不爲外物所擾。

〔四〕「意識」句：《莊子·天道》：「夫虚静恬淡寂漠無爲者，萬物之本也……語之所貴者意也，意有所隨。意之所隨者，不可言傳也。」《莊子·外物》：「筌者所以在魚，得魚而忘筌……言者所以在意，得意而忘言。」句謂已經領會到「齋心」内涵實質，可以得意忘言了。

〔五〕天遊：謂放任自然。《莊子·外物》：「胞有重閬，心有天遊。室無空虚，則婦姑勃谿；心無天遊，則六鑿相攘。」郭象注：「遊，不係也。」成玄英疏：「虚空，故自然之道遊其中。」

〔六〕三復：猶言三遍。《新唐書·張巡傳》：「讀書不過三復，終身不忘。」亦謂反復誦讀。 南華第四篇，即《莊子·人間世》。《唐會要》卷五〇：「天寶元年二月二十二日敕文：追贈莊子南華真人，所著書爲《南華真經》。」

和高子文《秋興》二首〔一〕

沙碧平猶漲，霜紅粉已多。駒年驚過隙〔二〕，鳧影倦隨波〔三〕。散步雙扶老〔四〕，棲身一養和〔五〕。羞看使者節，甘荷牧人蓑〔六〕。好問按，養和，几名，事見《江湖散人集》〔七〕。扶老，見《歸去來辭》〔八〕。

【注】

〔一〕高子文：高士談（？——一一四六），字子文，亳州蒙城（今安徽省蒙城縣）人。宣和末曾任忻州（今山西省忻州市）户曹參軍。後仕金爲翰林直學士。皇統六年，因宇文虛中案牽連被殺。《金史》卷七九有傳，《中州集》卷一有小傳。《中州集》所收高士談《秋興》詩一首，從韻脚來看，並非宇文虛中所和之詩。高士談原詩《中州集》未收，已佚。秋興：秋日的情懷。

〔二〕「駒年」句：用白駒過隙典，喻時光飛逝。《莊子・知北遊》：「人生天地之間，若白駒之過隙。」

〔三〕「鳧影」句：杜甫《西閣三度期大昌嚴明府同宿不到》：「早鳧江檻底，雙影漫飄颻。」鳧：野鴨。

〔四〕扶老：手杖的别名。漢應劭《風俗通》：「《周官・羅氏》：『獻鳩養老。』漢無羅氏，故作鳩杖以扶老。」晉陶潛《歸去來辭》：「策扶老以流憩，時矯首而遐觀。」

〔五〕養和：靠背椅的别名。唐皮日休《五貺詩》序：「有桐廬養和一，怪形拳蹋，坐若變去，謂之『烏龍養和』。」

〔六〕「羞看」二句：謂自己使金未完成祈請徽、欽二宗的使命，竟然讓代表國使的節杖變成挑負牧人雨衣的工具，爲此深感羞愧。

〔七〕《江湖散人集》：唐陸龜蒙詩文集。其《烏龍養和》詩曰：「養和名字好，偶寄道情深。所以親逋客，兼能助五禽。倚肩滄海望，鉤膝白雲吟。不是逍遥侣，誰知世外心。」

〔八〕《歸去來辭》：指陶潛《歸去來兮辭》。

又

摇落山城暮〔一〕，棲遲客館幽〔二〕。葵衰前日雨，菊老異鄉秋。自信浮沉數〔三〕，仍懷顧望愁。蜀江歸棹在〔四〕，浩蕩逐春鷗。

【注】

〔一〕摇落：戰國楚宋玉《九辯》：「悲哉，秋之爲氣也。蕭瑟兮，草木摇落而變衰。」

〔二〕棲遲：飄泊失意貌。杜甫《移居公安敬贈衛大郎》：「白頭供宴語，烏几伴棲遲。」

〔三〕浮沉：指書信未送到。《世説新語·任誕》：「殷羨作豫章郡太守。臨去，都下人因寄百許函書。既至石頭，悉擲水中。因祝曰：『沉者自沉，浮者自浮，殷洪喬不能作致書郵。』」李心傳《建炎以來繫年要録》卷三九：「（建炎四年十一月壬寅）初，宣撫處置使張浚遣使臣楊安間行往雲中，訪資政殿大學士宇文虚中所在，且以其家人書遺之。是日，安見虚中於南驛，翌日虚中以礬書授安使歸報。其書曰：『緩頰不效，被囚累年。歸望永絶，待死而已。家有艱勤，但告君父。勉思忠孝，勿負吾心。繼此勿用嗣音，有損無益。江左人錢釗、傅昇勿令近行在，此乃勾引者。』安還至汾州，爲邏者所獲，囚之。」句或指此事。

〔四〕蜀江：蜀郡境内的江河。歸棹：指歸舟。

又和九日〔一〕

老畏年光短，愁隨秋色來。一持旌節出①，五見菊花開〔二〕。强忍玄猿淚〔三〕，聊浮緑蟻杯〔四〕。不堪南向望，故國又叢臺〔五〕。

【校】

① 持：底本原作「時」，據李本、毛本改。

【注】

〔一〕九日：指九月初九重陽節。按「一持」二句，詩作於天會十年羈管雲中時。虚中天會六年十一月使金。

〔二〕「一持」二句：言使金已過五年。旌節：古代使者所持的節，以爲憑信。《後漢書·光武紀》：「乃遣光武以破虜將軍行大司馬事。十月，持節北度河。」李注云：「節，所以爲信也。以竹爲之，柄長八尺，以旄牛尾爲其旄三重。」句用杜甫《秋興八首》其一「叢菊兩開他日淚，孤舟一繫故園心」詩意，有感歎滯留之久、仍心繫故園的情懷。

〔三〕玄猿淚：用杜甫《九日》「殊方日落玄猿淚」句意。他鄉日暮，聽聲聲玄猿的悲啼，淒清哀怨，羈留北方的詩人，只能强忍思鄉淚。

〔四〕緑蟻：古時新釀製的酒，在酒面上會浮起酒渣，色微緑，細如蟻，故稱。後代指新釀的酒。

〔五〕叢臺：臺名，古稱「武靈叢臺」。戰國時趙武靈王築，在邯鄲城内，數臺相連，故名。相傳爲趙武靈王檢閲軍隊與觀賞歌舞之地。《漢書·鄒陽傳》：「夫全趙之時，武力鼎士袨服叢臺之下者一旦成市，而不能止幽王之湛患。」南宋建炎四年（金天會八年），金軍焚臨安，大掠北去。紹興二年（金天會十年），宋高宗回臨安，大興土木。《宋史·高宗四》二年正月：「己未，修臨安城。」句當指此，感歎故國不能卧薪嘗膽，報仇雪恨。

中秋覓酒

今夜家家月〔一〕，臨筵照綺樓〔二〕。那知孤館客，獨抱故鄉愁。感激時難遇〔三〕，謳吟意未休〔四〕。應分千斛酒，來洗百年憂〔五〕。

【注】

〔一〕「今夜」句：唐章孝標《八月》：「長安夜夜家家月，幾處笙歌幾處愁。」家家月：即月照家家，家家賞月。

〔二〕綺樓：華美的樓閣。

〔三〕感激：感慨憤激之意。時難遇：不遇時，不得志。此處指遭遇世事板蕩，中原陸沉。

〔四〕謳吟：歌唱吟詠。唐白居易《張常侍池涼夜閑宴贈諸公》：「或嘯或謳吟，誰知此閑味？」

〔五〕「應分」二句：唐劉希夷《故園置酒》：「願逢千日醉，得緩百年憂。」宋王安石《招同官遊東園》：「毋爲百年憂，一日以逍遥。」二句緊扣詩題「覓酒」，要友人多分酒來洗滌憂愁。

四序迴文十二首〔一〕

春

短草鋪茸緑，殘紅照雪稀〔二〕。暖輕還錦褥〔三〕，寒峭怯羅衣〔四〕。

【注】

〔一〕四序：指春、夏、秋、冬四季。迴文：迴文詩。指以一定形式排列、迴環往復均可誦讀之詩。

〔二〕殘紅：指樹上凋殘的花。

〔三〕錦褥：錦緞做的褥子。句謂天氣轉暖，已不需要錦褥。

〔四〕寒峭：寒氣逼人。羅衣：輕軟絲織品製成的衣服。句謂春寒料峭。

又

翠漣冰綻日〔一〕，香徑晚多花〔二〕。細筍抽蒲密〔三〕，長條舞柳斜〔四〕。

【注】

〔一〕「翠漣」句：言江河中堅冰融化，緑波微起。

〔二〕香徑：指落花滿地的小徑。

〔三〕「細筍」句：謂江邊的小竹筍抽芽，像蒲葦那樣細密。

〔四〕長條：指柳枝。

又

折花幽檻小〔一〕，傾酒緑杯深。蝶舞輕風曉，鶯啼老樹陰〔二〕。

【注】

〔一〕檻：欄杆。句謂在幽曲狹窄的回廊亭軒中攀折欄杆外面的花枝。

〔二〕鶯啼：黄鶯鳴叫。

夏

翠密圍窗竹〔一〕，青圓貼水荷〔二〕。睡多嫌晝永〔三〕，醒少得風和。

【注】

〔一〕「翠密」句：言青翠稠密的竹叢圍繞在窗户之外。

〔二〕「青圓」句：形容色緑形圓的荷葉漂浮在水面。

〔三〕晝永：白晝漫長。宋洪邁《容齋三筆·李元亮詩啟》：「元亮亦工詩，如『人閑知晝永，花落見春深』。」

又

草徑迷深緑〔一〕，蓮池浴膩紅〔二〕。早蟬鳴樹曲，鮮鯉躍潭東。

【注】

〔一〕「草徑」句：小路被兩旁茂盛的野草合圍，顯得狹窄幽深，迷離不清。

〔二〕膩紅：細膩紅潤。代指荷花。

又

暴雨隨雲驟，驚雷隱地平〔一〕。好風搖箑透〔二〕，輕汗挹冰清〔三〕。

【注】

〔一〕隱：通「殷」，震動。《史記·司馬相如列傳》：「車騎靁起，隱天動地。」地平：平地，大地。

〔二〕箑：《淮南子·精神訓》「知冬日之箑」高誘注：「箑，扇也。楚人謂扇爲箑。」

〔三〕挹：舀，酌取。句言天熱微汗，取冰降温。

秋

晚日欣簾捲，涼風覺袂摇〔一〕。遠吟高興遣，長醉宿愁銷〔二〕。

【注】

〔一〕袂：衣袖。

〔二〕長醉：酣醉不醒。李白《將進酒》：「鐘鼓饌玉不足貴，但願長醉不復醒。」

又

短葦低殘雨，虚舟帶晚潮〔一〕。斷鴻歸暗浦〔二〕，疏葉墮寒梢。

【注】

〔一〕虚舟：無人駕御的船隻。

〔二〕斷鴻：失群的孤雁。浦：水邊或河流入海處。

又

慼慼蛩吟苦〔一〕，茫茫水驛孤〔二〕。日銜山色暮，霜帶菊叢枯。

【注】

〔一〕慼慼：低鳴聲。蛩：蟋蟀。

〔二〕水驛：水路驛站。

冬

鶻健呼風急〔一〕，烏啼促景殘。窟深宜兔蟄〔二〕，蒲折蔭魚寒。

【注】

〔一〕鶻：即隼。飛得很快，善擊其他鳥類。句謂矯健的鶻在高空快速飛行，急風好像是它呼喚來的。

〔二〕蟄：指隱藏。

又

裂瓦寒霜重，鋪窗月影清。滅燈驚好夢，孤枕念深情〔一〕。

【注】

〔一〕孤枕：獨枕。借指獨宿、獨眠。

又

秀柏留陰緑，芳梅蘸影斜〔一〕。溜檐冰結玉〔二〕，裝樹雪飛花。

【注】

〔一〕「芳梅」句：用宋林逋《山園小梅》「疏影横斜水清淺」詩意。

〔二〕溜檐：屋檐泄水處。

燈碑五首〔一〕

清陰靄靄匝城闉〔二〕，萬井熙熙桃杏春〔三〕。紫陌傳呼旌旆出〔四〕，重臣新佩玉麒麟〔五〕。

【注】

〔一〕燈碑：此詞古籍罕見。按燈有指明破暗義，碑有歌功頌德義，合觀全詩，此應指贊頌皇恩朝政德音四布、光明普照之碑，且有引導勸勉之義。按詩中「陪京」、「白登山」諸句，詩作於羈管雲中後期。

〔二〕清陰：白色雲霧，暗喻恩澤。蘇軾《補唐文宗柳公權聯句》：「願言均此施，清陰分四方。」靄靄：雲煙密集貌。晉陶潛《停雲》：「靄靄停雲，濛濛時雨。」城闉：城内重門。亦泛指城郭。《文選・謝莊・宋孝武宣貴妃誄》：「崇徽章而出寰甸，照殊策而去城闉。」李善注：「闉，城曲重門也。」

〔三〕萬井：千家萬户。熙熙：和樂貌。《漢書・禮樂志》：「衆庶熙熙，施及夭胎；群生啿啿，唯春之祺。」顔師古注：「熙熙，和樂貌也。」

〔四〕紫陌：帝京的道路，泛稱京都郊野之路。

〔五〕重臣：國家倚重的、有崇高聲望的大臣。玉麒麟：玉雕的麒麟印紐。

又

鈿軸天章拜異恩①〔一〕，驛驂花騎映朝暾〔二〕。手持禁鑰千門肅〔三〕，官壓東宮一品尊〔四〕。

【校】

① 鈿：底本原作「軸」，據李本、毛本改。

【注】

〔一〕鈿軸：鑲嵌金、銀、玉、貝等物的卷軸。唐白居易《妻初授邑號告身》：「弘農舊縣受新封，鈿軸金泥告一通。」天章：指皇帝的詩文。南朝陳徐陵《丹陽上庸路碑》：「御紙風飛，天章海溢。」異恩：特殊恩遇。

〔二〕朝暾：早晨初升的太陽。《隋書·音樂志下》：「扶木上朝暾，嵫山沉暮景。」

〔三〕禁鑰：宮門鑰匙。此指掌管宮廷門禁。

〔四〕東宮：太子所居之宮；亦指太子。

又

壘原清照白登山〔一〕，彌隴連天麥浪寒〔二〕。劍戟漸銷農器出〔三〕，人家只識勸農官〔四〕。

【注】

〔一〕壘原：指丘陵平原。清照：清輝朗照。有暗喻恩澤意。白登山：也稱小白登山，今名馬鋪山，位於山西省大同城東五公里處。漢高祖七年，劉邦曾被匈奴圍困於此。

〔二〕彌隴：綿延的田地。

〔三〕「劍戟」句：銷熔劍戟以製造農具。《孔子家語·致思》：「鑄劍戟以爲農器，放牛馬於原藪，室家無離曠之思，千歲無戰鬭之患。」唐裴度、宋范仲淹都有《鑄劍戟爲農器賦》，論天下無事，兵器銷偃事。合觀《古劍行》「龍泉爾莫矜雄鋩，不見鳥盡良弓藏。會當鑄汝爲農器，一劍不如書數行」，可知平息戰爭，恢復生産，讓金宋兩國人民安享太平盛世，是詩人一貫的志願。這也是他超越忠君的最高人生價值取向。

〔四〕勸農官：古代負責鼓勵督促農業生産的官吏。此句偏指金朝，希望其借鑒中原的勸農官制，勉勵他們改進游牧文化和靠武力掠取財富的思維方式，向中原農耕文化演進，靠發展農耕獲取財富。

又

九夏南風入舜琴〔一〕，恩風澤雨浹飛沉〔二〕。陪京最是儀形地〔三〕，先識君王解慍心〔四〕。

【注】

〔一〕九夏：古樂名。《周禮·春官·鐘師》：「鐘師，掌金奏。凡樂事，以鐘鼓奏《九夏》：《王夏》、《肆夏》、《昭夏》、《納夏》、《章夏》、《齊夏》、《族夏》、《祴夏》、《驁夏》。」此處兼指夏季。舜琴：《禮記·樂記》：「昔者舜作五絃之琴，以歌《南風》。」《孔子家語·辨樂解》：「昔者舜彈五絃之琴，造《南風》之詩，其詩曰：『南風之薰兮，可以解吾民之愠兮；南風之時兮，可以阜吾民之財兮。』」

〔二〕恩風澤雨：喻仁政，德政。浹：遍及。飛沉：指鳥類與魚類。

〔三〕陪京：即陪都。結合上首詩之内容，此處應指西京大同府（今山西省大同市）。儀形：典範；楷模。蘇軾《告文宣王文》：「載空言於典籍，示後世之儀形。」

〔四〕愠：鬱結。

又

枹鼓無聲訟獄空〔一〕，歡謡擊壤萬家同〔二〕。時人共解班春意〔三〕，兵寢刑清第一功〔四〕。

【注】

〔一〕枹鼓無聲：指既無人爲非作歹，也無人擊鼓喊冤。《漢書·張敞傳》：「（張敞）窮治所犯，或一人百餘發，盡行法罰。由是枹鼓稀鳴，市無偷盜，天子嘉之。」宋陳師道《代謝西川提點刑獄表》：「家有刑書，知而不犯；地爲沃野，富以無求。囹圄屢空，枹鼓幾困。」古時擊鼓警衆，以備非常。市無偷盜，社會安寧，故枹鼓稀鳴。枹，鼓槌。訟獄：關押被告囚犯的監獄。

〔二〕擊壤：晉皇甫謐《高士傳》卷上：「壤父者，堯時人也。帝堯之世，天下太和，百姓無事。壤父年八十餘而擊壤於道中，觀者曰：『大哉！帝之德也。』壤父曰：『吾日出而作，日入而息，鑿井而飲，耕田而食，帝何德與我哉？』」後用作歌頌太平盛世的典故。

〔三〕班：本指分瑞玉，引申爲賜予。春：常喻生機、和氣、恩澤。

〔四〕兵寢：息兵，天下太平。刑清：刑罰公正清明。語本《易·豫》：「聖人以順動，則刑罰清而民服。」

館中書事

雨來蒸鬱似江鄉〔一〕，雨過西風特地涼。尚有庭花共客恨〔二〕，可無尊酒慰幽芳〔三〕。

【注】

〔一〕蒸鬱：悶熱。江鄉：指江南水鄉。

〔二〕客恨：游子愁思。

〔三〕幽芳：清香。亦指香花。

時習齋〔一〕

未厭平生習氣濃〔二〕，更將餘事訓兒童〔三〕。魯論一萬三千字〔四〕，悟入從初一句中〔五〕。

【注】

〔一〕時習齋：《論語·學而》：「子曰：『學而時習之，不亦説乎？』」

〔二〕習氣：長久養成的習慣、習性。此指詩題所言「學而時習」。

〔三〕餘事：指《論語》的其他篇章。

〔四〕魯論：即《魯論語》。《論語》的漢代傳本之一，相傳爲魯人所傳。唐陸德明《〈經典釋文〉序録》：「漢興，傳者則有三家，《魯論語》者，魯人所傳，即今所行篇次是也。」

〔五〕從初：當初。一句：指《論語·學而》：「學而時習之，不亦説乎？」

醉經齋〔一〕

傍人但笑腹便便，枕藉詩書正晝眠〔二〕。不識先生真悟處，未離文字已逃禪〔三〕。

【注】

〔一〕醉經：指潛心經學。隋王通《中説·事君》：「子遊河間之渚，河上丈人曰：『何居乎斯人也？心若醉六經，目若營四海。』」

〔二〕「傍人」二句：用漢代邊韶典。《後漢書·邊韶傳》：「邊韶字孝先，陳留浚儀人也。以文章知名，教授數百人。韶口辯，曾晝日假卧，弟子私嘲之曰：『邊孝先，腹便便。懶讀書，但欲眠。』韶潛聞之，應時對曰：『邊爲姓，孝爲字。腹便便，五經笥。但欲眠，思經事。寐與周公通夢，静與孔子同意。師而可嘲，出何典記？』嘲者大慚。」腹便便：形容人肚子大、肥胖的樣子。

〔三〕未離文字：不離文字。佛教禪家談道講求不在文字，不離文字，引譬設方，以期頓悟。逃禪，指遁世而參禪。唐牟融《題寺壁》：「聞道此中堪遁跡，肯容一榻學逃禪。」二句言自己既將儒家經典著作背得爛熟，也已悟得其精神實質。元好問《陶然集詩序》在比較佛學家與文學家之異時言：「詩家所以異於方外者，渠等談道不在文字，不離文字；詩家聖處，不離文字，不在文字。」强調了「不離文字」的重要性。可合觀。

醉墨齋〔一〕

旋汲清泉起縠紋〔二〕，定知婁永是前身〔三〕。箇中自可逃真性〔四〕，不用淋漓汙葛巾〔五〕。

【注】

〔一〕醉墨：謂醉中所作的詩畫。唐陸龜蒙《奉和襲美醉中偶作見寄次韻》：「憐君醉墨風流甚，幾度題詩小謝齋。」

〔二〕縠紋：縐紗似的皺紋。常用以喻水的波紋。

〔三〕婁永：宋周越《法書苑》：王逸少書，偏工書永，以其八法之勢能通一切字。婁，通「屢」。前身：猶前生。唐白居易《昨日復今辰》：「所經多故處，卻想似前身。」

〔四〕箇中：此中。真性：天性，本性。句言筆墨中可以潛寓自己的本性。

〔五〕「不用」句：《宋書·陶潛傳》載，陶淵明嗜酒，「郡將候潛，值其酒熟，取頭上葛巾漉酒，畢，還復著之」。後用作嗜酒任誕典故。葛巾：用葛布製成的頭巾。

烏夜啼〔一〕

汝琴莫作歸鳳鳴〔二〕，汝曲莫裁白鶴怨〔三〕。明珠破璧掛高城〔四〕，上有烏啼人不見〔五〕。堂中蠟炬紅生花〔六〕，門前紺幰七香車〔七〕。博山夜長香燼冷〔八〕，悠悠蕩子留倡家〔九〕。妾機尚餘數梭錦，織恨傳情還未忍〔一〇〕。城烏爲我盡情啼，知道單棲淚盈枕〔一一〕。

【注】

〔一〕烏夜啼：樂府舊題。宋郭茂倩《樂府詩集》卷四七「清商曲辭」的「吴聲歌曲」收《烏夜啼》八曲。又爲琴曲名，即《烏夜啼引》。《樂府詩集·琴曲歌辭四·烏夜啼引》引唐李勉《琴説》：「《烏夜啼》者，何晏之女所造也。」後世所見《烏夜啼》内容多爲男女戀情。

〔二〕歸鳳鳴：指彈唱《鳳求凰》琴曲。漢司馬相如《琴歌》之一：「鳳兮鳳兮歸故鄉，遨遊四海求其凰。」鳳，喻指婚姻關係中的男方。

〔三〕裁：寫作。白鶴怨：漢樂府《艷歌何嘗行》：「飛來雙白鵠（一作鶴），乃從西北來。十十五五，羅列成行。妻卒被病，行不能相隨……念與君離别，氣結不能言。」

〔四〕明珠破璧：指太陽。語自蘇軾《虔州八境圖八首並引》：「且子不見夫日乎？其旦如盤，其中如珠，其夕如破璧，此豈三日也哉？」用以描述不同時段太陽之形狀。此處兩詞連用，暗示了由午至夕時間之推移。

〔五〕烏：祥烏。見《樂府詩集》題解。此用以自比。

〔六〕「堂中」句：古人認爲燈捻燃燒時結成花狀物是喜事的預兆。舊題漢劉歆《西京雜記》卷三：「（陸）賈應之曰：『夫目瞤得酒食，燈火花得錢財，乾鵲噪而行人至，蜘蛛集而百事喜。』」宋黄庭堅《過家》：「燈花何故喜？大是報書信。」與下句合觀，此喜兆指丈夫歸來。

〔七〕紺幰：天青色車幔。亦指張紺幰的車駕。《隋書·禮儀志五》：「犢車……五品已上，紺幰碧裹，皆白銅裝。」七香車：用多種香料塗飾或用多種香木製作的車。亦泛指華美的車。曹操《與太尉楊彪書》：「今贈足下……畫輪四望通幰七香車一乘，青牸牛二頭。」句寫女子想像丈夫歸來的情形。

〔八〕博山：香爐名，因爐蓋狀如重疊的山形而得名。南朝宋鮑照《擬行路難》：「洛陽名工鑄爲金博山，千斲復萬鏤，上刻秦女攜手仙。……如今君心一朝異，對此長歎終百年。」

〔九〕悠悠：飄動不定貌。亦含思念之意。《後漢書·章帝紀》：「中心悠悠，將何以寄？」蕩子：指出門在外的丈夫。

〔一〇〕「妾機」二句：唐武則天《織錦回文記》：「前秦苻堅時，秦州刺史扶風竇滔妻蘇氏……初，滔有寵姬趙陽臺……及滔將鎮襄陽，邀蘇氏同往。蘇氏忿之，不與偕行。乃攜陽臺之任，絶蘇氏音問。蘇氏悔恨自傷，因織錦爲回文。」

〔一二〕「城烏」二句：寫女子託烏傳信與丈夫，使之瞭解自己的思念之苦。唐元稹《聽庾及之彈〈烏夜啼引〉》：「君彈《烏夜啼》，我傳樂府解古題。良人在獄妻在閨，官家欲赦烏報妻。」按此，烏又是報信的使者。

吴學士激　二十五首

激字彦高，宋宰臣拭之子〔一〕，王履道外孫〔二〕，而米芾元章婿也〔三〕。工詩能文，字畫得其婦翁筆意〔四〕。將命帥府，以知名留之。仕爲翰林待制。出知深州〔五〕，到官三日而卒。有《東山集》十卷並樂府行於世。東山，其自號也。《出散關》詩云〔六〕：「春風蜀棧青山盡，曉日秦川緑樹平。」《愈甫索水墨，以詩寄之》云：「煙拂雲梢留淡白，雲蒸山腹出深青。」《三衢夜泊》云：「山侵平野高低樹，水接晴空上下星。」《太清宫》云：「玉座煙霞春寂寂，石壇星斗夜蒼蒼。」《呈正甫》云：「手版西山聊復爾，角巾東第定何時。」《遊南溪潭》云：「竹院鳴鐘疑物外，畫橋流水似江南。」《飛瀑巖》云：「數樹殘花喜春在，一聲啼鳥覺山深。」《誄鄭邸故伎》云：「玉雪自知塵不涴，丹青難寫酒微醺。」《送樂之侍郎》云：「四海蒼生謝安石〔七〕，一言宣室賈長沙〔八〕。」《送韓鳳閣使高麗》云〔九〕：「海東絶域皇華使，天上仙官碧落卿。」《偶題》云：「江湖欹枕夢，風雪打窗時。」此類甚多。樂府「夜寒茅店不成眠」、「南朝千古傷心事」、「誰挽銀河」等篇，自當爲國朝第一手。而世俗獨取《春從天上來》，謂不用他韻，《風流子》取對屬之工，豈真識之論哉！

【注】

〔一〕宋宰臣拭：吴拭，一作吴栻，字顧道，建州甌寧（今福建省建甌市）人。熙寧六年進士，歷工部侍郎、户部侍郎，兵部侍郎。曾使高麗，著有《雞林志》二十卷，今佚。詩文俱有名。

〔二〕王履道：王安中，字履道，號初寮。元符三年進士。中山陽曲（今山西省太原市）人。宋哲宗元符三年進士。徽宗時歷任翰林學士、尚書右丞。曾師蘇軾、晁説之等。有《初寮集》。《宋史》卷三五二有傳。

〔三〕米芾：字元章，號襄陽居士、海嶽山人等。祖籍太原，後遷居湖北襄陽。曾任校書郎、書畫博士、禮部員外郎。善詩，工書法，宋四大書法家之一。其繪畫擅長枯木竹石，尤工水墨山水。《宋史》卷四四四有傳。

〔四〕婦翁：妻父。指米芾。

〔五〕深州：州名，金代屬河北東路。今河北省深州市。

〔六〕散關：即大散關。在陝西省寶雞市西南大散嶺上。當秦嶺咽喉，扼川陝間交通，爲古代兵家必爭之地。天會十二至十二年爲金人占領。詩當作於此時。

〔七〕「四海」句：《晉書·謝安傳》載，謝安中年隱居東山，後被桓温請爲司馬。臨行，有人戲之曰：

「卿累違朝旨，高卧東山，諸人每相與言：『安石不肯出，將如蒼生何？』蒼生今亦將如卿何？」

〔八〕賈長沙：賈誼，西漢洛陽人。文帝初，召爲博士。遷至太中大夫。後被大臣排擠，出爲長沙王太傅。後文帝曾召至長安，於宣室詢問鬼神之事。見《史記·屈原賈生列傳》。

〔九〕鳳閣：唐武則天光宅元年改中書省爲鳳閣，遂用爲中書省的別稱。

山中見桃花李花

錦里春風徧海棠〔一〕，別時無計奈紅芳。山中桃李渾疑晚〔二〕，猶有殘花斷客腸①。

【校】

①花：李本、毛本作「紅」。

【注】

〔一〕錦里：成都別稱。因錦江而得名。晉常璩《華陽國志·蜀志》：「錦工織錦，濯其中則鮮明，他江則不好，故命曰錦里也。」蜀地海棠古稱「天下奇絶」。唐薛能《海棠》：「四海應無蜀海棠，一時開處一城香。」宋陸游《海棠歌》：「碧雞海棠天下絶，枝枝似染猩猩血。」

〔二〕「山中」句：言山中桃李花因地勢高寒晚開。渾：皆。

長安懷古

佳氣猶能想鬱葱，雲間雙闕峙蒼龍〔一〕。春風十里灞陵樹〔二〕，曉月一聲長樂鐘〔三〕。小苑花開紅漠漠，曲江波漲碧溶溶〔四〕。眼前疊嶂青如畫〔五〕，借問南山共幾峰〔六〕。

【注】

〔一〕雙闕：古代宫殿、祠廟、陵墓前兩邊高臺上的樓觀。蒼龍：本爲漢代宫闕名。《文選·陸倕·石闕銘》：「蒼龍玄武之制，銅雀鐵鳳之工。」李善注：「《三輔舊事》曰：未央宫東有蒼龍闕，北有玄武闕。」後泛指宫闕。唐王勃《上劉右相書》：「風雨稱臣，奔走蒼龍之闕。」

〔二〕灞陵：漢文帝陵寢。位於今陝西省西安市東郊白鹿原東北角，因靠近灞河而得名。

〔三〕長樂：長樂宫。與未央宫、建章宫同爲漢代三宫。漢高祖之後爲太后居所。

〔四〕曲江：位於西安城區東南部，唐代皇家園林所在地。

〔五〕疊嶂：重疊的山峰。

〔六〕南山：指終南山。位於唐代長安以南，故稱。《漢書·東方朔傳》：「夫南山，天下之阻也。南有江、淮，北有河、渭，其地從汧隴以東，商雒以西，厥壤肥饒。」

宿湖城簿廳〔一〕

日遲風暖燕飛飛，古柳高槐面翠微〔二〕。卷上疏簾無一事，滿池春水照薔薇。

【注】

〔一〕詩題：王慶生《金代文學家年譜》：「吴激詩有《出散關》（佚句），又有《長安懷古》、《宿湖城簿廳》。湖城……是從河南入陝必經之地。大散關天會初爲宋人掌握，天會十一、十二年，金人取和尚原，宋人棄關退屯興州。後兀朮敗於仙人關，還屯鳳翔，大散關復歸宋人。吴激以文官得出入散關，必在天會十一、十二兩年間。」湖城：縣名，金代屬南京路陝州，治今河南省靈寶縣西。《河南通志》卷五二：「湖城縣故城，在閿鄉縣東四十里。」簿廳：主簿辦公的官署。

〔二〕翠微：泛指青翠的山巒。

窮巷

窮巷無來轍，貧家有舊醅〔一〕。窗明憐雪在，睡美覺春回。菜甲方齊拆〔二〕，梅華亦半開。茅檐鳴好鳥，節物莫相催〔三〕。

【注】

〔一〕舊醅：陳酒，舊釀。杜甫《客至》：「盤飧市遠無兼味，樽酒家貧只舊醅。」

〔二〕菜甲：蔬菜初生的葉芽。唐白居易《二月二日》：「二月二日新雨晴，草芽菜甲一時生。」坼：同「拆」。特指植物的種子或花芽綻開。《易·解·彖傳》：「天地解而雷雨作，雷雨作而百果草木皆甲坼。」

〔三〕節物：各個季節、節氣的風物景色。晉陸機《擬明月何皎皎》：「踟躕感節物，我行永已久。」

偶成二首

一番瘦筍羽林槍〔一〕，松架陰陰盡日涼。繞屋雲煙無定態，連山草木有真香。

【注】

〔一〕羽林槍：狀竹林立之貌。唐李建勳《新竹》：「參差仙子仗，迤邐羽林槍。」又宋陸游《竹窗晝眠》：「新筍出林表，森然羽林槍。」

又

蟹湯兔盞鬬旗槍〔一〕，風雨山中枕簟涼〔二〕。學道窮年何所得〔三〕，只工掃地與燒香〔四〕。

【注】

〔一〕兔盞：即兔毫盞。宋代飲茶用盞之一。敞口，深腹，底小口大，形如漏斗。黑色釉中透露出均匀細密的筋脈，狀如兔毫，故稱。北宋蔡襄《茶録》：「茶色白，宜黑盞。建安所造者紺黑，紋如兔毫，其坯微厚，熁之久熱難冷，最爲要用，出他處者皆不及也。」鬬：茶之精品。宋黄儒《品茶要録》「二白合盜葉」：「茶之精絶者曰鬬，曰亞鬬。」旗槍：古代茶名，采清明前帶頂芽的嫩葉製成。古人稱剛剛舒展的新葉爲「旗」，含蓄尚未舒展的爲「槍」。宋王得臣《麈史》：「一旗一槍爲上，至二旗爲老。」

〔二〕簟：供坐卧鋪墊用的葦席或竹席。

〔三〕窮年：畢生。

〔四〕掃地與燒香：形容清閑幽靜的隱逸生活。蘇軾《南堂五首》其五：「掃地焚香閉閣眠，簟紋如水帳如煙。」

病後寄開甫〔一〕

暗蛩咽幽響〔二〕，隙月漏微光〔三〕。溪上風雨過，翛然有餘涼〔四〕。病瘦鶴骨立〔五〕，低垂不能翔〔六〕。懷我中山兄〔七〕，開經焚道香。猿嘯耿清夜〔八〕，鐘鳴悠夕陽。商秋早晚至，夢寐松楸蒼〔九〕。

【注】

〔一〕開甫：姓氏不詳，或爲中山（今河北省定州市）人。

〔二〕蛩：蟋蟀。

〔三〕隙月：從孔縫中射下的月光。

〔四〕倏然：迅疾貌。宋司馬光《館宿遇雨懷諸同舍》：「佳雨濯煩暑，倏然生曉涼。」

〔五〕鶴骨：伶仃瘦骨。五代齊己《戊辰歲湘中寄鄭谷郎中》：「瘦應成鶴骨，閑想似禪心。」

〔六〕「低垂」句：言病體虛弱，無法實現宏愿。

〔七〕中山：金府名，屬河北西路，治所在安喜（今河北省定州市）。中山兄：指開甫。

〔八〕耿：明亮。

〔九〕松楸：松樹與楸樹。墓地多植，因以代稱墳墓。亦特指父母墳塋。宋洪邁《容齋續筆·思潁詩》：「（歐陽修）逍遥於潁，蓋無幾時，惜無一語及於松楸之思。」詩指此，兼指故鄉。

過南湖偶成

杏山松檜紫坡陁〔一〕，湖面無風亦自波。緑鬢朱顔嗟老矣〔二〕，落花啼鳥奈春何。詩人未必皆憔悴〔三〕，世事從來有折磨〔四〕。列坐流觴能幾日〔五〕，知誰對酒愛新鵝〔六〕。

【注】

〔一〕坡陁：亦作「坡陀」，指山或山坡。

〔二〕緑鬢朱顔：形容年輕美好的容顔。宋晏殊《少年游》詞：「緑鬢朱顔，道家裝束，長似少年時。」

〔三〕「詩人」句：反用杜甫《夢李白》詩句：「出門搔白首，若負平生志。冠蓋滿京華，斯人獨憔悴。」宋歐陽修《梅聖俞詩集序》：「予聞世人謂詩人少達而多窮……非詩之能窮人，殆窮者而後工也。」

〔四〕折磨：使在精神或肉體上受打擊，受痛苦。唐白居易《春晚詠懷贈皇甫朗之》：「多中更被愁牽引，少裏兼招病折磨。」

〔五〕列坐流觴：語自王羲之《蘭亭集序》：「引以爲流觴曲水，列坐其次。雖無絲竹管絃之盛，一觴一詠，亦足以暢叙幽情。」叙詩友相聚，詠詩論文，飲酒賞景。

〔六〕「知誰」句：用書聖王羲之愛鵝典。《晉書·王羲之傳》：王羲之性愛鵝。會稽一孤姥，養一鵝善鳴。遂攜親友前往觀看。姥聞羲之將至，烹以待之。羲之歎息彌日。又山陰一道士好養鵝。羲之往觀焉，意甚悦，固求市之。道士云：「爲寫《道德經》，當舉群相贈耳。」羲之欣然寫畢，籠鵝而歸，甚以爲樂。

夜泛渦河龍潭〔一〕

輕舟弄素月〔二〕，靜夜横清渦。天風毛髮亂，疏星燦明河。圖經記父老〔三〕，冥寞年歲多〔四〕。淵沉三千丈，湛碧寒無波〔五〕。微流帶文藻〔六〕，絶岸無柔莎〔七〕。炯如帝鴻鏡〔八〕，可鑒不可磨。中蟠至神物，役使群蛟鼉。蜿蜿頭角古，勁鬣誰敢劘〔九〕。深宫照珠貝，頗費蚌與螺〔一〇〕。何時葛陂竹，化作陶公梭〔一一〕。

【注】

〔一〕渦河：古稱過水。發源於河南省尉氏縣，東南流經開封、太康、鹿邑和安徽亳州、渦陽、蒙城，於懷遠縣注入淮河。

〔二〕素月：皎潔的月亮。晉陶潛《雜詩》其二：「白日淪西阿，素月出東嶺。」

〔三〕圖經：又稱圖志、圖記，指附有圖畫、地圖的書籍或地理志。圖，是指一個行政區劃的疆域圖、沿革圖、山川圖、名勝圖、寺觀圖、宫衙圖、關隘圖、海防圖等；經，是對圖的文字説明，包括境界、道里、户口、出産、風俗、職官等情況。唐王建《題酸棗縣蔡中郎碑》：「不向圖經中舊見，無人知是蔡邕碑。」

〔四〕冥寞：冥寂。唐岑參《文公講堂》：「豐碑文字滅，冥寂年歲多。」

〔五〕湛碧：指水清緑之色。唐王勃《乾元殿頌》：「霧壇凝紫，河宫湛碧。」

〔六〕文藻：水草。

〔七〕絶岸：陡峭的岸。莎：莎草。多年生草本植物，多生於潮濕地區或河邊沙地。莖直立，三棱形。葉細長，深緑色，質硬有光澤。李白《憶舊遊寄譙郡元參軍》：「浮舟弄水簫鼓鳴，微波龍鱗莎草緑。」

〔八〕烔：明亮。帝鴻：即黄帝。《史記集解》：「賈逵曰：『帝鴻，黄帝也。』」帝鴻鏡：用「黄帝鑄鏡」典，喻平静的淵水。南朝梁任昉《述異記》：「饒州習俗，軒轅氏鑄鏡於湖邊，今有軒轅磨鏡石，石上常潔，不生蔓草。」

〔九〕鬣：獸類頸上的長毛。劘：擦，摩。

〔一〇〕「深宫」二句：南朝宋劉敬叔《異苑》卷七：「晉温嶠至牛渚磯，聞水底有音樂之聲。水深不可測，傳言下多怪物。乃燃犀角而照之。須臾，見水族覆火，奇形異狀。」唐王績《游仙》：「照水然（燃）犀角，游山費虎皮。」二句暗用此典，謂如用珠貝照水中深宫的神怪之物，將需要大量蚌與螺。因蚌産珠，螺有貝殼，故云。

〔一一〕葛陂：在今河南省新蔡縣北，相傳爲費長房投杖成龍處。《後漢書·費長房傳》：壺公以一竹杖與費長房騎之，到家，以杖棄葛陂中。視之，乃青龍耳。陶公梭：用陶侃「織梭化龍」典故。《晉書·陶侃傳》：「侃少時漁於雷澤，網得一織梭，以掛於壁。有頃雷雨，自化爲龍而去。」二句有期盼快速回家意。

秋興

後園雜樹入雲高，萬里長風夜怒號。憶向錢塘江上寺〔一〕，松窗竹閣瞰秋濤。

【注】

〔一〕錢塘江上寺：杭州白塔寺。宋范仲淹《過餘杭白塔寺》：「登臨江上寺，遷客獨依依。」相傳白塔的基座原築江中，後來江水退去，才與陸地相連，故名。

晚春言懷寄燕中知舊〔一〕

閑雲洩洩日暉暉〔二〕，林斧溪舂響翠微〔三〕。天氣乍晴花滿樹，人家久住燕雙飛。鄰村社後容借酒〔四〕，客舍新來未綻衣〔五〕。遥憶東郊亭畔柳，歸時相見亦依依〔六〕。

【注】

〔一〕燕中知舊：宋徐夢莘《三朝北盟會編》卷二三引許采《陷燕記》：「（宣和七年）是夜，頤浩競輩互以言熒惑蔡公，而安撫司勾當公事吴激者，遂進退保之言，頤浩競勸成之。」知當時吴激在蔡靖幕府。蔡松年《水龍吟》詞序：「余始年二十餘，歲在丁未（天會五年），與故人東山吴季高父論求田問舍事。」知吴激在此地久居。「燕中知舊」應指蔡松年等。

〔二〕洩洩：舒徐貌。暉暉：晴明貌。

〔三〕溪舂：指水碓，古代利用水力舂米的器械。翠微：指煙霞雲氣掩映下的青翠山色，也泛指青山。唐杜牧《九日齊山登高》：「江涵秋影雁初飛，與客攜壺上翠微。」

〔四〕社：指社日，祀社神（土地神）之日，祈求豐收。

〔五〕裞衣：縫衣。漢樂府《豔歌行》：「翩翩堂前燕，冬藏夏來見；兄弟兩三人，流宕在他縣。故衣誰當補，新衣誰當裞？」

〔六〕依依：柳枝輕柔貌。《詩·小雅·采薇》：「昔我往矣，楊柳依依。」

歲暮江南四憶

瘦梅如玉人〔一〕，一笑江南春。照水影如許，怕寒妝未勻。花中有仙骨〔二〕，物外見天真。驛使無消息〔三〕，憶君清淚頻。

【注】

〔一〕玉人：容貌美麗的人。

〔二〕仙骨：比喻超凡拔俗的氣質。

〔三〕「驛使」句：用「驛使梅花」典。《太平御覽》卷九七〇引南朝宋盛弘之《荆州記》：「陸凱與范曄相善，自江南寄梅花一枝，詣長安與曄，並贈花詩曰：『折花逢驛使，寄與隴頭人。江南無所有，聊贈一枝春。』」

又

天南家萬里〔一〕，江上橘千頭〔二〕。夢繞閶門迥〔三〕，霜飛震澤秋〔四〕。秋深宜映屋〔五〕，香遠解隨舟〔六〕。懷袖何時獻〔七〕，庭闈底處愁〔八〕。

【注】

〔一〕家：按詩「閶門」、「震澤」諸語，當在蘇州。《金史》本傳：「父拭，官終朝奉郎，知蘇州。」

〔二〕橘千頭：用李衡種橘養家典故。《三國志·吴志·孫休傳》裴松之注引《襄陽記》：「（李）衡每欲治家，妻輒不聽，後密遣客十人於武陵龍陽氾洲上作宅，種甘橘千株。臨死，敕兒曰：『汝母惡我治家，故窮如是。然吾州里有千頭木奴，不責汝衣食，歲上一匹絹，亦可足用耳。』」後遂指可用以維持生計的家産。宋辛棄疾《水調歌頭》（落日塞塵起）：「倦游欲去江上，手種橘千頭。」

〔三〕閶門：蘇州古城西門。迥：高。

〔四〕震澤：指太湖。《禹貢論·禹貢山川地理圖》：「江至彭蠡分爲三，入於震澤。震澤者，今太湖也。」宋樂史《太平寰宇記》卷九一「蘇州」：「所謂三江既入，震澤底定。按震澤，今州西六十里太湖是也。」

〔五〕「秋深」句：想象深秋晴空，自家的房屋因日光照射而更加顯眼。

〔六〕「香遠」句：言橘子秋熟，摘取裝船，其香隨舟遠播。

〔七〕「懷袖」句：用三國吴人陸績懷橘遺親典。《三國志·吴書·陸績傳》：「績年六歲，於九江見袁術。術出橘，績懷三枚，去，拜辭墮地，術謂曰：『陸郎作賓客而懷橘乎？』績跪答曰：『欲歸遺母。』術大奇之。」

〔八〕庭闈：内舍。多指父母居住處。《文選·束皙·補亡》：「眷戀庭闈，心不遑安。」李善注：「庭闈，親之所居。」底處：何處。

又

吴松潮水平〔一〕，月上小舟横。旋斫四腮鱠〔二〕，未輸千里羹〔三〕。擣齏香不厭〔四〕，照箸雪無聲〔五〕。幾見秋風起〔六〕，空悲白髮生。

【注】

〔一〕吴松：即吴淞江，太湖最大的支流，亦名松江、吴江，俗名蘇州河。

〔二〕四腮：四腮鱸魚。四腮鱸因其兩鰓前後各有一道凹痕，鰓蓋上有一條橙紅色的條紋，極似四片外露的鰓葉，故名。四腮鱸以松江所産者鮮嫩味美，最爲著名。《南郡記》載，煬帝下江南時，吴人獻松江四鰓鱸，煬帝品嘗後贊道：「金齏玉膾，東南佳味也。」宋范成大《四時田園雜興》：「細擣棖齏賣膾魚，西風吹上四腮鱸。雪松酥膩千絲縷，除卻松江到處無。」鱠：同「膾」。把肉、魚切成薄片。

〔三〕千里羹：千里蓴羹。用千里湖蓴菜做的湯，味道鮮美，不必用鹽豉做調味品。《世説新語·言語》：「有千里蓴羹，但未下鹽豉耳。」

〔四〕齏：作調味用的姜、蒜、韭等菜的碎末。

〔五〕箸：筷子。雪：指白色的鱸魚肉。

〔六〕「幾見」句：用張翰典故。《晉書·張翰傳》：「翰因見秋風起，乃思吴中菰菜、蓴羹、鱸魚膾，曰：『人生貴得適志，何能羈宦數千里以要名爵乎？』遂命駕而歸。」後用以抒思鄉之情或歸隱之意。

又

平生把鰲手，遮日負垂竿〔一〕。浩渺渚田熟〔二〕，青熒漁火寒〔三〕。憶看霜菊艷，不放酒杯乾。比老垂涎處，糟臍箇箇團〔四〕。

【注】

〔一〕「平生」二句：謂自己是釣魚好手，喜歡垂釣的隱逸生活，不願像姜太公釣魚那樣，旨在出仕釣禄。《莊子·外物》：「任公子爲大鉤巨緇，五十犗以爲餌，蹲乎會稽，投竿東海……已而大魚食之。」《莊子·山木》：「孔子圍于陳蔡之間，七日不火食。太公任往吊之，曰：『直木先伐，甘井先竭。子其意者飾知以驚愚，修身以明污，昭昭乎如揭日月而行，故不免也。』……孔子曰：『善哉！』辭其交遊，去其弟子，逃於大澤。」遮日，有韜光養晦隱藏才能意。唐杜牧《途中一絶》：

「惆悵江湖釣竿手，卻遮西日向長安。」

〔二〕渚田：小洲上的田。唐岑參《晚發五渡》：「芋葉藏山徑，蘆花雜渚田。」

〔三〕青熒：形容漁火閃爍如熒火蟲那樣微弱。

〔四〕臍：蟹臍，即蟹的腹部，呈扁平狀。《廣雅·釋魚》：「蜅、蟹，蛫也。」清王念孫疏證：「今人辨蟹，以長臍者爲雄，團臍者爲雌。」糟臍，指用酒或酒糟腌製的蟹。

述懷

旅食空彈鋏〔一〕，歸休合掛冠〔二〕。煙塵榆塞遠〔三〕，風雨麥秋寒〔四〕。巢燕長如客〔五〕，鳴蛙不屬官〔六〕。柴門江漲到，落日下漁竿。

【注】

〔一〕旅食：客居，此指外出求官。彈鋏：用馮諼彈鋏求知遇典故。事見《戰國策·齊策四》。

〔二〕歸休：辭官退休歸鄉。掛冠：《後漢書·逢萌傳》載，逢萌，字子康，北海都昌（今山東省昌邑市）人。時王莽攝權，萌謂友人曰：「三綱絶矣！不去，禍將及人。」遂解冠掛東都城門，率家人客遼東。後因以「掛冠」指辭官、棄官。

〔三〕煙塵：烽煙和戰場上揚起的塵土。此指戰爭。榆塞：稱北方邊塞。《漢書·韓安國傳》：「蒙恬爲秦侵胡，辟數千里，以河爲竟，累石爲城，樹榆爲塞，匈奴不敢飲馬於河。」

〔四〕麥秋：指夏天。秋天是穀熟季節，故稱麥熟季節爲麥秋。《禮記·月令》：「孟夏之月，麥秋至。」句指農作物遭災歉收。

〔五〕「巢燕」句：與宋陸游《寒食》詩句「身如巢燕年年客」意境相同。

〔六〕「鳴蛙」句：《晉書·孝惠帝紀》：「帝又嘗在華林園，聞蝦蟆聲，謂左右曰：『此鳴者爲官乎，私乎？』或對曰：『在官地爲官，在私地爲私。』」宋陸游《自述》：「心如老馬雖知路，身似鳴蛙不屬官。」

喜晴和張魯瞻〔一〕

原野悦新沐〔二〕，豐隆寧世情〔三〕。鳥歸林靄暝〔四〕，樓射澗虹明。春草牛羊遠，人家機杼鳴。慘舒長有命，誰復問陰晴〔五〕。

【注】

〔一〕張魯瞻：其人不詳。

〔二〕悦：驚貌。晉左思《魏都賦》：「臨焦原而不悦。」

〔三〕豐隆：雷神。《淮南子·天文訓》：「季春三月，豐隆乃出，以將其雨。」世情，謂世間喧囂。晉陶潛《辛丑歲七月赴假還江陵夜行塗口一首》：「詩書敦宿好，林園無世情。」

〔四〕林靄：林中雲氣。

〔五〕「慘舒」二句：謂世人在四季輪回、慘舒更迭中久已麻木不仁，有誰還關心體味陰晴的變化。慘舒：憂戚與舒快。漢張衡《西京賦》：「夫人在陽時則舒，在陰時則慘。」古以秋冬爲陰，春夏爲陽。

國公女生日席上命賦〔一〕

雪射瑶堦月〔二〕，春回玉女扉〔三〕。雲中三秀草〔四〕，石上六銖衣〔五〕。酒熟鵝兒色〔六〕，身輕燕子飛〔七〕。客槎還泛斗，誰解卜搘機〔八〕。

【注】

〔一〕國公：《金史·百官一》：「封爵：正從一品曰郡王，曰國公。」

〔二〕瑶堦月：即瑶月，月亮的美稱。唐令狐楚《還珠亭賦》：「掩星彩，迷瑶月。」

〔三〕玉女扉：畫有仙女的門窗。唐宋之問《奉和幸大薦福寺》：「殿飾金人影，窗摇玉女扉。」

〔四〕三秀草：靈芝的别名。古以芝爲瑞草，故稱。又因靈芝一年三次開花，又稱「三秀」。

〔五〕六銖衣：佛經《長阿含經·世紀經·忉利經》稱忉利天衣重六銖，謂其輕而薄。後稱佛仙之衣爲六銖衣。銖，古重量單位，二十四銖爲一兩。

〔六〕鵝兒色：鵝黄酒，酒體呈「鵝黄」色，醇和甘爽，綿軟悠長。宋陸游《遊漢州西湖》：「歎息風流今未泯，兩川名醖避鵝黄。」自注：「鵝黄，漢中酒名，蜀中無能及者。」

〔七〕「身輕」句：暗用漢成帝后趙飛燕典。舊題漢伶玄《飛燕外傳》：「（飛燕）長而纖便輕細，舉止翩然，人謂之『飛燕』。」唐白居易等《白孔六帖》卷六一：「趙飛燕體輕，能爲掌上舞。」

〔八〕「客槎」二句：用乘筏遊天河遇牛女事。前句出自晉張華《博物志》卷一〇：「舊説云：天河與海通。近世有人居海渚者，年年八月有浮槎去來，不失期。人有奇志，立飛閣於槎上，多齎糧，乘槎而去。……遥望宫中多織婦，見一丈夫牽牛渚次飲之。牽牛人乃驚問曰：『何由至此？』此人具説來意，并問此是何處，答曰：『君還至蜀郡訪嚴君平則知之。』竟不上岸，因還如期。後至蜀，問君平，曰：『某年月日，有客星犯牽牛宿。』計年月，正是此人到天河時也。」後句出自南朝宋劉義慶《集林》。搘機，即楮機石，支機石。相傳爲織女支撑織布機的石頭。《太平御覽》卷八引《集林》：「昔有一人尋河源，見婦人浣紗，以問之，曰：『此天河也。』乃與一石而歸。問嚴君平，云：『此支機石也。』」一説，其人爲漢代張騫，謂騫奉命尋找河源，乘槎至天河，見一女織，又見一丈夫牽牛飲河。織女取支機石與騫。

秋夜

豈有涓埃補盛明〔一〕，强扶衰病廁豪英〔二〕。夜窗燈火青相對，曉鏡髭鬚白幾莖。年去年來還似夢，江南江北若爲情〔三〕。石田茅舍君家近，借與林泉送此生〔四〕。

【注】

〔一〕涓埃：細流與微塵，比喻微小。此指微小的貢獻，綿薄之力。杜甫《野望》：「惟將遲暮供多病，未有涓埃答聖朝。」

〔二〕厠：厠身，即參與，加入。豪英：指才能出衆者。

〔三〕「江南」句：言身在北地，思念江南家鄉，淒苦的離情難以忍受。

〔四〕林泉：山林與泉石，指隱居之地。

招趙資深拾遺〔一〕

別久貌逾壯，道同心更親。移居近韋杜〔二〕，相對邈參辰〔三〕。雪少似饒客，鳥喧知得春。歸期淹幾日，莫厭馬蹄頻〔四〕。

【注】

〔一〕趙資深：其人不詳。

〔二〕韋杜：韋、杜二姓自漢朝始聚居於長安城南，門第顯赫，唐有「城南韋杜，去天尺五」之説。杜甫《贈韋七贊善》：「鄉里衣冠不乏賢，杜陵韋曲未央前。」此處希望與趙拾遺像韋杜一樣成爲近鄰。

〔三〕參辰：星名，參星和辰星（又稱商星）。參星酉時現於西方，辰星卯時出於東方；二星此出則彼没，兩不相見。喻親友隔離不得相見。典出《左傳·昭公元年》：高辛氏二子閼伯與實沉不和，日尋干戈，以相征討。後帝遷閼伯於商丘，主辰；遷實沉於大夏，主參。杜甫《贈衛八處士》：「人生不相見，動如參與商。」

〔四〕「歸期」二句：言自己希望客人多留幾日，且以後不要厭煩旅途勞累，常來相會。

同兒曹賦蘆花〔一〕

天接蒼蒼渚〔二〕，江涵裊裊花〔三〕。秋聲風似雨，夜色月如沙。澤國幾千里〔四〕，漁村三兩家。翻思杏園路〔五〕，鞭裊帽檐斜〔六〕。

【注】

〔一〕兒曹：猶兒輩。蘆花：蘆絮。蘆葦花軸上密生的白毛。隋江總《贈賀左丞蕭舍人》：「蘆花霜外白，楓葉水前丹。」

〔二〕蒼蒼渚：水中的小塊緑洲。

〔三〕涵：沉浸。南朝梁元帝《望江中月影》：「澄江涵皓月，水影若浮天。」裊裊：形容蘆花細長柔軟隨風擺動的樣子。

〔四〕澤國：多水的地區，水鄉。

〔五〕杏園：園名。故址在今陝西省西安市大雁塔南、曲江西，是唐代新科進士遊宴之地，後因以杏園喻科第。此句憶曾經科考及第、京城遊宴之經歷。

〔六〕裊：同「褭」。以絲帶繫馬，因用以代稱馬名。《説文·衣部》：「褭，以組帶馬也。」段玉裁注：「《百官志》注曰：『秦爵二十等……三曰簪褭，御駟馬者。』按於本義引申之，因以爲馬名。要褭，古之駿馬也。」桂馥義證：「字或作裊。《漢書·百官公卿表》：『秦爵二十級……三簪裊。』」句用唐孟郊《登科後》「春風得意馬蹄疾，一日看盡長安花」詩意。

張戡北騎〔一〕

張生鞍馬客幽都〔二〕，卻笑靈光筆法粗〔三〕。祇今白首風沙裏，憶向江南見畫圖。

【注】

〔一〕張戡：五代畫家，瓦橋（今河北省雄縣）人。工畫蕃馬，居近燕山，得胡人形骨之妙，盡戎衣鞍勒之精。

〔二〕幽都：北方之地。《淮南子·修務訓》：「北撫幽都，南道交趾。」高誘注：「陰氣所聚，故曰幽都，今雁門以北是。」此應指燕都（今北京市），唐時爲幽州治，故稱。

〔三〕靈光：指東漢王延壽所作《魯靈光殿賦》。其中描繪靈光殿壁畫曰：「圖畫天地，品類群生。雜物奇怪，山神海靈。寫載其狀，託之丹青。千變萬化，事各繆形。隨色象類，曲得其情。」漢代宮殿壁畫繪有山神海怪、明君忠臣、孝子烈女等内容，多采用墨線勾勒輪廓，平塗施色的手法，屬中國畫的早期發展階段。相對於晉唐五代以後的繪畫作品，技法簡單，筆法稍粗。

早春

寂寂重寂寂〔一〕，出門春草齊。晚芳猶著樹〔二〕，江漲欲平溪。山暝有時雨，村深何處雞。遠山緣底恨〔三〕，故作傍人低〔四〕。

【注】

〔一〕寂寂：寂靜無聲貌。

〔二〕晚芳：晚開的花。

〔三〕緣底：因何。

〔四〕「故作」句：用杜甫《子規》詩句：「客愁那聽此，故作傍人低。」

雞林書事〔一〕

箕子朝鮮僻〔二〕，蓬丘弱水寬〔三〕。儒風通百粵〔四〕，舊史記三韓〔五〕。邑聚居巢慣〔六〕，夷裝被髮安①〔一七〕。猶存古籩豆〔一八〕，兼用漢衣冠。兔穎家工縛〔一九〕，鮭腥俗嗜餐。騎兵腰玉具〔二〇〕，府衛挾金丸〔二一〕。長袖爲窺肉〔二二〕，都場欸掛竿〔二三〕。琴中蔡氏弄〔二四〕，指下祝家彈〔二五〕。主禮分庭抗〔二六〕，賓筵百拜難〔二七〕。漬橙粇釀旨〔二八〕，滋桂鹿脩乾〔二九〕。潑墨松如櫛〔三〇〕，隤牆石似丹〔三一〕。地偏先日出〔三二〕，天迫衆山攢〔三三〕。鵬翼雲帆遠，羊腸石磴盤。由來異文軌〔三四〕，休訝變暄寒〔三五〕。事可資談柄，誰能記筆端。聊將詩邈取，歸作畫圖看。

【校】

①「邑聚居巢慣，夷裝被髮安」二句，四庫本改爲「邑聚從衡接，民居質樸安」。

【注】

〔一〕雞林：高麗國。《舊唐書·新羅傳》：「龍朔三年，詔以其國爲鷄林州都督府。」漢明帝永平八年，新羅始林有鷄怪，更名鷄林，因以鷄林爲國號。吴激於天會十四年使高麗。《金史·交聘表上》：「天會十四年十月甲寅，以乾文閣待制吴激爲賜高麗生日使。」

〔二〕箕子朝鮮：《史記·宋微子世家》：周武王伐紂後，封分紂的兄弟箕子於朝鮮，故稱。

〔三〕蓬丘：漢東方朔《海内十洲記·聚窟洲》：「蓬丘，蓬萊山是也。」弱水：傳説中險惡難渡的河海。《海内十洲記·鳳麟洲》：「鳳麟洲在西海之中央，地方一千五百里，洲四面有弱水繞之，鴻毛不浮，不可越也。」蘇軾《金山妙高臺》：「蓬萊不可到，弱水三萬里。」

〔四〕百粵：也作百越。古代南方越人的總稱。分布在今浙、閩、粵、桂等地，因部落衆多，故總稱百越。

〔五〕三韓：公元二至四世紀間，在朝鮮半島上並存的三個部落聯盟，分别爲馬韓、辰韓和弁韓（弁辰）。《後漢書·東夷傳》：「韓有三種：一曰馬韓，二曰辰韓，三曰弁辰。馬韓在西，有五十四國，其北與樂浪，南與倭接；辰韓在東，十有二國，其北與濊貊接。弁辰在辰韓之南，亦十有二國，其南亦與倭接。凡七十八國。」又載：「昔武王封箕子於朝鮮，箕子教以禮義田蠶，又制八條之教。其人終不相盜，無門户之閉，婦人貞信。」

〔六〕邑聚：村落，村寨。居巢：居於巢穴。

〔七〕「夷裝」句：言高麗人着東方少數民族之衣，安於被髮紋身的古樸習俗。

〔八〕籩豆：籩和豆。古代食器，竹製爲籩，木製爲豆。後引申指祭祀。此處指高麗沿用中原禮制。

〔九〕兔穎：兔毛製的筆，泛指毛筆。

〔一〇〕玉具：指玉具劍，鑲有玉石的劍。

〔一一〕府衛：貴族或官府的衛士。金丸：晉葛洪《西京雜記》卷四：「韓嫣好彈，常以金爲丸，所失者日有十餘。長安爲之語曰：『苦飢寒，逐金丸。』京師兒童每聞嫣出彈，輒隨之，望丸之所落，輒拾焉。」

〔一二〕長袖：指養鷹者的妝束。鳶窺肉：言臂上的鶻鷹目光鋭利。

〔一三〕都場：衆人聚會娱樂的廣場。狖掛竿：耍猴等娱樂活動。

〔一四〕蔡氏弄：即胡笳弄，漢蔡琰所作，或因蔡琰而作。宋郭茂倩《樂府詩集》卷五九《琴曲歌辭·胡笳十八拍》：「唐劉商《胡笳曲序》曰：『蔡文姬善琴，能爲離鸞别鶴之操。胡虜犯中原，爲胡人所掠，入番爲王后，王甚重之。武帝與邕有舊，敕大將軍贖以歸漢。胡人思慕文姬，乃捲蘆葉爲吹笳，奏哀怨之音。後董生以琴寫胡笳聲爲十八拍，今之胡笳弄是也。』《琴集》曰：『大胡笳十八拍、小胡笳十九拍，並蔡琰作。』」

〔一五〕祝家彈：指小胡笳十八拍。宋陳暘《樂書》卷一三〇：「胡笳似觱篥而無孔……沈遼集大胡笳十八拍，世號爲沈家聲。小胡笳十九拍末拍爲契聲，世號爲祝家聲。」宋郭茂倩《樂府詩集》卷五九「胡笳十八拍」：「小胡笳又有契聲一拍，共十九拍，謂之祝家聲。祝氏不詳何代人。」唐戎昱《聽杜山人彈胡笳》：「杜陵先生證此道，沈家祝家皆絶倒。」

〔一六〕分庭抗：即分庭抗禮。指古代賓主相見，分站庭之兩邊相對行禮，以示平等。

〔一七〕百拜：多次行禮。《禮記·樂記》：「是故先王因爲酒禮，壹獻之禮，賓主百拜，終日飲酒而不得醉焉，此先王之所以備酒禍也。」鄭玄注：「百拜以喻多。」二句言主賓禮節紛繁，有儒家禮教之舊。

〔一八〕漬：浸泡。粇：同「粳」。此指黏性較强可以做酒的稻米。旨：美酒。《詩·小雅·鹿鳴》：「我有旨酒，以燕樂嘉賓之心。」

〔一九〕滋桂：加入桂皮。桂皮，肉桂之皮，可以製藥，亦可作香料煮肉。鹿脩：鹿肉乾。

〔二〇〕潑墨：中國畫的一種技法。用水墨揮灑在紙上或絹上，隨其形狀進行繪畫，筆勢豪放，墨如潑出。

〔二一〕隤：倒塌。句指牆石之精美。古代宮殿丹墀即用紅色石砌。

〔二二〕「地偏」句：言高麗國地處東方，比中原早見日光。

〔二三〕攢：聚集、湊集之意。句寫山高近天、峰巒如聚之狀。

〔二四〕文軌：文字和車軌。古代以同文軌爲國家統一的標誌。語本《禮記・中庸》：「今天下車同軌，書同文。」異文軌：言文化習俗不同。

〔二五〕暄寒：見面時談天氣冷暖的應酬話。

題宗之家初序《瀟湘圖》〔一〕

江南春水碧於酒，客子往來船是家〔二〕。忽見畫圖疑是夢，而今鞍馬老風沙〔三〕。

【注】

〔一〕宗之：楊伯淵，字宗之。父丘文，遼中書舍人。伯淵早孤，事母以孝聞，疏財好施，喜收書。金天會初，以名家子補尚書省令史。十四年，賜進士第，歷吏、禮二部主事、御前承應文字等。大定三年致仕，卒於家。《瀟湘圖》：五代時董源、宋代米芾之子米有仁有作。但董源畫無印款題跋，米有仁畫有自題，云：「先公居鎮江四十年，作庵於城之東高岡上，以海嶽命名，一時國士皆賦詩，不能悉記。」但此題落款日期爲「紹興」，在南宋高宗時，恐不至於流入金國，爲金人所收藏。楊伯淵所藏不知何人所作。初序：似指同一畫家先後畫有兩幅以上《瀟湘圖》，且皆有題序，最早的一幅爲「初序」本。

〔二〕客子：離家在外的人。

〔三〕鞍馬：指四處奔波。

張秘書斛　一十八首

斛字德容，漁陽人〔一〕。仕宋爲武陵守〔二〕。國初理索北歸〔三〕，官秘書省著作郎。有《南遊》、《北歸》等詩行於世。漁陽有峒陽〔四〕，故詩中多及之。如賦《小孤山》云：「天圍秋漲闊，山背夕陽孤。岸樹晴猶濕，汀煙近卻無。」《巫山對月》云：「雲開千里月，風動一天星。」《河池出郭》云：「細草沙邊樹，疏煙嶺外村。」《中江縣樓》云：「緑漲他山雨，青浮近市煙。」《中秋》云：「月色四時好，人心此夜偏。」《松門峽》云：「春木有秀色①，野雲無俗姿。」《賦禮部侍郎張浩然遼海亭》云：「晴光摇碧海，遠色帶滄洲。」又賦《臨漪亭》云：「雨聲喧暮島，水色借秋空。」《秋興樓》云：「碣石晚風催雁急，昭祁寒漲與雲平。」人多誦之。予嘗見其文筆字畫，皆有前輩風調，宇文大學甚激賞之〔五〕。

【校】

① 秀：底本原作「季」。據毛本改。

【注】

〔一〕漁陽：遼縣名，屬南京道薊州，今天津市薊縣。

〔二〕武陵：南宋初縣名，鼎州州治。在今湖南省常德市。

〔三〕理索：索回。《金史·太祖紀》：「有犯罪流竄邊境或亡入於遼者，本皆吾民……當行理索。」皇統二年（南宋紹興十二年）宋金議和，金人向宋索回流寓之人。宋徐夢莘《三朝北盟會編》卷二〇六收金都元帥宗弼《上宋高宗第三書》：「淮北、京西、河東、河北自來流寓在南者，願歸則聽之，理所未安，亦從所乞。外有燕以北逋逃及因兵火隔絶之人，並請早爲起發。」

〔四〕峒陽：地名，在崆峒山之南。崆峒山，又名府君山，位於薊縣城北。

〔五〕宇文大學：宇文虚中（一〇七九——一一四六），字叔通，別號龍溪居士。成都廣都（今四川省成都市雙流縣）人。宋徽宗大觀三年進士，官至資政殿大學士。南宋時出使金國被留，官禮部尚書、翰林學士承旨，封河內郡開國公。後被殺。宇文虚中工詩文，有文集行世，今已佚。《宋史》卷三七一、《金史》卷七九有傳，《中州集》卷一有小傳。

沙邊

晚雨漲平堤，沙邊獨杖藜〔一〕。長風催雁北〔二〕，衆水避潮西〔三〕。楚客相逢少〔四〕，吴天入望低。故園無路到，春草自萋萋〔五〕。

【注】

〔一〕杖藜：拄着手杖行走。藜，野生植物，莖堅韌，可爲杖。杜甫《暮歸》：「年過半百不稱意，明日看雲還杖藜。」

〔二〕雁北：大雁北歸。

〔三〕「衆水」句：形容海潮倒灌、河水倒流之狀。

〔四〕楚客：此指客居南方的北人。

〔五〕「春草」句：《楚辭·招隱士》：「王孫遊兮不歸，春草生兮萋萋。」句用此典表思鄉之情。萋萋：草木茂盛貌。

東川春日〔一〕

巴蜀三年客，江湖萬里情。滄波何處盡，歸棹幾時行。世態浮雲變〔二〕，春愁細草生〔三〕。

群山遮望眼，片月上高城。

【注】

〔一〕東川：宋樂史《太平寰宇記·益州》「成都府」：「分爲劍南、東川、西川，各置節度使。」唐時置劍南東川節度使，治所在梓州。梓州即今四川省三臺縣，隸屬綿陽市。

〔二〕「世態」句：杜甫《可歎》：「天上浮雲如白衣，斯須改變如蒼狗。」

〔三〕「春愁」句：謂思鄉之情漸生。李白《春思》：「燕草碧如絲，秦桑低綠枝。當君懷歸日，是妾斷腸時。」詩人是燕地人，句當本此。

巫山對月懷湖外親友〔一〕

衆壑斂新雨，孤舟增暮寒。巫山今夜月，湘水幾人看〔二〕。不得臨湖醉，惟愁下峽難〔三〕。雙魚憑寄遠，尺素勸加餐〔四〕。

【注】

〔一〕巫山：山名，在今重慶市與湖北省交界處。

〔二〕「巫山」二句：奪胎於杜甫《月夜》：「今夜鄜州月，閨中只獨看。」

〔三〕「惟愁」句：長江三峽，水流曲折湍急，礁石衆多，船行險象環生，故云。

〔四〕「雙魚」二句：用「魚傳尺素」典故。漢樂府《飲馬長城窟行》：「客從遠方來，遺我雙鯉魚。呼兒烹鯉魚，中有尺素書。長跪讀素書，書中竟何如。上言加餐食，下言長相憶。」尺素：小幅的絹帛，長一尺左右。古人多用以寫信，遂成信之别稱。

武陵春雪〔一〕

天風吹雪滿千山，不見桃花泛碧瀾〔二〕。洞裏仙人貪種玉〔三〕，豈知人世有春寒。

【注】

〔一〕武陵：山脈名。自貴州苗嶺蔓延於湖南沅、澧二水間，至常德西境之平山止。

〔二〕「不見」句：用武陵人見桃花典。晉陶淵明《桃花源記》：「晉太元中，武陵人捕魚爲業，緣溪行，忘路之遠近。忽逢桃花林，夾岸數百步，中無雜樹，芳草鮮美，落英繽紛。」

〔三〕種玉：多喻雪景。原野上鋪滿雪花，如同種了晶瑩的美玉。唐李商隱《喜雪》：「有田皆種玉，無樹不開花。」古人常稱下雪爲仙人種玉，如元劉秉忠（一作宋陸游）《江月晃重山》詞：「洞裏仙人種玉，江邊楚客滋蘭。」

盧臺峭帆亭〔一〕

高秋客未還，何處望鄉關〔二〕。喬木蒼煙外〔三〕，孤亭落照間。雨晴山覺近，潮滿水如閑。

目斷峒陽路〔四〕，歸雲不可攀。

【注】

〔一〕峭帆亭：亭名，在今河北省滄州市。《畿輔通志》卷五三：「峭帆亭，在青縣盧臺城中。」青縣：縣名，宋大觀二年改青州。今隸屬河北省滄州市。

〔二〕鄉關：猶故鄉。

〔三〕喬木：高大的樹木。《孟子·梁惠王下》：「所謂故國者，非謂有喬木之謂也，有世臣之謂也。」後因以「喬木」爲形容故國或故里的典實。此代指故鄉。

〔四〕峒陽：地名，在薊縣崆峒山南。

高寺

高寺鳴鐘後〔一〕，孤舟落雁邊〔二〕。已知歸徑晚，故就上方眠〔三〕。石峻溜聲急〔四〕，月高松影圓。明朝下煙靄〔五〕，迴首阻清川〔六〕。

【注】

〔一〕「高寺」句：古代寺廟傍晚鳴鐘。

〔二〕「孤舟」句：言時晚不歸，孤舟靠近岸邊雁息之處。

〔三〕上方：寺院中住持僧居住的内室。
〔四〕溜：小水流。
〔五〕煙靄：指雲霧籠罩處。
〔六〕「迴首」句：言回頭遥望高寺，已被河水似的白雲遮擋住視線。

寓中江縣樓〔一〕

武江斜轉石〔二〕，文岫獨參天〔三〕。江曰玄武，山曰文達。緑漲他山雨，青浮近市煙。松薪炊白粲〔四〕，水蔓繫紅鮮〔五〕。自喜飄蓬跡〔六〕，安居過兩年。

【注】

〔一〕中江：宋縣名，屬梓州。今四川中江縣。
〔二〕武江：玄武江，又名中江。清顧祖禹《讀史方輿紀要·四川六》：「中江在城東南。……《志》云：中江，一名玄武江。唐太和五年，玄武江漲高二丈，溢入梓州羅城是也。」
〔三〕文岫：即文達山。見自注。
〔四〕白粲：白米。
〔五〕紅鮮：魚。唐無名氏《漁父》詞：「釣得紅鮮劈水開，錦鱗如畫逐鉤來。」

〔六〕飄蓬：隨風飄蕩的蓬草，比喻四處漂泊。

迴文二首〔一〕

野曠悲行客〔二〕，湍驚礙去船。夜江清泛月，秋草碧連天。

【注】

〔一〕迴文：回文。回文詩。指以一定形式排列，回環往復均可誦讀之詩。

〔二〕野曠：荒野空闊。

又

緑逕斜縈草，紅梢半落花。曲池風碎月〔一〕，攲岸雨摧沙〔二〕。

【注】

〔一〕曲池：曲折回繞的水池。《楚辭·招魂》：「坐堂伏檻，臨曲池些。」王逸注：「下臨曲水清池。」

〔二〕攲岸：斜岸。

仙門驛聽泉〔一〕

一亭圍古木①，雙磵瀉清流。行到雲山暮，卧聞風雨秋〔二〕。客塵何日浣〔三〕，病渴此時瘳〔四〕。歸去南溪上，輕舟細浪浮。

【校】

① 木：底本原作「水」，據李本、毛本改。

【注】

〔一〕仙門驛：古代驛站名。地址不詳。

〔二〕「行到」二句：奪脱於唐王維《終南别業》：「行到水窮處，坐看雲起時。」

〔三〕客塵：旅途中所受的風塵。喻旅途勞頓。

〔四〕病渴：患消渴症。杜甫《過南嶽入洞庭湖》：「病渴身何去，春生力更無。」瘳：病癒。

夜雨南山

雨夜宿山齋〔一〕，夜深雨聲息。石室含餘清〔二〕，風枝墮殘滴。

【注】

〔一〕山齋：山中居室。南朝梁蕭統《晚春》：「風花落未已，山齋開夜扉。」

〔二〕石室：巖洞。三國魏曹植《苦思行》：「鬱鬱西嶽巔，石室青青與天連。」餘清：餘留的清涼之氣。南朝宋謝靈運《遊南亭》：「密林含餘清，遠山隱半規。」。

平安關道中二首[一]

高林俯青冥[二]，柯葉森若織[三]。陽光已轉午，陰嶺仍半黑[四]。崢嶸亂石間[五]，行子有苦色[六]。臨深地勢入，涉險天宇塞。四顧無所投，跡藺去未息①。悵然增百憂[七]，冥冥羨歸翼[八]。

【校】

① 跡：《宋元詩會》作「足」。

【注】

〔一〕平安關：唐代關名，在今湖北省房縣。《玉海》卷二四「唐四面關」：「《會要》：京西有關二，房州平安關。咸平五年置，在房陵縣。」

〔二〕青冥：《楚辭·悲回風》：「據青冥而攄虹兮，遂儵忽而捫天。」王逸注：「上至玄冥，舒光耀也。所至高眇不可逮也。」句言高山上的森林聳入天際。

〔三〕柯葉：枝葉。森：茂密羅列。

〔四〕陰嶺：山嶺的北側。

〔五〕崢嶸：高峻貌。《文選·班固·西京賦》：「巖峻崷崒，金石崢嶸。」李善注引郭璞《方言注》：「崢嶸，高峻也。」

〔六〕行子：出行的人。南朝宋鮑照《代東門行》：「野風吹草木，行子心腸斷。」

〔七〕百憂：種種憂慮。

〔八〕冥冥：高遠貌。

又

窮冬十日陰〔一〕，積雪千山路。晴雲開半嶺，落日猶在樹。悠悠客心速〔二〕，慘慘天色暮。寒鳥各有依〔三〕，解鞍尚無處。游魚誤銜鈎，玄豹終隱霧〔四〕。行行謝冠冕〔五〕，復我林壑趣〔六〕。

【注】

〔一〕窮冬：深冬。

〔三〕悠悠：思念貌。

〔三〕「寒鳥」句：三國魏阮籍《詠懷》其八：「回風吹四壁，寒鳥相因依。」

〔四〕「玄豹」句：漢劉向《列女傳·陶答子妻》：「妾聞南山有玄豹，霧雨七日而不下食者，何也？欲以澤其毛而成文章也。故藏而遠害。犬彘不擇食以肥其身，坐而須死耳。」此喻隱居而全身遠害。

〔五〕冠冕：比喻仕宦。

〔六〕林壑：山林澗谷。代指歸隱之地。

將渡江〔一〕

無數飛花委路塵，不堪重醉楚城春〔二〕。明朝回首江南岸，煙雨昏昏不見人。

【注】

〔一〕詩題：「江」指長江，詩當作於詩人自宋北歸過江時。

〔二〕楚城：泛指楚地城邑。楚城春：或爲酒名。古人常呼酒爲春。

還家

雲林無俗姿〔一〕，相對可終老。如何塵中人，不見青山好。

【注】

〔一〕雲林：隱居之所。唐王維《桃源行》：「當時只記入山深，青溪幾度到雲林。」

訪香林老〔一〕

風雨無時浪蹴天，南浮舟楫信多艱〔二〕。半生夢破寒江月，萬里春回故國山。歸客自傷青鬢改〔三〕，高僧長共白雲閑。誅茅借我溪西地〔四〕，未厭相從水石間。

【注】

〔一〕香林老：香林寺長老。香林寺，在河北薊縣北。《畿輔通志》卷五十一：「香林寺，在蘇州城北二里。」

〔二〕「風雨」二句：喻指自己流落宋地的坎坷遭際。

〔三〕青鬢：濃黑的鬢髮。

〔四〕誅茅：亦作誅茆，指芟除茅草。後引申爲結廬安居。

海邊亭爲浩然賦〔一〕

夙有滄洲趣〔二〕，雲扃夢幾回〔三〕。臨深疑地盡，望遠覺天開。月湧冰輪出〔四〕，濤翻雪陣來。無機同海客，鷗鳥莫相猜〔五〕。

【注】

〔一〕海邊亭：《中州集》張斛小傳引其《賦禮部侍郎張浩然遼海亭》詩句：「晴光摇碧海，遠色帶滄州。」與此詩相比照，可知「海邊亭」即「遼海亭」。金毓黻《遼海叢書》：「金人張浩構遼海亭於遼陽，高士談有詩詠之。」浩然：張浩，字浩然。遼陽（今遼寧省遼陽市）人。歷仕太祖、太宗、熙宗、海陵王、世宗五朝，官至尚書令，封南陽郡王。謚文康。配享世宗廟廷，圖像衍慶宫。《金史》卷八三有傳，《中州集》卷九（附其子張汝霖下）有小傳。

〔二〕滄洲趣：即隱居水濱的情趣。滄洲，濱水的地方。南朝齊謝朓《之宣城郡出林浦向板橋》：「既歡懷禄情，復諧滄洲趣。」吕延濟注：「滄洲，洲名，隱者所居。」

〔三〕雲扃：雲間住室。借指隱者的居室。扃：門，窗。

〔四〕冰輪：明月。

〔五〕無機：無黠巧變詐之心計。《列子·黄帝》：「海上之人，有好鷗鳥者，每旦之海上，從鷗鳥遊。鷗鳥之至者，百數而不止。其父曰：『吾聞鷗鳥皆從汝遊，汝取來吾玩之。』明日之海上，鷗鳥舞而不下也。」後以「鷗鳥忘機」表示淡泊名利的隱逸生活。用唐王維《積雨輞川莊作》「海鷗何事更相疑」句意。末二句謂海邊亭主人淡泊名利，無機詐之心。

南京遇馬丈朝美〔一〕

浮雲久與故山違〔二〕，茅棟如存尚可依。行路相逢初似夢，舊遊重到復疑非。滄江萬里悲南渡〔三〕，白髮幾人能北歸〔四〕。二十年前河上月，尊前還共惜清輝〔五〕。

【注】

〔一〕南京：五代後晉天福初，遼升幽州爲南京，治今北京市。馬丈朝美：其人不詳。

〔二〕浮雲：飄動的雲，比喻行蹤不定。此處喻指漂泊之人。唐李白《送友人》：「浮雲遊子意，落日故人情。」

〔三〕南渡：指由燕入宋事。宋徐夢莘《三朝北盟會編》載：宣和四年金人入燕，燕京官民逃難入宋。後金以燕山歸宋，王安中爲宣撫，軍士跋扈，遼人又多南渡。張斛南逃入宋當在此時，具體時間無考。

〔四〕北歸：自宋歸北。

〔五〕清輝：清光。多指皎潔的月光。杜甫《月圓》：「故園松桂發，萬里共清輝。」

蔡丞相松年　五十九首

松年字伯堅。父靖，宋季守燕山〔一〕。仕國朝爲翰林學士。伯堅行臺尚書省令史出身，官至尚書右丞相。鎮陽別業有蕭閑堂〔二〕，自號蕭閑老人。薨，謚文簡。百年以來，樂府推伯堅與吴彦高〔三〕，號「吴蔡體」。有集行於世。其一自序云：「王夷甫神情高秀〔四〕，宅心物外〔五〕，爲天下稱首。言少無宦情〔六〕，使其雅詠玄虛，不經世務，超然遂終其身，則亦何必減嵇、阮輩〔七〕。而當衰世頽俗，力不可爲之時，不能遠引高蹈，顛危之禍，卒與晉俱，爲千古名士之恨。又嘗讀《山陰詩引》〔八〕，考其論古今感慨事物之變，既言修短隨化，期於共盡。而世殊事異，興懷一致，則死生終始，物理之常，正當乘化歸盡，何足深歎。乃區區列叙一時述作，刊紀歲月，豈逸少之清真簡裁〔九〕，亦未盡忘情於此耶〔一〇〕？故因作歌併及之。」好問按：此歌以離騷痛飲爲首句〔一一〕，公樂府中最得意者，讀之則其平生自處，爲可見矣。二子，珪字正甫〔一二〕，璋字特甫〔一三〕，俱第進士，號稱文章家。正甫遂爲國朝文宗，特甫非其比也。自太學至正甫，皆有書名。其筆法如出一手，前輩之貴家學蓋如此。

【注】

〔一〕靖：蔡靖，字安世，餘杭（今浙江省杭州市）人。松年之父。元符三年進士。歷官左司員外郎、中書舍人。宣和間爲燕山府路安撫使兼知燕山。燕山陷，入金。歷乾文閣待制、直學士等。

〔二〕鎮陽：金真定府，屬河北西路。治今河北省正定縣。蔡松年《念奴嬌·雲間貴公子》詞序魏道明注云：「公作圃於鎮陽，號蕭閑圃。又公始寓汴都，其第有蕭閑堂，因自號蕭閑老人。」

〔三〕吴彦高：吴激（一〇九〇——一一四二），字彦高，號東山。建州（今福建省建甌縣）人。宋欽宗靖康二年奉命使金，金不遣返，命爲翰林待制。能詩文書畫，詞與蔡松年齊名，時號「吴蔡體」。《金史》卷一二六有傳，《中州集》卷一有小傳。

〔四〕王夷甫：王衍（二五六——三一一），字夷甫，琅琊臨沂（今山東省臨沂市）人。官至司徒。爲人喜好清談，妙善玄言，名動當世。以求自保免禍爲要，後爲石勒俘殺。《晉書》卷四三有傳。

〔五〕宅心：心靈寄託之所。句言王衍用心於世事之外，喜玄談。

〔六〕言少無宦情：《晉書・王衍傳》：「衆共推爲元帥。衍以賊寇鋒起，懼不敢當。辭曰：『吾少無宦情，隨牒推移，遂至於此。今日之事，安可以非才處之。』」

〔七〕嵇阮：三國魏嵇康和阮籍的合稱，與劉伶等爲友，世稱竹林七賢。嵇康（二二四——二六三），字叔夜。譙國銍縣（今安徽省濉溪縣）人。拜中散大夫，世稱嵇中散。魏晉玄學的代表人物。《晉書》卷四九有傳。阮籍（二一〇——二六三），字嗣宗。陳留尉氏（今屬河南）人。曾任步兵校尉，世稱阮步兵。崇奉老莊之學，不拘禮法，常以醉酒及「口不臧否人物」來避禍。《晉書》卷四九有傳。

〔八〕山陰詩引：指王羲之《蘭亭集序》。序云：「雖世殊事異，所以興懷，其致一也。」又云：「向之所欣，俯仰之間，已爲陳跡。」又云：「修短隨化，終期於盡！古人云『死生亦大矣』，豈不痛哉！」「固知一死生爲虚誕，齊彭殤爲妄作。後之視今，亦猶今之視昔，悲夫！」又云：「故列叙時人，録其所述，雖世殊事異，所以興懷，其致一也。」

〔九〕逸少：王羲之（三〇三——三六一），字逸少，祖籍琅琊臨沂（今屬山東），後遷會稽（今浙江省紹興市），歷任秘書郎、寧遠將軍、江州刺史。後爲會稽内史，領右將軍，人稱「王右軍」。《晉史》卷八〇有傳。

〔一〇〕未盡忘情：《晉書·王衍傳》：「衍嘗喪幼子，山簡吊之。衍悲不自勝，簡曰：『孩抱中物，何至於此！』衍曰：『聖人忘情，最下不及於情。然則情之所鍾，正在我輩。』」

〔一一〕此歌：指蔡松年追和蘇軾赤壁詞的《念奴嬌》。詞云：「離騷痛飲，問人生，佳處能消何物。江左諸人成底事，空想巖巖青壁。五畝蒼煙，一丘寒玉，歲晚憂風雪。西州扶病，至今悲感前傑。　我夢卜築蕭閑，覺來巖桂，十里幽香發。胸中冰與炭，一酌春風都滅。勝日神交，悠然得意，遺恨無毫髮。古今同致，永和徒記年月。」

〔一二〕珪：蔡珪（？——一一七四），字正甫，號無可居士，真定（今河北省正定縣）人，松年長子。天德三年進士，官至翰林修撰，户部員外郎兼太常丞、禮部郎中等。珪以文名世，辯博號稱天下第一。有書名。《金史》卷一二五有傳，《中州集》卷一有小傳。

〔一三〕璋：蔡璋，字特甫。松年次子，珪之弟。第進士，號文章家。有書名，筆法與父兄如出一手。

晚夏驛騎再之涼陘，觀獵山間，往來十有五日，因書成詩〔一〕

兜羅蒐鬱浮空青〔二〕，曉日馬頭雙眼明〔三〕。名山不作世俗態，千里傾蓋來相迎〔四〕。老松閲世幾千尺，玉骨冷風戰天碧。應笑年年空往來，塵土勞生種陳跡。山回晚宿一川花，剪金裁碧明煙沙。寒鄉絶艷自開落，欲慰寂寞無流霞〔五〕。明日行營獵山麓〔六〕，古樹寒泉更深緑。强臨水玉照鬢毛〔七〕，只恐山靈怪吾俗。陂潮不盡水如天〔八〕，清波白鷗自在眠。平時朝市手遮日，思把一竿呼釣船。驛騎回時山更好，過雨秋容淨如掃。山英知我宦遊心〔九〕，爲出清光慰枯槁。可憐歲月易侵尋，慚愧山川知我心〔一〇〕。一行作吏豈得已，歸意久在西山岑〔一一〕。他年俗累粗能畢〔一二〕，雲水一區供老佚〔一三〕。舉杯西北酹山川，爲道此言吾不食。

【注】

〔一〕驛騎：乘馬送信、傳遞公文的人。涼陘：又名金蓮川，金主駐夏避暑之所，在西京路桓州，灤河上源地區。

〔二〕兜羅：梵語，佛經中的一種樹，其上生棉。常用以喻雲或雪。此處狀雲海。

〔三〕雙眼明：指眼前突然發亮，狀意外或激動貌。

〔四〕傾蓋：指途中相遇，停車交談，雙方車蓋往一起傾斜。形容一見如故。《史記·魯仲連鄒陽列傳》：「諺曰：『白頭如新，傾蓋如故。』何則？知與不知也。」司馬貞索隱引《志林》曰：「傾蓋者，道行相遇，軿車對語，兩蓋相切，小欹之，故曰傾。」二句將山比人，用「傾蓋」和「相迎」，表達詩人與名山一見如故，對其充滿欣賞喜愛之情。

〔五〕流霞：仙人所用飲料。亦代指酒。北周庾信《衛王贈桑落酒奉答》：「愁人坐狹邪，喜得送流霞。」

〔六〕行營：皇帝出巡臨時建立的駐蹕處所。

〔七〕水玉：古稱水晶。此處用以形容如水晶般光瑩精妙的湖水。

〔八〕陂：池塘。此處指湖泊。

〔九〕山英：山之英靈，山神。

〔一〇〕慚愧：感幸之詞。意爲多謝、難得。蘇軾《浣溪沙》詞：「慚愧今年二麥豐，千畦翠浪舞晴空。」

〔一一〕「歸意」句：用唐高適《贈別沈四逸人》「世務不足煩，有田西山岑」句意。

〔一二〕俗累：世俗事務的牽累。杜甫《橋陵詩三十韻因呈縣内諸官》：「何當擺俗累，浩蕩乘滄溟。」

〔一三〕老佚：即老逸。晚年的安樂閒適。詩人希望在雲水間盡享晚年的閒適安樂。

漫成〔一〕

人生各有適，一受不可更〔二〕。違己欲徇世，憂患常相嬰〔三〕。三軍護漢將，九鼎調蒼生〔四〕。功名豈不美，强之輒無成。朝昏忘寢食，俯仰勞心形〔五〕。何如從所好，足以安餘齡〔六〕。予也一丘壑〔七〕，野性真難名。力懦謝提劍，才拙慚窮經〔八〕。疏放已成僻，紛華誰與爭〔九〕。驚鹿便草豐，白鷗願江清。不堪行作吏，萬累方營營〔一〇〕。夜慮多俗夢，曉枕無餘醒①〔一一〕。拄頰西山語〔一二〕，適意千里羹〔一三〕。塵土走歲月，秋光浮宦情。欲語箇中趣〔一四〕，知音耿晨星〔一五〕。世途古今險，方寸風濤驚。封侯有骨相〔一六〕，使鬼須銅腥〔一七〕。暫收此身去，田園事春耕。

【校】

① 醒：李本、毛本作「醒」。

【注】

〔一〕漫成：信手寫成。

〔二〕「人生」二句：《莊子·齊物論》：「一受其成形，不亡以待盡。」晉郭象注：「言物各有分，故知者守知以待終，而愚者抱愚以至死，豈有能中易其性者也。」人一旦稟承天地之氣而成形體，本性業已形成，智者自智，愚者自愚，想要改變，自是枉然。適：得到。

〔三〕「違己」二句：化用陶淵明《〈歸去來兮辭〉序》句：「質性自然，非矯厲所得。飢凍雖切，違己交病。」違己：違背自己的本性。徇世：隨順世俗。嬰：纏繞、糾纏。

〔四〕「三軍」二句：言欲官至將相的宏偉抱負。前句謂擔任護軍中尉、護軍都尉之類高級將領之職。《史記·陳丞相世家》：「漢王乃謝，厚賜〔陳平〕，拜爲護軍中尉，盡護諸將。」後句言執掌大政，輔佐君王治理國家。九鼎：舊傳禹鑄九鼎，以象九州，歷商至周，作爲傳國重器，置於國都。又商代伊尹曾「鼎烹説湯」,《史記·殷本紀第三》:「(伊尹)負鼎俎,以滋味説湯,致于王道。」

〔五〕勞心形:使身心疲累。

〔六〕餘齡:餘年。

〔七〕「予亦一丘壑」:宋范成大《嘲峽石》:「我本一丘壑,嗜石舊成癖。」丘壑:山陵和溪谷。此處指原生態的質樸自然。

〔八〕窮經:謂極力鑽研經籍。

〔九〕「紛華」句:《史記·禮書》:「自子夏,門人之高弟也,猶云『出見紛華盛麗而説,入聞夫子之道而樂,二者心戰,未能自決』。」

〔一〇〕營營:追求奔逐。語出《莊子·庚桑楚》:「全汝形,抱汝生,勿使汝思慮營營。」蘇軾《臨江仙》:「長恨此身非我有,何時忘卻營營?」

〔一一〕餘酲:酒醒後的醉意。句言昨夜飲酒解愁,今晨酒醒又愁。

〔一二〕「拄頰」句:用王徽之「拄笏看山」典故。拄:支撑;笏:古代大臣上朝時拿着的手版。《世説新語·簡傲》:「王子猷作桓車騎參軍,桓謂王曰:『卿在府久,比當相料理。』初不答,直高視,以手版拄頰云:『西山朝來,致有爽氣。』」西山:指首陽山。周武王伐紂而有天下,伯夷、叔齊義不食周粟,隱居於首陽山,作歌曰:「登彼西山兮,采其薇矣。」王子猷以此表示超脱塵世之意。後人常用以表達隱居情懷。

〔三〕千里羹：千里蓴羹。《晉書·張翰傳》：「翰因見秋風起，乃思吴中菰菜、蓴羹、鱸魚膾，曰：『人生貴得適志，何能羈宦數千里以要名爵乎？』遂命駕而歸。」後用以抒思鄉之情或隱歸之意。

〔四〕箇：此。

〔五〕方寸：指内心。

〔六〕「封侯」句：用班超封侯典。《後漢書·班超傳》：「其後行詣相者，曰：『祭酒，布衣諸生耳，而當封侯萬里之外。』超問其狀，相者指曰：『生燕頷虎頸，飛而食肉，此萬里侯相也。』」骨相：又稱骨格、骨法。古代相術認爲，人的骨格特徵反映人的命相，決定人的壽夭貴賤，吉凶禍福。有「骨格定一世之榮枯」之説。《史記·淮陰侯列傳》載：「蒯通以相人説韓信曰：『貴賤在於骨法，憂喜在於容色。』」

〔七〕銅腥：即銅臭。代錢。西晉魯褒《錢神論》：「『錢無耳，可暗使。』又曰：『有錢可使鬼。』」

淮南道中五首〔一〕

南楚二月雨，淮天如漏巵〔二〕。畏途泥三尺〔三〕，車馬真難棲。卻思閑居樂，雨具無所施。高枕聽檐聲，爐煙暈如絲。

【注】

〔一〕詩題：貞元元年，蔡松年任使宋賀正旦使，組詩爲次年歸朝途經宋地淮南時作。

〔二〕漏卮：底上有孔的酒器。

〔三〕畏途：艱險可怕的道路。《莊子·達生》：「夫畏途者，十殺一人，則父子兄弟相戒也，必盛卒徒而後敢出焉。」成玄英疏：「途，道路也。夫路有劫賊，險難可畏。」

又

吾年過五十，所過知前非〔一〕。顏鬢日蒼蒼〔二〕，老境行相追。桔槔聽俯仰〔三〕，隨人欲何爲。歸計勿悠悠〔四〕，出處吾自知〔五〕。

【注】

〔一〕「吾年」二句：用陶淵明詩文句。前句用《與子儼等疏》：「吾年過五十，少而窮苦，每以家弊，東西遊走。」後句用《歸去來兮辭》：「實迷途其未遠，覺今是而昨非。」《淮南子·原道訓》：「故蘧伯玉年五十，而有四十九年非。」謂年五十而知前四十九年過失。李白《潯陽紫極宫感秋》：「四十九年非，一往不可復。」

〔二〕顏鬢：面容和鬢髮。

〔三〕「桔槔」句：《莊子·天運篇》：「桔槔者，引之則俯，舍之則仰。」桔槔：古代井上汲水的一種工具。《莊子·天地篇》：「鑿木爲機，後重前輕。挈水若抽，數如泆湯。其名曰槔。」

〔四〕歸計：歸隱回鄉的打算、辦法。悠悠：久遠。

〔五〕出處：謂出仕和隱退。

又

南渡國不競〔一〕，晉民益瘡痍〔二〕。陶翁遂超然〔三〕，不忍啜其醨〔四〕。北窗談清風，慨望羲皇時〔五〕。道喪可奈何〔六〕，抱琴酒一巵。

【注】

〔一〕南渡：晉室南渡。西晉王朝滅亡後，漢族政權退守江東。鎮守建康（今江蘇省南京市）的晉宗室司馬睿在江南重建晉，史稱東晉。不競：不强；不振。

〔二〕晉民：晉朝百姓。瘡痍：創傷，比喻人民遭受的戰禍、疾苦。

〔三〕陶翁：指陶淵明。超然：謂離塵脱俗。

〔四〕「不忍」句：言不忍隨波逐流。《楚辭·漁父》：「屈原曰：『舉世皆濁我獨清，衆人皆醉我獨醒，是以見放。』漁父曰：『聖人不凝滯於物，而能與世推移。世人皆濁，何不淈其泥而揚其波？衆人皆醉，何不餔其糟而啜其釃？』」

〔五〕「北窗」二句：用陶淵明《與子儼等疏》句：「五六月中，北窗下卧，遇凉風暫至，自謂是羲皇上人。」羲皇上人：伏羲氏之前的人，即上古之人。指無憂無慮、生活閑適的人。

〔六〕「道喪」句：語出陶淵明《飲酒》其三：「道喪向千載，人人惜其情。有酒不肯飲，但顧世間名。」

又

三年鎮陽遊〔一〕，春歸緑扶疏〔二〕。櫻筍媚園林，日長閑枕書。行復當此時〔三〕，涼塵暗歸塗。會洗酴醿雪〔四〕，月波浮秘壺〔五〕。

【注】

〔一〕鎮陽：金真定府，屬河北西路。治今河北省正定縣。

〔二〕扶疏：枝葉繁茂分披貌。

〔三〕行復：且又。

〔四〕酴醿雪：指酴醿花，色白，故稱。此花春末夏初開。句言過了這個春季自己一定歸家，洗掉沾滿酴醿花的芳塵。

〔五〕秘壺：珍貴罕見的酒壺。

又

鎮陽亘西南，山河在圖畫。花雨草煙間，人家或僧舍。經行每悵然〔一〕，真賞知未暇〔二〕。待予籃輿歸〔三〕，香火復蓮社〔四〕。

【注】

〔一〕經行：行程中經過。悵然：失意不樂貌。

〔二〕真賞：會心的欣賞。宋范仲淹《與諫院郭舍人書》：「又嘉江山滿前，風月有舊，真賞之際，使人愉然。」

〔三〕籃輿：即輿轎。古代供人乘坐的交通工具，形制不一，一般以人力抬着行走，類似後世的轎子。

〔四〕香火：香燭和燈火，指供奉神佛之事。蓮社：廬山東林寺高僧慧遠大師，與劉遺民等僧俗十八賢人同修淨土，結社念佛。寺中有白蓮池，因號蓮社。後結社念佛者亦多以此名之。此句表達作者歸隱向佛之意。

丁巳九月，夢與范季霑同登北潭之臨芳亭，覺而作詩，記其事以示范〔一〕

高陵五六松，潭水涵清陰。白鳥如避世，巢居得幽深。雜花眩青紅，苦節方森森〔二〕。何人作虛亭，想像雲棲心〔三〕。我夢涉陳跡，君亦同登臨。相與定嘉名，洗去花草淫〔四〕。看雲撫修碧〔五〕，夕景低遥岑〔六〕。風林淡秋月，霜枝鳴玉琴〔七〕。兩意誰識之，好處煩幽尋。閑居志則同，歲月能駸駸〔八〕。時無陶彭澤〔九〕，此曲難知音。亭前有奇石，遷流失山林〔一〇〕。

顧亦如我曹，鬢髮風沙侵。小兒重外物，列屋享千金。區區心甚長，因循困華簪〔一一〕。忽焉事大謬，危機恐難任。平生下澤車〔一二〕，斯言吾所欽。志士願不辱，俗情便孔壬〔一三〕。自喜跡猶淺〔一四〕，梟雁容浮沉。泥行自蕭散〔一五〕，世路皆崎嶔〔一六〕。此邦真可老，城郭環清潯〔一七〕。結廬與君俱，開寫平生襟。里巷日還往，杖屨行謳吟〔一八〕。還尋夢遊處，無忘神所箴〔一九〕。

【注】

〔一〕丁巳：天會十五年（一一三七）歲次丁巳。范季霑：范仲淹之四世孫，蔡松年好友。蔡松年《明秀集》卷一《水調歌頭》「西山六街碧」詞序云：「僕以戊申之秋始識吾季霑兄於燕市稠人中。軒昂簡貴，使人神竦。既而過之，未嘗不彌日忘歸，至於一丘一壑，心通神解，殆不容聲。自是朝夕與之期，鄰里與之遊者，蓋十有二年。己未五月，復別於燕之傳舍，及其得官汴梁，僕已去彼。悵然之情，日日往來乎心也。」戊申，金太宗天會六年（一一二八）歲次戊申。己未，金熙宗天眷二年（一一三九）歲次己未。魏注曰：「季霑姓范，文正公希文之四世孫，家許昌。聚圖書萬餘卷，知名當世，公心友之。」北潭：池名，在鎮陽府。《畿輔通志》卷五四「正定府」：「歐陽修曰：『常山宮後有池，亦曰北潭，州之勝遊。』」歐陽修《病中代書奉寄聖俞二十五兄》：「北潭去城無百步，淥水冰銷魚撥刺。經時未曾着脚到，好景但聽遊人説。」金王若虛《滹南遺老集》卷四三《恒山堂記》：「潭園初號海子，未甚可觀。逮王鎔治之，遂若圖畫。……誠一邦之偉觀也。」

〔二〕苦節：堅守節操，矢志不渝。此當指松。森森：狀松樹繁密貌。晉潘岳《懷舊賦》：「墳壘壘而接壟，柏森森以攢植。」唐常沂《禁中青松》：「映殿松偏好，森森列禁中。」

〔三〕棲心：猶寄心。《雲笈七籤》卷一〇一：「散形靈馥之煙，棲心霄霞之境。」

〔四〕淫：浸淫，浸漬。

〔五〕修碧：指長松。

〔六〕遥岑：遠山。

〔七〕玉琴：玉飾的琴。亦爲琴的美稱。句言松濤聲美如琴音。

〔八〕駸駸：本指馬快跑的樣子，引申爲迅疾之意。《廣雅》：「駸駸，疾也。」

〔九〕陶彭澤：晉陶淵明曾任彭澤縣令，故稱。

〔一〇〕遷流：變遷，變化，演變。《敦煌變文集·維摩詰經講經文》：「現在現在生不停，念念遷流無住滅。」

〔一一〕華簪：美麗貴重的簪。簪是古人用來綰頭髮的一種首飾，亦用來把帽子別在頭髮上。華簪爲貴官所用，常代顯貴的官職。宋司馬光《送吴耿先生》：「人生貴適意，何必慕華簪。」

〔一二〕「平生」句：用馬援從弟馬少游典，喻安於現狀，胸無大志。《後漢書·馬援傳》：「吾從弟少游常哀吾慷慨多大志，曰：『士生一世，但取衣食足，乘下澤車，御款段馬，爲郡掾史，守墳墓，鄉里稱善人，斯可矣。』」下澤車，便於在沼澤地行走的短軸車。

〔一三〕孔壬：佞人。《書·皋陶謨》：「能哲而惠，何憂乎驩兜，何遷乎有苗，何畏乎巧言令色孔壬！」孔傳：「禹言有苗驩兜之徒，甚佞如此。」孔穎達疏：「巧言令色爲甚佞之人。」句言志士仁人自有其人格在，豈能爲了功名利禄等世俗追求而花言巧語取悦他人。

〔一四〕跡：指仕宦行跡。

〔一五〕泥行：指混跡草野民間。

〔一六〕崎嶔：形容山路險阻不平，引申爲艱難險阻。

〔一七〕潯：水邊。此指河水。

〔一八〕杖屨：手杖與鞋。此指拄杖漫步。行：輒。謳吟：歌唱吟詠。

〔一九〕箴：勸告，勸戒。將夢境看作神靈所發出的勸告，警示自己早日歸隱。

庚申閏月，從師還自潁上，對新月獨酌十三首〔一〕

伊昔三年前，淫雨催行輈〔二〕。青燈忽今夕，華屋映高秋〔三〕。華屋亦何爲，百年竟山丘〔四〕。適意在歸與〔五〕，肉食非我謀〔六〕。

【注】

〔一〕庚申：金熙宗天眷三年（一一四〇）歲次庚申。閏月：是歲閏六月。從師：《金史》本傳：「都元帥宗弼領行臺事，伐宋，松年兼總軍中六部事。」潁上：縣名。宋時屬京西北路汝陰郡，今屬安徽。

〔二〕淫雨：持續過久的雨，淫雨成澇。《禮記·月令》：季春之月「行秋令，則天多沉陰，淫雨蚤降」。

鄭玄注：「淫，霖也。雨三日以上爲霖。」

〔三〕華屋：華美、富麗的房子。

〔四〕「華屋」二句：用「華屋山丘」典。語出三國魏曹植《箜篌引》：「盛時不再來，百年忽我遒。生存華屋處，零落歸山丘。」指生命無常，興亡莫定，富貴者亦終歸一死。山丘，墳墓。

〔五〕歸與：語出《論語・公冶長》：「子在陳，曰：『歸與！歸與！』」句言歸家終老方稱心如意。

〔六〕肉食：指高位厚禄，亦泛指做官的人。《左傳・莊公十年》：「肉食者鄙，未能遠謀。」杜預注：「肉食，在位者。」

又

大塊本何事〔一〕，遑遑勞一生〔二〕。所過種陳跡，歲月如流星。貪夫甘死禍，幅紙馳虚名〔三〕。晉室有先覺〔四〕，柴桑老淵明〔五〕。

【注】

〔一〕大塊：大自然，世界。《莊子・齊物論》：「夫大塊噫氣，其名爲風。」成玄英疏：「大塊者，造物之名，亦自然之稱也。」句言世事萬物與己無關。

〔二〕遑遑：匆忙、急促不安貌。晉陶淵明《歸去來兮辭》：「胡爲乎遑遑欲何之。」

〔三〕「貪夫」二句：化用「貪夫烈士」句意。語出《史記・伯夷列傳》：「貪夫徇財，烈士徇名。」

〔四〕先覺：覺悟早於常人者。《孟子·萬章上》：「天之生此民也，使先知覺後知，使先覺覺後覺也。」

〔五〕柴桑：古縣名。西漢置，因柴桑山而得名。故址在今江西九江市西南。陶淵明家鄉。

又

我家恒山陽〔一〕，山光碧無賴〔二〕。月窟蔭風篁〔三〕，十里瀉澎湃。兹焉有樂地〔四〕，不去欲誰待。自要塵網中〔五〕，低眉受機械〔六〕。

【注】

〔一〕恒山陽：指真定府（今河北省正定縣），金時爲河北西路治，在恒山之南。

〔二〕無賴：表可愛、親昵之意。宋辛棄疾《浣溪沙》詞：「啼鳥有時能勸客，小桃無賴已撩人。」

〔三〕月窟：指月亮。風篁：謂風吹竹林。南朝宋謝莊《月賦》：「若乃涼夜自淒，風篁成韻。」

〔四〕兹焉：這裏。

〔五〕塵網：世俗之網，多指官場。晉陶淵明《歸園田居》：「誤入塵網中，一去三十年。」

〔六〕低眉：形容順服的樣子。機械：桎梏，束縛。

又

人言歸甚易，但苦食不足。必使極其求，萬鍾不盈腹〔一〕。處世附所安，無禍即無福〔二〕。

郤視高蓋車〔三〕，身寵神已辱。

【注】

〔一〕萬鍾：指優厚的俸禄。鍾，古量器名。

〔二〕「無禍」句：出《老子》：「禍兮福之所倚，福兮禍之所伏。」因禍與福互相依存，故「無禍即無福」。

〔三〕高蓋車：古時丞相所乘之車。宋章如愚《群書考索》卷四一「車輅類」：「皇孫乘緑車，丞相乘高蓋車，三公皆乘使車。」唐白居易《閑居》：「君看裴相國，金紫光照地。心苦頭盡白，纔年四十四。乃知高蓋車，乘者多憂畏。」後以此代高官。

又

我本山澤人〔一〕，孤煙一輕蓑。功名無骨相〔二〕，彫琢傷天和〔三〕。未能遽免俗〔四〕，尚爾同其波〔五〕。梧桐喚歸夢，無奈秋聲何〔六〕。

【注】

〔一〕山澤：泛指山野。《後漢書·馮衍傳上》：「雖則山澤之人，無不感德，思樂爲用矣。」

〔二〕骨相：又稱骨格、骨法。古代相術認爲，人的骨格特徵反映人的命相，決定人的壽夭貴賤，吉凶禍福。《史記·淮陰侯列傳》載：「蒯通以相人説韓信曰：『貴賤在於骨法，憂喜在於容色。』」

〔三〕天和：人體的元氣。《淮南子・俶真訓》：「含哺而遊，鼓腹而熙，交被天和，食於地德。」高誘注：「和，氣也。」句言勉强自己刻意追求功名有傷身體元氣。

〔四〕「未能」句：《世説新語・任誕》載，古時習俗，七月七日曬衣，阮咸家貧，無可曬之物，掛出犢鼻褌充數。人或怪之，答曰：「未能免俗，聊復爾耳。」後遂用以稱未能擺脱社會慣例，仍按習俗行事。

〔五〕「尚爾」句：《莊子・刻意》：「靜而與陰同德，動而與陽同波。」成玄英疏：「動靜無心，而付之陰陽也。」

〔六〕「梧桐」二句：《廣群芳譜・木譜六・桐》：「立秋之日，如某時立秋，至期一葉先墜，故云：梧桐一葉落，天下盡知秋。」古人多秋思之情，二句暗用晉張翰見秋風辭官歸鄉事，言落葉最早的梧桐已喚起秋日思歸之情，然身不由己，無可奈何。

又

孟夏幽州道〔一〕，上陘車轣轆〔二〕。旆旗卻南行，飛電隨馬足〔三〕。行窮清潁水〔四〕，不辨洗蒸溽〔五〕。吾生豈匏瓜〔六〕，一笑爲捧腹。

【注】

〔一〕孟夏：初夏四月。幽州：唐五代州名，今北京市。遼國陪都，稱南京。《金史・熙宗紀》載，天眷三年四月「丁卯，上如燕京」。

〔二〕陘：指北方蕃王避暑之地。《舊五代史·少帝紀五》：「陘，即蕃王避暑之地也。」《新五代史·晉家人傳第五》：「陘，虜地，尤高涼。虜人常以五月上陘避暑，八月下陘。」轣轆：象聲詞。形容車輪的轉動聲。《金史·熙宗紀》載，天眷三年六月，「上次涼陘」。《金史·地理志》載西京路桓州有涼陘，在今河北沽源縣東南，豐寧滿族自治縣西北灤河上源。

〔三〕「旌旗」二句：《金史·熙宗紀》載，天眷三年五月，「詔元帥府復取河南、陝西地」，「命都元帥宗弼以兵自黎陽趨汴，右監軍薩里罕出河中，趨陝西」。

〔四〕潁水：又稱潁河。發源於中嶽嵩山，流經登封、許昌、潁上、阜陽，匯入淮河。

〔五〕蒸溽：悶熱而潮濕。

〔六〕「吾生」句：語自《論語·陽貨》：「吾豈匏瓜也哉，焉能繫而不食？」匏瓜：古有甘苦兩種，苦者不能食用，果實可剖製成器具。用以比喻中看不中用者。

又

燈花何太喜〔一〕，似報天雨霽。客情念還家，如瞽不忘視〔二〕。到家問松菊〔三〕，早作解官計。青鏡髮蕭蕭〔四〕，及此霜雪未〔五〕。

【注】

〔一〕燈花喜：古人認爲油燈燈芯燃燒時結成花狀物，預兆好事、喜事。舊題漢劉歆《西京雜記》卷三：「陸賈曰：『夫目瞤得酒食，燈火花得錢財，乾鵲噪而行人至，蜘蛛集而百事嘉。』」

〔二〕「客情」二句：《史記·韓信盧綰列傳》：「僕之思歸，如痿人不忘起，盲者不忘視也。」瞽：盲人。

〔三〕「到家」句：用晉陶淵明《歸去來兮辭》句意：「乃瞻衡宇，載欣載奔。僮僕歡迎，稚子候門。三徑就荒，松菊猶存。」

〔四〕蕭蕭：稀疏貌。

〔五〕霜雪：喻指白髮。

又

鳴蛙屬官私，庸兒固可笑〔一〕。江山本誰爭，但苦歸不早。物情閑始見，宛轉爲君好〔二〕。區區乞鑑湖，多事憐賀老〔三〕。

【注】

〔一〕「鳴蛙」二句：《晉書·孝惠帝紀》：「帝又嘗在華林園，聞蝦蟆聲，謂左右曰：『此鳴者爲官乎，私乎？』或對曰：『在官地爲官，在私地爲私。』」宋陸游《自述》：「心如老馬雖知路，身似鳴蛙不屬官。」

〔二〕「宛轉」句：言盡順物情、與物推移的境界。《莊子·天下》：「與物宛轉。」成玄英疏：「宛轉，變化也。」

〔三〕「區區」二句：用唐人賀知章事。賀老：賀知章，字季真，號「四明狂客」。越州永興（今浙江省杭州市蕭山區）人。武則天證聖元年進士，歷任禮部侍郎、秘書監、太子賓客等。天寶二年，賀知章以年老請爲道士歸鄉里，玄宗詔許，並賜鑒湖剡川。又親率太子以下百官設宴餞行，賜詩送別。見《新唐書》本傳。李白《對酒憶賀監二首》其二：「狂客歸四明，山陰道士迎。敕賜鏡湖水，爲君臺沼榮。」二句言賀知章歸鄉前乞鑒湖實屬多此一舉，没有必要。

又

天下任之重，人物古難得。誰爲經濟才，有亦未易識〔一〕。吾曹與雞鶩〔二〕，官倉等伏食〔三〕。行將問征途，滿眼西山碧。

【注】

〔一〕「誰爲」二句：宋黄庭堅《贈秦少儀》詩句：「才難不其然，有亦未易識。」經濟才：指安邦定國、經世濟民的才能。

〔二〕雞鶩：雞和鴨。比喻平庸之人。

〔三〕伏食：匍匐求食。

又

懦微莫如我，往往從險艱。譬之驅山麇〔一〕，八鑾困天閑〔二〕。豈惟物違性〔三〕，成功亦良難。風煙念何地〔四〕，野水長松閑。

【注】

〔一〕驅山麇：將麇驅於山林。宋陸佃《埤雅·釋獸》「麐」：「麇性喜澤，鹿性喜林。……鹿林獸也，麇澤獸也。」本爲澤獸，卻被驅之山林。喻身不由己，違背本性，難以適從等意。

〔二〕八鑾：亦作「八鸞」，本指結在馬銜上鸞鈴，四馬八鈴，故稱八鸞。後常用以稱皇帝車駕。蘇軾《次韻蔣叔穎二首·扈從景靈宫》：「英姿連璧從多士，妙句鏘金和八鑾。」天閑：皇帝養馬處。宋陸游《感秋》：「古來真龍駒，未必置天閑。」以上二句言自己性似山林野鹿，卻被拘束於車駕馬廄，事與願違。

〔三〕「豈惟」句：言難道只是自己本性與世事違背不合嗎？

〔四〕風煙：喻指隱逸之所。

又

出處士大節〔一〕，倚伏殊茫茫〔二〕。絶交苟不作，自足存嵇康〔三〕。哲人乃知機〔四〕，曲士迷其方〔五〕。顧我類社櫟，匠石端相忘〔六〕。

【注】

〔一〕「出處」二句：謂出仕和隱退是讀書人爲人處世重要關節。漢蔡邕《薦皇甫規表》：「修身力行，忠亮闡著，出處抱義，皦然不汙。」

〔二〕倚伏：語本《老子》：「禍兮福之所倚，福兮禍之所伏。」句言仕隱利害因果複雜，幽邈難測。

〔三〕「絶交」二句：用嵇康拒絶山濤薦引事。山濤調任大將軍從事中郎，想薦舉嵇康代其原職，嵇康作《與山巨源絶交書》予以回絶。嵇康自謂賦性疏懶，不堪禮法約束，秉性各有所好，不可勉强。二句謂嵇康如不作絶交書，就不會得罪司馬氏，也就不會引來殺身之禍了。

〔四〕哲人：智慧卓越的人。語自《詩·大雅·抑》：「其維哲人，告之話言。」知機：謂有預見，看出事物發生變化的隱微徵兆。《易·繫辭下》：「知幾其神乎？君子上交不諂，下交不瀆，其知幾乎？幾者，動之微，吉之先見者也。」

〔五〕曲士：鄉曲之士。比喻孤陋寡聞的人。《莊子·秋水》：「曲士不可以語於道者，束於教也。」陸德明釋文引司馬彪曰：「曲士，鄉曲之士也。」方：指村鄉。句言鄉曲之士囿於鄉野，見識短淺而固執，不能見微知著，通權達變。

〔六〕「顧我」二句：《莊子·人間世》：「匠石之齊，至乎曲轅，見櫟社樹，其大蔽數千牛，絜之百圍……散木也，以爲舟則沉，以爲棺槨則速腐，以爲器則速毁，以爲門户則液樠，以爲柱則蠹，是不材之木也，無所可用，故能若是之壽。」後以社櫟喻無用之才。端：正好。二句言自己恰似大而無用的社櫟，没受到權貴的重視任用，這正好躲過被砍伐的禍患，可以全身。

又

問舍前年秋，已買潭西地〔一〕。高明鬼所瞰〔二〕，聊取風雨蔽〔三〕。瀕溪樹嘉木，成陰十年計〔四〕。仍當作茅舍，名之以今是〔五〕。

【注】

〔一〕「問舍」二句：《三國志・魏志・陳登傳》：「許汜曰：『昔遭亂過下邳，見元龍。元龍無客主之意……』備曰：『君有國士之名，今天下大亂，帝主失所，望君憂國忘家，有救世之意。而君求田問舍，言無可采，是元龍所諱也。』」後用以指責不顧國家安危，只顧個人利益的庸人，亦引申爲歸隱之意。潭西：鎮陽北潭之西。北潭，池名，在鎮陽府。《畿輔通志》卷五四「正定府」：「歐陽修曰：『常山宫後有池，亦曰北潭，州之勝遊。』」歐陽修《病中代書奉寄聖俞二十五兄》：「北潭去城無百步，渌水冰銷魚撥刺。經時未曾着脚到，好景但聽遊人説。」金王若虚《滹南遺老集》卷四三《恒山堂記》：「潭園初號海子，未甚可觀。逮王鎔治之，遂若圖畫。……誠一邦之偉觀也。」

〔二〕「高明」句：用漢揚雄《解嘲》：「高明之家，鬼瞰其室。」李善注引李奇曰：「鬼神害盈而福謙。」劉良注：「是知高明富貴之家，鬼神窺望其室，將害其滿盈之志矣。」

〔三〕「聊取」句：謂造屋不必高華，只求能遮風蔽雨即可。聊：姑且。

〔四〕十年計：即十年樹木之意。語出《管子·權修》：「一年之計，莫如樹穀；十年之計，莫如樹木；終身之計，莫如樹人。」

〔五〕今是：用晉陶淵明《歸去來兮辭》「實迷途其未遠，覺今是而昨非」意。

又

斯言已譊譊〔二〕，要未離憂患。何時但飲酒，臧否了不關〔三〕。不飲逝者多，秋草麒麟閑〔三〕。懷哉竹林人〔四〕，吾方仰高山〔五〕。

【注】

〔一〕斯言：當指上詩末句所本「覺今是而昨非」語，即仕隱利害的熱門話題。故下句説「要未離憂患」。譊譊：爭辯。也指爭辯之聲。

〔二〕臧否：褒貶，評論人物好壞。《晉書·阮籍傳》：「籍雖不拘禮教，然發言玄遠，口不臧否人物。」

〔三〕「秋草」句：謂即使是才能傑出、富貴顯赫者，最後的歸宿，也不過是秋草蕭索、麒麟横卧的墓丘而已。

〔四〕竹林人：指竹林七賢。魏正始年間，嵇康、阮籍、山濤、向秀、劉伶、王戎及阮咸七人常聚在當時的山陽縣（今河南省輝縣、修武）竹林之下，肆意酣暢，世謂「竹林七賢」。

〔五〕「吾方」句：《詩・小雅・車舝》：「高山仰止，景行行止。」鄭玄注：「古人有高德者則慕仰之，有明行者則而行之。」二句言自己將以曠放達觀的竹林七賢爲效仿的榜樣。

七月還祁〔一〕

洪河注天南〔二〕，兵氣横高穹。我從兵前來，歸心疾驚鴻。官柳未摇落〔三〕，蓮荇香濛濛。吏舍在前村〔四〕，舊年養疏慵〔五〕。爰自三軍去〔六〕，青苔瘞人蹤〔七〕。夕陽叩柴門，歡迎來僕僮。濁酒古罍洗〔八〕，停觴問新松。卻對一牀書，睡鴨孤煙中〔九〕。土花暈湖玉〔一〇〕，冰絃冷霜桐〔一一〕。燈火未可親，露坐茅堂東。西山月中淡，夜茶煮松風〔一二〕。到牀便安寢，不復知晨鐘。平生幽棲心〔一三〕，斯言略形容。人道動有患，百態交相攻。而我觸類真〔一四〕，冶容鄙青紅〔一五〕。非才見臨事〔一六〕，叩之輒空空〔一七〕。知難不知回，飄流劇飛蓬〔一八〕。暫去聲利場〔一九〕，樂佚猶無窮〔二〇〕。況於得行意〔二一〕，蕭灑畢此躬〔二二〕。勿爲才者傳，從渠作夔龍〔二三〕。

【注】

〔一〕祁：祁州，今河北省安國市，唐末分定州置祁州，治無極，宋改名蒲陰縣，後改名祁州。

〔二〕洪河：大河。按上詩「旌旆卻南行，飛電隨馬足。行窮清潁水，不辨洗蒸溽」，此當指潁水及淮河。又，時黄河改道，東南與淮河合流，指黄河亦通。此有喻金兵南侵之氣勢意。

〔三〕官柳：官修大道兩旁的柳樹。

〔四〕吏舍：官吏居住或辦公的房子。

〔五〕疏慵：疏懶，懶散。唐元稹《臺中鞫獄憶開元觀舊事》：「疏慵日高卧，自謂輕人寰。」

〔六〕爰：句首助詞，無義。三軍：軍隊的通稱。此處指金朝軍隊。蔡松年曾隨軍至潁上，即順昌前綫。《金史》本傳：「都元帥宗弼領行臺事，伐宋，松年兼總軍中六部事。」

〔七〕瘞：遮蔽。

〔八〕罍：古代一種盛酒的容器。小口，廣肩，深腹，圈足，有蓋，多用青銅或陶製成。

〔九〕睡鴨：薰爐名。古代一種香爐，銅製，造型爲鳧鴨入睡狀，故名。

〔一〇〕土花：苔蘚。句言假山上布滿苔蘚。

〔一一〕冰絲：琴絃的美稱。傳説中有用冰蠶絲作的琴絃，故稱。金董解元《西廂記諸宫調》卷四：「妝一膽瓶兒，冰絃重理，聲漸辨雄雌。」霜桐：即梧桐。梧桐皮白，故稱。此代指琴。古人常用桐木製琴，故用爲琴的代稱。

〔一二〕松風：茶名。金董解元《西廂記諸宫調》卷一：「紙窗兒明，僧房兒雅，一椀松風啜罷，兩箇傾心地便説知心話。」

〔一三〕幽棲：隱居。

〔一四〕觸類：遇事。

〔一五〕冶容：豔麗的容貌。青紅：青色和紅色。常代顔料、胭脂粉黛等。此處指粉飾、裝扮。二句言自己遇事認真，鄙視華而不實的作派。

〔一六〕非才：無能，不才。指才不堪任。臨事：謂遇事或處事。《晏子春秋·雜下十二》：「臨事守職，不勝其任，則過之。」

〔一七〕空空：形容一無所知。句用孔子「空空如也」典。《論語·子罕》：「子曰：『吾有知乎哉？無知也。有鄙夫問於我，空空如也。我叩其兩端而竭焉。』」

〔一八〕飛蓬：本指枯後根斷遇風飛旋的蓬草，常用以比喻行蹤飄泊不定。

〔一九〕聲利場：爭名逐利的場所。宋陸游《夜宴即席作》：「癡人走死聲利場，我獨感此惜流光。」

〔二〇〕樂佚：歡樂安逸。

〔二一〕行意：謂按着自己的意志行事。

〔二二〕躬：身。

〔二三〕夔龍：相傳爲舜二臣名。夔爲樂官，龍爲諫官。《書·舜典》：「伯拜稽首，讓於夔龍。」孔傳：「夔龍，二臣名。」後用以喻指輔弼良臣。二句言自己不必像夔龍那樣被列入史傳，名傳青史。

庚戌九日還自上都，飲酒於西嵓，以「野水竹間清，秋巖酒中緑」爲韻十首〔一〕

雞群媚稻粱〔二〕，老鶴日疏野〔三〕。人言隨其流，故有不同者〔四〕。

【注】

〔一〕庚戌：金太宗天會八年（一一三〇）歲次庚戌。是年蔡二十四歲，次年始仕爲元帥府通事，與詩題及組詩所言「晚墜」云云不合。疑「庚戌」有誤。王慶生《金代文學家年譜·蔡松年》謂「庚戌」乃「庚申」之訛。上都：上京，今黑龍江省阿城市。九日：指九月初九重陽節。「野水竹間清，秋巖酒中緑」二句，出自宋歐陽修《初秋普明寺竹林小飲餞梅聖俞分韻得亭皋木葉下五首》其三。

〔二〕稻粱：《文選·劉峻·廣絶交書》：「分雁鶩之稻粱。」李善注引《韓詩外傳》：「田饒謂魯哀公曰：『黄鵠止君園池，啄君稻粱。』」後因稱謀生爲「稻粱謀」。句言凡夫俗子皆爲衣食奔走。

〔三〕疏野：放逸野性，無拘無束。

〔四〕「人言」二句：指物以類聚，人以群分。不同的追求爲其分界。

又

骨相乃封侯〔一〕，銅腥能使鬼〔二〕。文章亦可憐，不直一杯水〔三〕。

【注】

〔一〕「骨相」句：言富貴之命乃先天注定。骨相：又稱骨格、骨法。古代相術認爲，人的骨格特徵反映人的命相，决定人的壽夭貴賤，吉凶禍福。有「骨格定一世之榮枯」之説。《史記·淮陰侯列傳》載：「蒯通以相人説韓信曰：『貴賤在於骨法，憂喜在於容色。』」

〔二〕銅腥：即銅臭。代錢。

〔三〕「文章」二句：李白《答王十二寒夜獨酌有懷》：「吟詩作賦北窗裏，萬言不直一杯水。」宋黄庭堅《次韻答楊子聞見贈》：「文章不直一杯水，老矣忍與時人爭。」

又

在昔安九鼎〔一〕，功名照帛竹〔二〕。貞觀用玄成〔三〕，一士天下足。

【注】

〔一〕九鼎：相傳夏禹鑄九鼎，象徵九州。夏商周三代奉爲象徵國家政權的傳國之寶。《史記·封禪書》：「禹收九牧之金，鑄九鼎。皆嘗亨鬺上帝鬼神。遭聖則興，鼎遷于夏商。周德衰，宋之社亡，鼎乃淪没，伏而不見。」後亦以「九鼎」借指國家。

〔二〕帛竹：即竹帛，竹簡和白絹。古代初無紙，用竹帛書寫文字。後引申指書籍、史乘。

〔三〕貞觀：唐太宗李世民年號（六二七——六四九）。玄成：魏徵（五八〇——六四三），字玄成。魏州曲城（今河北省鉅鹿縣）人。唐初傑出政治家。初爲太子洗馬，太宗即位，拜諫議大夫、秘書監，檢校侍中，封鄭國公。性直，知無不言。新、舊唐書有傳。

又

憂國在肉食〔一〕，斂玉峨清班〔二〕。吾曹漫浪人〔三〕，合眼松雲間〔四〕。

【注】

〔一〕「憂國」句：《左傳·莊公十年》：「春，齊師伐我，公將戰。曹劌請見。其鄉人曰：『肉食者謀之，又何間焉？』」肉食：肉食者，指官職高者。

〔二〕斂玉：喻指懷抱美德賢才。斂，藏也。清班：清貴的官職。多指文學侍從一類臣子。

〔三〕漫浪：放縱而不受世俗拘束。宋歐陽修《自叙》：「余本漫浪者，兹亦漫爲官。」

〔四〕松雲：青松白雲。指隱居之境。李白《贈孟浩然》：「紅顔棄軒冕，白首卧松雲。」

又

閑居度重九，昔賢愛嘉名〔一〕。霜菊有正色〔二〕，糟牀逢聖清〔三〕。

【注】

〔一〕「閑居」二句：古人以九爲陽數之極，重九日月同應陽數，故稱「重陽」。三國魏曹丕《九日與鍾繇書》：「歲往月來，忽又九月九日。九爲陽數，而日月並應，俗嘉其名，以爲宜於長久。」嘉名：好名字；好名稱。

〔二〕正色：古代以青、赤、黄、白、黑五種純正的顔色爲正色。此處指黄色。

〔三〕糟牀：榨酒的器具。杜甫《羌村》其二：「賴知禾黍收，已覺糟牀注。」舊有黄河逢聖明盛世水變清之説。句言今逢盛世，酒牀中榨出的酒也更加清澈明淨。

又

平生一丘壑〔一〕，晚墮法家流〔二〕。一點無俗物〔三〕，今年真好秋〔四〕。

【注】

〔一〕丘壑：山陵和溪谷。宋范成大《嘲峽石》：「我本一丘壑，嗜石舊成癖。」句言自己一生向慕寄情山水的高雅情趣。

〔二〕法家：本指春秋戰國時期以商鞅、韓非爲代表的學派。後也代指明法度的大臣。唐韓翃《贈别崔司直赴江東兼簡常州獨孤使君詩》：「官重法家流，名高墨曹吏。」

〔三〕俗物：指醉心名利。《世説新語·排調》：「嵇、阮、山、劉在竹林酣飲，王戎後往，步兵曰：『俗物已復來，敗人意。』」杜甫《贈王二十四侍御契四十韻》：「山陽無俗物，鄭驛正留賓。」

〔四〕「今年」句：宋辛棄疾《醜奴兒》詞：「而今識盡愁滋味，欲説還休。欲説還休。卻道天涼好箇秋。」

又

謝公既經世，永懷東西巖〔一〕。翠袖亂春光，輕雲點風鬟〔二〕。

【注】

〔一〕「謝公」二句：用謝安懷東山典故。謝安（三二〇——三八五），字安石，會稽郡山陰縣（今浙江省紹興市）人。隱居會稽東山，與王羲之、支道林等名士名僧交遊，吟詠屬文，優遊山林。後出仕，官至宰相。然歸隱東山之志始末不渝，每形於言色。雅志未就，遂遇疾篤。重回東山的心願終未能實現。《晉書》卷七九有傳。

〔二〕「翠袖」二句：用謝安「東山攜妓」事。《晉書·謝安傳》載：謝安隱居東山，閑時攜妓出遊，寄情山水。翠袖：青緑色衣袖。代女子。風鬟：指女子美麗的髮型。

又

我得秋風暇，鱸魚一杯酒〔一〕。佳人發浩歌〔二〕，此樂當不朽。

【注】

〔一〕「我得」二句：《晉書·張翰傳》：張翰字季鷹，吴郡吴人。爲大司馬東曹掾。見秋風起，乃思吴中菰菜、蓴羹、鱸魚膾。曰：「人生貴得適志，何能羈宦數千里以要名爵乎？」遂命駕而歸。

〔二〕浩歌：即大聲唱歌、縱情放歌。出自屈原《楚辭·少司命》：「望美人兮未來，臨風怳兮浩歌。」二句暗用此典。

又

去年哦新詩〔一〕，小山黄菊中。年年説秋思，遠目驚高鴻。

【注】

〔一〕哦：吟詠。宋梅堯臣《招隱堂寄題樂郎中》：「日哦招隱詩，月誦歸田賦。」

又

韙哉生處樂〔一〕，陵谷異風俗〔二〕。南枝吾永安〔三〕，笑撫西嵓緑。

【注】

〔一〕韙：指好的、正確的言行。《説文》：「韙，是也。」生處樂：《新唐書·寇彦卿傳》載，朱温逼唐昭宗遷都，昭宗「謂其左右爲俚語云：『紇干山頭凍死雀，何不飛去生處樂。』」生處：生長的地方，家鄉。

〔二〕陵谷：《詩·小雅·十月之交》：「高岸爲谷，深谷爲陵。」後用以指變化巨大。句言各地氣候風俗差異很大。

〔三〕南枝：指故土，故鄉。語自《古詩十九首·行行重行行》：「胡馬依北風，越鳥巢南枝。」

小飲邢嵓夫家，因次其韻〔一〕

東風初度野梅黄〔二〕，醉我東山雲霧窗〔三〕。只今相逢暮春月，夜牀風雨翻寒江〔四〕。人生離合幾春事，霜雪行侵青鬢雙〔五〕。大梁一官且歸去〔六〕，酒腸雲夢呑千缸〔七〕。

【注】

〔一〕詩題：據詩中「大梁一官」句，此詩作於天會十五年後詩人在汴京（今河南省開封市）任行臺刑部郎中時。《金史》本傳：「齊國廢，置行臺尚書省於汴，松年爲行臺刑部郎中。」置行臺尚書省，系天會十五年事。邢嵓夫：邢具瞻（？——一一四七），字嵓夫，利州龍山（遼寧省建昌縣西北）人。天會二年進士。仕至翰林待制。能詩善詞。皇統七年六月被殺。與吴激、蔡松年爲文章友。《中州集》卷八有小傳。次韻：又稱步韻，和他人詩詞並完全依照原詩韻之先後次序。

〔二〕東風：指春風。

〔三〕雲霧窗：言窗外雲霧繚繞。宋黄庭堅《子瞻詩句妙一世，乃云『效庭堅體』，盖退之戲效孟郊、樊宗師之比，以文滑稽耳，恐後生不解，故以韻道之》：「赤壁風月笛，玉堂雲霧窗。」

〔四〕「夜牀」句：暗用「對牀夜雨」典，寫親友相聚、傾心交談的欣慰之情。唐白居易《雨中招張司業宿》：「能來同宿否？聽雨對牀眠。」翻寒江：宋黄庭堅《六月十七日晝寢》：「馬齧枯萁諠午枕，夢成風雨浪翻江。」

〔五〕霜雪：比喻白髮，謂年老。

〔六〕大梁：本戰國時魏都，北宋及金稱汴京，即今河南省開封市。

〔七〕「酒腸」句：極言酒量之大，可容千缸。雲夢：古大澤名。漢司馬相如《子虛賦》：「吞若雲夢者八九於其胸中。」

閑居漫興〔一〕

歸田不早計，歲月易云徂〔二〕。但要追蓮社〔三〕，何須賜鏡湖〔四〕。簿書欺俗吏〔五〕，繩墨守愚儒〔六〕。安得如嵇阮〔七〕，相從興不孤。

【注】

〔一〕漫興：謂率意爲詩，並不刻意求工。

〔二〕徂：去，過去。此處指時光流逝，歲月匆匆而去。

〔三〕蓮社：東晉盧山東林寺高僧慧遠大師，與劉遺民等僧俗十八賢人同修淨土，結社念佛。寺中有白蓮池，因號蓮社。追蓮社：追隨蓮社，心向隱逸。

〔四〕「何須」句：用唐太宗賜賀知章鏡湖典。賀知章，字季真，號「四明狂客」。越州永興（今浙江省杭州市蕭山區）人。歷任禮部侍郎、秘書監、太子賓客等。天寶二年，以年老請爲道士歸鄉里，玄宗詔許，並賜鏡湖剡川一曲。見《新唐書》本傳。句謂要歸隱，賜鏡湖已没有必要。

〔五〕簿書：官署中的文書簿册。俗吏：才智凡庸的官吏。漢賈誼《治安策》：「夫移風易俗，使天下回心而鄉道，類非俗吏之所能爲也。俗吏之所務，在於刀筆筐篋，而不知大體。」

〔六〕繩墨：喻規矩、準則。愚儒：愚腐而昧於事理的儒者。

〔七〕嵇阮：三國魏嵇康和阮籍的合稱。嵇康（二二四——二六三），字叔夜。譙國銍縣（今安徽省濉溪縣）人。拜中散大夫，世稱嵇中散。魏晉玄學的代表人物。《晉書》卷四九有傳。阮籍（二一〇——二六三），字嗣宗。陳留尉氏（今屬河南）人。曾任步兵校尉，世稱阮步兵。崇奉老莊之學，不拘禮法，常以醉酒及「口不臧否人物」來避禍。《晉書》卷四九有傳。

師還求歸鎮陽〔一〕

春風卷甲有歡聲，漸識天公欲諱兵〔二〕。節物無情新歲换，男兒易老壯心驚〔三〕。落身世網癡仍絶〔四〕，掛眼山光計未成〔五〕。聞道恒陽似江國〔六〕，一官漫學阮東平〔七〕。

【注】

〔一〕詩題：王慶生《金代文學家年譜·蔡松年》引蔡松年《水龍吟·甲寅歲從師南還贈趙肅之》：「軟

紅裏是西山，亂云曉馬清相向。新年有喜，洗兵和氣，春風千丈。」言天會十三年乙卯正月自江邊退軍，二三月歸燕山。詩作於此年。鎮陽：即真定府，屬河北西路，治今河北省正定縣。

〔二〕天公欲諱兵：忌諱戰爭。《易·傳》：「天之大德曰生。」

〔三〕節物：各個季節的風物景色。二句謂新年又至，男兒深感年華似水而逝，而丈夫之志未酬，驚恐不已。

〔四〕世綱：世俗之網，用以比喻社會上法律禮教、倫理道德對人的束縛。癡仍絶：《晉書·顧愷之傳》：「愷之在桓温府，常云：『愷之體中癡黠各半，合而論之，正得平耳。』故俗傳愷之有三絶：才絶，畫絶，癡絶。」後以「癡絶」爲藏拙或不合流俗之典。

〔五〕掛眼：猶留意，看重。宋陸游《冬夜》：「老於俗事不掛眼，愁憶故人空斷魂。」此句寫未能歸隱山林。

〔六〕恒陽：恒山之陽。此指真定府，屬河北西路，治今河北省正定縣。江國：河流多的地區。多指江南。

〔七〕一官：指真定府判官。據《金史·蔡松年傳》：「天會中，遼宋舊有官者皆换授。松年爲太子中允，除真定府判官。」阮東平：阮籍，曾任職東平，故稱。《晉書·阮籍傳》：「籍嘗從容言於帝曰：『籍平生曾遊東平，樂其風土。』帝大悦，即拜東平相。籍乘驢到郡，壞府舍屏障，使内外相望，法令清簡，旬日而還。」此句寫任職地方官，欲學阮籍治理東平。

初卜潭西新居〔一〕

喬木千章畫不如〔二〕，白鷗煙雨到江湖。誰爲求仲營三徑〔三〕，竊比揚雄有一區〔四〕。故國興亡樹如此〔五〕，他年聲利蔓難圖〔六〕。屋西便與秋山約，莫遣歸來見白須。

【注】

〔一〕潭西：鎮陽北潭之西。卜居：選擇居所。

〔二〕千章：大樹千株。杜甫《陪鄭廣文游何將軍山林》：「百頃風潭上，千章夏木清。」

〔三〕「誰爲」句：用「蔣詡三徑」典。漢趙岐《三輔决録》：「蔣詡字元卿，隱於杜陵。舍中三徑，惟羊仲、求仲從之遊。」求仲：漢代隱士。南朝謝靈運《田南樹園激流植援》：「唯開蔣生徑，永懷求羊蹤。」此句以蔣詡自比。

〔四〕「竊比」句：用揚雄典。《漢書·揚雄傳》載，揚雄先祖「漢元鼎間避仇復泝江上，處岷山之陽曰郫，有田一廛，有宅一區，世世以農桑爲業」。一區：代宅院，即潭西新居。

〔五〕「故國」句：《孟子·梁惠王下》：「所謂故國者，非謂有喬木之謂也，有世臣之謂也。」句寫北宋敗亡已久的感傷。樹如此：用桓温句。《世説新語·言語》：桓温北征，經金城，見年輕時所種之柳皆已十圍，慨然曰：「樹猶如此，人何以堪！」攀枝執條，泫然流淚。

〔六〕聲利：名聲與利益。蔓難圖：野草滋生，難以消除。蔓：繁生、蔓延。語出《左傳·隱公元年》：「無使滋蔓。蔓，難圖也。蔓草猶不可除，况君之寵弟乎？」句言自己的仕途前景渺茫莫測。

寄王仲侯〔一〕

冰簟風簾千柱宫〔二〕，月華清浸雪芙蓉〔三〕。誰教曉馬三千里，好在行雲第幾峰〔四〕。酒市烏紗懷李白〔五〕，仙人鶴氅看王恭〔六〕。拍浮花裹知恩否〔七〕，寄與新詩洗醉悰〔八〕。有本事，可發一笑。

【注】

〔一〕王仲侯：時任真定府推官。見蔡氏《兵府得告將還》詩。

〔二〕冰簟：别稱玉簟，即涼席。千柱宫：豪宅大屋。

〔三〕雪芙蓉：芙蓉帳，華美的帳子。

〔四〕行雲：用巫山神女之典。戰國楚宋玉《高唐賦序》：「旦爲朝雲，暮爲行雨。」指男女歡會。

〔五〕「酒市」句：杜甫《飲中八仙歌》：「李白一斗詩百篇，長安市上酒家眠。」烏紗：即烏紗帽。原是民間常見的一種便帽，後成爲官服的一個組成部分。此句以李白狀王仲侯的嗜酒和灑脱。

〔六〕「仙人」句：用王恭典故。王恭（？——三九八），字孝伯，東晉太原晉陽（今山西省太原市）人。

少有美譽，清操過人。《晉書·王恭傳》：恭美姿儀，人多愛悦，或目之云「濯濯如春月柳」。嘗被鶴氅裘，涉雪而行，孟昶窺見之，歎曰：「此真神仙中人也！」李白《江上答崔宣城》：「貂裘非季子，鶴氅似王恭。」以王恭寫王仲侯的超凡儀態。鶴氅：鳥羽製成的裘，用作外套。

〔七〕拍浮：浮游。《世説新語·任誕》：「畢茂世云：『一手持蟹螯，一手持酒杯，拍浮酒池中，便足了一生。』」後因以「拍浮」爲縱酒狂放之典。

〔八〕悰：歡樂。《説文》：「悰，樂也。」

讀疏詠之《安陽》《對竹》二詩，懷家山，次韻見意〔一〕

短髮新霜及未侵，幾年和月買泉林。偶然行李對寒碧〔二〕，憶得故園驚歲陰〔三〕。枕上秋嵐吹醉夢〔四〕，門前沙鳥立清深。箇中須着脩脩玉〔五〕，落日微風伴我吟。

【注】

〔一〕疏詠之：其人不詳。見意：表達意思。三國魏曹丕《典論·論文》：「是以古之作者，寄身於翰墨，見意於篇籍。」

〔二〕行李：行旅、旅途。杜甫《贈蘇四徯》：「别離已五年，尚在行李中。」寒碧：清冷的碧色。此處代指詩題《對竹》所寫之竹。

〔三〕歲陰：歲暮，年底。北周庾信《歲晚出横門》：「年華改歲陰，遊客喜登臨。」

〔四〕秋嵐：秋日山林的煙靄霧氣。唐岑參《六月三十日水亭送華陰王少府還縣》：「殘雲收夏暑，新雨帶秋嵐。」

〔五〕箇中：此中。翛翛：無拘無束、自由自在的樣子。玉：代指竹。

和子文《寒食北潭》〔一〕

夢裏潭光翠欲流，何時春水一虚舟〔二〕。吾廬相見扶疏樹〔三〕，宦意渾如浩蕩鷗〔四〕。聞道西山明酒面〔五〕，應無外物到眉頭〔六〕。别來誰唱驚人句，十里珠簾有莫愁〔七〕。

【注】

〔一〕詩題：高士談，字子文。金初詩人。亳州蒙城（今屬安徽）人。宣和末曾任忻州（今山西省忻州市）户曹參軍。後仕金爲翰林直學士。皇統六年，因宇文虚中案牽連被殺。《金史》卷七九有傳，《中州集》卷一有小傳。寒食：即寒食節，清明節前一天。舊俗要禁煙火，吃冷食，故稱。相傳此俗源於紀念春秋時晉國人介子推。北潭：池名，在真定府。已見。高士談所作原詩《中州集》未收，已佚。王慶生《金代文學家年譜》皇統三年下謂此詩作於皇統二年至五年在上京時。

〔二〕虚舟：輕捷之舟。《文選·謝靈運·遊赤石進泛海》：「溟漲無端倪，虚舟有超越。」李周翰注：

「輕舟而進曰虚舟。」

〔三〕扶疏：枝葉繁茂分披貌。

〔四〕「宦意」句：喻人在宦海猶鷗在浩蕩江湖。語自宋蘇轍《題王詵都尉設色山卷後》：「江湖浩蕩一輕鷗。」渾：簡直。

〔五〕酒面：指人飲酒後的面色。宋梅堯臣《牡丹》：「時結遊朋去尋玩，香吹酒面生紅波。」句言高氏詩引起思歸之情，以酒解愁，醉顔紅潤。

〔六〕外物：身外之物。多指利欲功名之類。語自《莊子·外物》：「外物不可必。」此處寫酒後忘憂，利欲功名不會愁上眉頭。

〔七〕十里珠簾：喻指歌女集中的地方。唐杜牧《贈别》：「春風十里揚州路，捲上珠簾總不如。」。莫愁：梁武帝《河中之水歌》謂洛陽少女莫愁，遠嫁江東富户盧家，移居南京石城湖畔。南朝陳僧智匠《古今樂録》：「石城西有女子名莫愁，善歌謡。」後多用以泛指美女或樂妓。

雪晴呈玉堂諸公〔一〕

雪晴松頂玉斕斑〔二〕，曉眼清於化鶴山〔三〕。欲立凍雲搜傑句〔四〕，卻思仙客退清班〔五〕。氍毹帳底沉香火〔六〕，薝卜花中碧霧鬟〔七〕。喚取廣寒修月手〔八〕，月波千丈捲春還。

【注】

〔一〕玉堂：官署名。漢侍中有玉堂署，宋以後翰林院亦稱玉堂。《漢書·李尋傳》：「過隨衆賢待詔，食太官，衣御府，久汙玉堂之署。」王先謙補注引何焯曰：「漢時待詔於玉堂殿，唐時待詔於翰林院，至宋以後，翰林遂並蒙玉堂之號。」

〔二〕斕斑：色彩錯雜貌。

〔三〕化鶴山：緱山，在今河南省偃師縣。周靈王太子晉在此昇仙而去，後又曾乘鶴駐山頭。《山海經》載：緱山之山，無草木，多金玉，泉水出焉。

〔四〕凍雲：嚴冬的陰雲。

〔五〕仙客：指玉堂諸公。舊稱翰林學士「玉堂仙」。清班：地位清貴的官員。多指文學侍從一類臣子。

〔六〕氍毹：毛織的毯子。可用作地毯、壁毯、簾幕等。《樂府詩集·相和歌辭十二·隴西行》：「請客北堂上，坐客氈氍毹。」沉香：木名，產於亞熱帶。此指用沉香製作的香。如李白《楊叛兒》：「博山爐中沉香火，雙煙一氣凌紫霞。」

〔七〕薝卜花：亦作「薝蔔」，梵語音譯。義譯爲大鬱金香。春季開花，大而美，味芬芳。

〔八〕「喚取」句：用「玉斧修月」典故。唐段成式《酉陽雜俎·天咫》：唐太和中，鄭仁本表弟游嵩山，見一人枕襆而眠，問其所自，其人笑曰：「君知月乃七寶合成乎？月勢如丸，其影，日爍其凸處也。常有八萬二千户修之，予即一數。」蘇軾《正月一日雪中過淮謁客回作》之一：「從來修月手，合在廣寒宫。」末二句意謂呼唤翰林院這些撰寫高文大册的高手彰明聖意，使皇恩浩蕩，遍及天下。

和子文《晚望》〔一〕

醉眼郊原感慨生，夕陽長向古今明。高人法士互憎愛〔二〕，美酒空名誰重輕。二頃只謀他日老〔三〕，五絃猶喜晚風清〔四〕。因君欲賦思歸樂〔五〕，安得穿雲一笛横〔六〕。

【注】

〔一〕詩題：高士談原詩《中州集》未收，已佚。王慶生《金代文學家年譜》皇統三年下謂此詩作於皇統二年至五年在上京時。

〔二〕法士：指崇尚禮法之士。《荀子·勸學》：「故隆禮，雖未明，法士也。」

〔三〕「二頃」句：用蘇秦「二頃田」典。《史記·蘇秦列傳》：「蘇秦喟然歎曰：『……且使我有洛陽負郭田二頃，吾豈能佩六國相印乎？』」後多用作歸隱之詞。

〔四〕五絃：古代樂器名。《新唐書·禮樂志十一》：「五絃如琵琶而小，北國所出，舊以木撥彈，樂工裴神符初以手彈。」《韓非子·外儲説左上》：「昔者舜鼓五絃，歌《南風》之詩而天下治。」

〔五〕思歸樂：詞牌名。宋柳永有《思歸樂》詞。

〔六〕穿雲笛：語出蘇軾《水龍吟》「古來雲海茫茫」：「元豐七年冬，余過臨淮，而湛然先生梁公在焉。童顔清澈，如二三十許人，然人亦有自少見之者。善吹鐵笛，嘹然有穿雲裂石之聲。」

兵府得告將還，鎮陽府推官王仲傒以書促予命駕，先寄此詩〔一〕

老驥心疲十二閑〔二〕，天教洗眼小江山。名園無處不宜酒，勝日有朋方解顔〔三〕。老木溪光留月駐，禪房竹徑約花關〔四〕。先憑樂府求風骨〔五〕，或有佳人字玉環〔六〕。

【注】

〔一〕王仲傒：時任鎮陽府（治今河北省正定縣）推官。命駕：命人駕車馬。謂動身。《左傳·哀公十一年》：「退，命駕而行。」

〔二〕十二閑：天子馬廄。句言久羈王事，心疲力竭。

〔三〕勝日：指節日或親朋好友相會的日子。解顔：開顔歡笑。

〔四〕「禪房」句：化用唐常建《題破山寺後禪院》詩句：「竹徑通幽處，禪房花木深。」

〔五〕風骨：指文學作品剛健遒勁的格調。

〔六〕玉環：楊貴妃小字。《太平廣記》卷二〇四引唐韋叡《松窗録》載開元中，唐玄宗與楊貴妃等賞牡丹花於沉香亭，上曰：「賞名花，對妃子，焉用舊樂詞爲？」遂命李龜年宣賜翰林供奉李白，立進清平調辭三章。以上二句暗用此典，以李白比王仲侯。

渡混同江〔一〕

十年八喚清江渡，江水江花笑我勞。老境歸心質孤月〔二〕，倦游陳跡付驚濤。兩都絡繹波神肅〔三〕，六合清明斗極高〔四〕。湖海小臣尸厚禄〔五〕，夢尋煙雨一漁舠〔六〕。

【注】

〔一〕混同江：歷代説法不一。金指今松花江和黑龍江下游。

〔二〕「老境」句：言自己年老歸家的心願早已堅定，有明月可以作證。質孤月：請孤月作證。

〔三〕「兩都」句：言上京、汴京人煙絡繹不絶，一片繁榮景象，使神靈也敬重不已。金主完顔亮遷都以前，金以上京（今黑龍江阿城縣南）爲國都，金人扶植的僞齊劉豫定都汴京。天會十五年廢僞齊，置行省於汴，蔡氏任職於此。絡繹：往來不絶。波神：即水神，河伯之屬。

〔四〕六合：天地四方。斗極：北斗星與北極星。《爾雅·釋地》：「北戴斗極爲空桐。」邢昺疏：「斗，北斗也。極者，中宫天極星。」古人以紫微垣中的北極星與帝王對應。句言皇帝聖明，天下清平。

〔五〕湖海：《三國志·魏志·陳登傳》：「陳元龍湖海之士，豪氣不除。」此指生性野逸。尸厚禄：指居位無所作爲，白拿優厚的俸禄。

〔六〕漁舠：小漁船。唐陸龜蒙《秋賦有期因寄襲美》：「煙霞鹿弁聊懸著，鄰里漁舠暫解還。」

初至遵化〔一〕

出山風物便清和，森木如雲秀靄多。白水臨流照疏鬢，青門折柳記柔柯〔二〕。重遊化國驚歲月〔三〕，有象豐年占麥禾〔四〕。亦有黄公酒壚在〔五〕，微官自要阻山河〔六〕。

【注】

〔一〕遵化：宋金縣名。今河北省遵化市，位於燕山南麓。宋宣和四年，金以景州來歸，賜名灤川郡，治遵化縣，屬燕山府。宣和七年復入金，遵化縣屬中都路薊州。

〔二〕青門：漢長安城東門之一，本名霸城門，因其色青，故俗呼爲「青門」或「青城門」。外有霸橋，爲送別之處。漢人常送客至此橋，折柳贈别。見《三輔黄圖》。南朝梁何遜《車中見新林分别甚盛》：「金谷賓游盛，青門冠蓋多。」柔柯：指柔弱的枝條。蘇軾《滿庭芳》詞：「好在堂前細柳，應念我，莫翦柔柯。」

〔三〕化國：教化施行之國。

〔四〕有象：《書·微子之命》：「唐叔得禾，異畝同穎，獻諸天子。王命唐叔歸周公于東，作《歸禾》。

周公既得命禾，旅天子之命，作《嘉禾》。」孔傳：「唐叔，成王母弟，食邑内得異禾也，畝壟穎穗也。禾各生一壟，而合爲一穗。異畝同穎，天下和同之象，周公之德所致。」句言欣欣向榮的莊稼就是國家德政的象徵。

〔五〕黄公酒壚：用王戎懷阮嵇典。《世説新語·傷逝》：「王濬沖爲尚書令，着公服，乘軺車，經黄公酒壚下過。顧謂後車客：『吾昔與嵇叔夜、阮嗣宗共酣飲於此壚。竹林之遊，亦預其末。自嵇生夭、阮公亡以來，便爲時所羈紲。今日視此雖近，邈若山河。』」常用來比喻睹物思情、懷念舊友、傷逝憶舊等。壚：酒肆放置酒壇的土臺子，借指酒館。

〔六〕微官：小官。二句言自己舊日縱酒曠放之處仍在，現在竟因貪圖升斗之俸，公務纏身，阻隔於山河之外。

黄海棠

清陰不歎晚尋芳〔一〕，縹緲緗雲翠袖長〔二〕。萼緑江花輪帶葉〔三〕，醉紅蜀艷恨無香〔四〕。南州氣味連三月，東晉風流共一觴〔五〕。老眼寒來易愁絶，温柔乞與醉中鄉。

【注】

〔一〕清陰：謂天氣陰涼。

〔二〕緗：淺黄色。句言黄海棠亭亭玉立，像美女一樣縹緲綽約。

〔三〕萼緑：茉莉花的别稱。宋張邦基《墨莊漫録》卷七：「閩廣多異花，悉清芬郁烈，而末利花爲衆花之冠……顔博文持約謫官嶺表，愛而賦詩云：『竹稍脱青錦，榕葉隨黄雲。嶺頭暑正煩，見此萼緑君。』」句言江南之茉莉因緑葉較多，與黄海棠相比略遜一籌。

〔四〕醉紅蜀艷：指蜀海棠。蜀地海棠古稱天下奇絶。唐薛能《海棠》：「四海應無蜀海棠，一時開處一城香。」宋陸游《海棠歌》：「碧雞海棠天下絶，枝枝似染猩猩血。」

〔五〕「南州」二句：言黄海棠氣味芬芳，經久不息，如江南之花；形態飄逸，風流倜儻，如東晉名士。

夜坐

吾生有幾事無涯〔一〕，清夜漫漫歎物華〔二〕。但願閒鉦似疲馬〔三〕，可能粘壁作枯蝸〔四〕。只今雪屋重衾濕，去歲梅溪醉帽斜。終得蕭閑對牀語〔五〕，青燈挑盡短檠花〔六〕。

【注】

〔一〕「吾生」句：《莊子·齊物論》：「三子之知幾乎？」晉郭象注：「幾，盡也。」《莊子·養生主》句：「吾生也有涯，而知也無涯。」

〔二〕物華：美好的自然景物。杜甫《曲江陪鄭南史飲》：「自知白髮非春事，且盡芳樽戀物華。」

〔三〕鉦：古代的一種樂器，形似鐘而狹長，有長柄可執，口向上以物擊之而鳴，在行軍時敲打。古時行軍擊鉦使士兵靜止，擊鼓使士兵前進。句言自己疲於世事，如困乏的戰馬聽到停止的號令那樣渴望暫息。

〔四〕粘壁作枯蝸：化用蘇軾《蝸牛》詩句：「升高不知回，竟作粘壁枯。」可能：何能。句言怎能像蝸牛那樣知進不知退，最終勞死呢？

〔五〕蕭閑：詩人居室名。其《水調歌頭・曹侯浩然》詞注：「公作圃於鎮陽，號蕭閑圃。又公始寓汴都，其第有蕭閑堂，因自號蕭閑老人。」二句暗用唐韋應物《示全真元常》「寧知風雨夜，復此對牀眠」及李商隱《夜雨寄北》「何時共剪西窗燭，卻話巴山夜雨時」句意。

〔六〕檠：油燈的代稱。檠本是托燈盤的立柱。按長度分爲長檠和短檠。唐韓愈《短燈檠歌》：「長檠八尺空自長，短檠二尺便且光。」

槽聲同彦高賦〔一〕

槽牀過竹春泉句〔二〕，聚檐秋雨喧疏溜，過竹春泉咽暗冰。門巷蕭條三尺雪，琴書寥落一龕燈。彦高詩也。他日人云吾亦云。自愛淳音含太古〔三〕，誰傳清溜入南薰〔四〕。秋風幾共橙香注，曉月曾和鶴唳聞〔五〕。我欲婆娑竹林國〔六〕，洗空塵耳正須君〔七〕。

【注】

〔一〕彥高：吴激，字彥高，號東山。建州（今福建省建甌縣）人。宋欽宗靖康二年奉命使金被留，命爲翰林待制。能詩文書畫。《金史》卷一二六有傳、《中州集》卷一亦有小傳。

〔二〕糟牀：榨酒的器具。宋楊萬里《過三衢徐載叔采菊載酒秉燭夜酌走筆》：「試問糟牀與檐溜，雨聲何似酒聲多。」

〔三〕「自愛」句：謂槽中酒溜聲有遠古先民真淳古樸之風味。元好問《飲酒五首》其二：「去古日已遠，百僞無一真。獨餘醉鄉地，中有羲皇淳。」太古：上古。

〔四〕南薰：《孔子家語·辨樂解》：「昔者舜彈五絃之琴，造《南風》之詩。其詩曰：『南風之薰兮，可以解吾民之愠兮。』」句言酒溜聲清脆悦耳，如同舜彈奏《南風》之詩。

〔五〕「秋風」二句：言自己終日仕途奔波，凄涼蕭索，無暇傾心欣賞「槽聲」。

〔六〕竹林國：回扣首句，暗用「竹林七賢」典故，指酒房。

〔七〕洗空塵耳：用許由洗耳典故。晉皇甫謐《高士傳·許由》：「堯又召爲九州長，由不欲聞之，洗耳於潁水濱。」後成爲淡泊名利、高潔的代稱。

韓侯晁仲許送名酒，渴心生塵，以詩促之〔一〕

好在銀瓶秋露光，借君雲夢到枯腸〔二〕。解澆萬里客愁破，暫吐十年黃卷香〔三〕。江水苦搖梁苑夢〔四〕，海棠新學漢宮妝〔五〕。天東四月春如許，坐待白衣投醉鄉〔六〕。

【注】

〔一〕韓侯晁仲：其人不詳。渴心生塵：形容非常渴望。唐盧仝《訪含曦上人》：「三入寺，曦未來。轆轤無人井百尺，渴心歸去生塵埃。」

〔二〕「借君」句：用李白《陪侍郎叔遊洞庭醉後三首》其三「剗卻君山好，平鋪湘水流。巴陵無限酒，醉殺洞庭秋」詩意。雲夢：此處代指酒。枯腸：飢渴之腸。唐盧仝《走筆謝孟諫議寄新茶》：「三椀搜枯腸，唯有文字五千卷。」

〔三〕黄卷：指書籍。

〔四〕梁苑：也稱兔園。西漢梁孝王所建的東苑，故址在今河南省商丘市東南。園林規模宏大，方三百餘里，宫室相連屬，供遊賞馳獵。梁孝王在此廣納賓客，當時名士司馬相如、枚乘、鄒陽等均爲座上客。事見《史記·梁孝王世家》。

〔五〕漢宮妝：漢代宫中妝式，以額上塗黄、點黄爲特色。明張萱《疑耀》卷三「粉」：「額上塗黄，亦漢宫妝。」此處當指黄海棠，蔡松年有《黄海棠》詩七律、七絶各一首。李白《清平樂三首》其二：「借問漢宫誰得似，可憐飛燕倚新妝。」《冷齋夜話》引《太真外傳》曰：「上皇登沉香亭，詔太真妃子。妃子時卯醉未醒，命（高）力士從侍兒扶掖而至。妃子醉顔殘妝，鬢亂釵横，不能再拜。上皇笑曰：『豈是妃子醉，真海棠睡未足耳。』」按此，「海棠」兼指楊貴妃，詩人自比李白，有送來名酒便會詩興大發之意。

〔六〕「坐待」句：用江州刺史王弘給陶淵明送酒典點出詩題「促酒」之意。南朝宋檀道鸞《續晉陽秋·恭帝》：「王弘爲江州刺史，陶潛九月九日無酒，於宅邊東籬下菊叢中摘花盈把，坐其側。未幾，望見一白衣人至，乃刺史王弘送酒也。即便就酌而後歸。」白衣，即白衣人，特指送酒之人。醉鄉：指醉酒後神志不清的境界。唐王績《醉鄉記》：「醉之鄉，去中國不知其幾千里也。其土曠然無涯，無丘陵阪險。」

步尋野卉

風煙草木照人明，神藥奇花問識名。聞道東州有仙窟〔一〕，欲尋根撥學長生〔二〕。

【注】

〔一〕仙窟：仙境。泛指仙人所居的洞府。

〔二〕根撥：花木的根株。蘇軾《謝關景仁送紅梅栽》：「珍重多情關令尹，直和根撥送春來。」長生：指道家求長生的法術。

癸丑歲秋郊〔一〕

漫漫黃雲水清淺〔二〕，碧花無處亂鳴蛩〔三〕。此生愈覺田園樂，夢裏曉山三四峰。

【注】

〔一〕癸丑：金太宗天會十一年（一一三三）歲次癸丑。

〔二〕黄雲：比喻成熟的稻麥。

〔三〕鳴蛩：鳴蛩，即蟋蟀。唐錢起《晚次宿預館》：「回雲隨去雁，寒露滴鳴蛩。」

入關宿昌平〔一〕

黄塵卻送入關山，自斷何如二頃田①〔二〕。記得鳴蛩碧花句〔三〕，蹉跎秋思又三年〔四〕。

【校】

① 斷：毛本作「斲」。

【注】

〔一〕關：居庸關，九關之一，在昌平縣。昌平：金代屬大興府，今北京市昌平區。《畿輔通志》卷四〇：「居庸關在昌平州西北二十四里，關門南北相距四十里，兩山夾峙，下有巨澗，懸崖峭壁，稱爲絶險。」

〔二〕「自斷」句：《史記·蘇秦列傳》：「蘇秦喟然歎曰：『……且使我有洛陽負郭田二頃，吾豈能佩六國相印乎？』」後多用作歸隱之詞。句言自我判定不如去職歸田。

〔三〕「記得」句：指《癸丑歲秋郊》詩，有「漫漫黃雲水清淺，碧花無處亂鳴蛩」句。

〔四〕三年：《癸丑歲秋郊》詩作於天會十一年，過三年，可知本詩作於天會十四年。

秋日

風螢開闔度松陰，松下飄然倦客心〔一〕。幾點清光照涼夜〔二〕，何時遠寺得幽尋。

【注】

〔一〕倦客：客遊他鄉而厭倦旅居生活的人。

〔二〕清光：指螢火蟲發出的光。

高麗館中二首〔一〕

蛤蜊風味解朝酲〔二〕，松頂雲凝雨不晴。悄悄重簾斷人語，碧壺春筍更同傾〔三〕。

【注】

〔一〕高麗：高麗國。蔡松年於皇統年間使高麗。據今人王慶生推斷，其使高麗當在皇統八年，四十二歲前後。

〔二〕蛤蜊：軟體動物，生活在淺海泥沙中。肉可食，味鮮美。朝酲：隔夜醉酒，早晨酒醒後的困憊。南朝梁元帝《劉生》：「菊苑聊夜飲，竹葉解朝酲。」

〔三〕春筍：春筍茶。因其色澤青翠，在水中猶如雨後春筍豎懸杯底而得名。

又

晚風高樹一襟清，人與縹甆相照明〔一〕。謝女微吟有深致〔二〕，海山星月總關情。

【注】

〔一〕縹甆：即縹瓷。浙江温州一帶甌窑所産青瓷，因其釉色如淡青色的絲帛而得名。縹瓷始燒於漢代，盛於唐宋，主要有壺、碗、盤、洗、钵、筆筒等。有五代時甌窑青釉刻蓮瓣紋葵口燈傳世。此處應指甌窑青釉燈。

〔二〕謝女：本指東晉女詩人謝道韞。後泛指才女。此處應指高麗客館中的侍姬。劉祁《歸潛志》卷一〇：「高麗故國，上國使來，館中有侍姬。……先是，蔡丞相伯堅亦嘗奉使高麗，爲館姬贈《石州詞》。」

西京道中〔一〕

來時緑水稻如鍼〔二〕，歸日青梢没鶴深〔三〕。莫忘共山買田約〔四〕，藕花相間柳陰陰。

【注】

〔一〕西京：金之陪都。治今山西省大同市。遼重熙十三年，升雲州爲大同府，建號西京，金代沿用不改。

〔二〕稻如鍼：極言其細小，指春天水稻小苗剛長出之情形。

〔三〕没鶴深：高度已超出鶴的身體。

〔四〕「莫忘」句：蔡松年《水龍吟》詞序：「余始年二十餘，歲在丁丑（一一三七），與故人東山吴季高父（吴激）論求田問舍事。數爲余言懷、衛間風氣清淑，物産奇麗，相約他年爲終焉之計。」共山，指北共山，在河南輝縣北九里處，共伯故國北，縣志謂之九峰山，蘇門之别阜，淇水所出。《金史·地理志中》「衛州」下云：「蘇門，本共城，有淇水。」是知「共山買田約」指此。

銀州道中〔一〕

小渡霜螯賤於土〔二〕，重巖野菊大如錢。此時最憶涪翁語〔三〕，無酒令人意缺然〔四〕。

【注】

〔一〕銀州：渤海富州，遼改銀州，金元沿用。今遼寧省鐵嶺市。《遼史》卷三八：「銀州，富國軍，下，刺史。本渤海富州，太祖以銀冶更名。隸弘義宫，兵事屬北女直兵馬司，統縣三。」

〔二〕霜螯：蟹到霜降節氣才肥美，故稱。螯，蟹螯。

〔三〕涪翁：宋代詩人黄庭堅（一〇四五——一一〇五），字魯直，晚號涪翁。洪州分寧（今江西省修水縣）人。

〔四〕「無酒」句：用宋黄庭堅《次韻謝子高讀淵明傳》成句：「一軒黄菊平生事，無酒令人意缺然。」缺然：猶歉然，遺憾。

高昌館道中〔一〕

雨餘巖石古苔青，松裹珠璣萬葉明〔二〕。渺渺緑畦看鷺立〔三〕，深深清樾有蟬鳴〔四〕。

【注】

〔一〕高昌：西域諸國之一。以其地勢高敞，物産昌盛。唐太宗平高昌，置西州及都督府，後陷於吐蕃，與回鶻雜居，故又名回鶻。高昌館：建於都城附近，負責與西域諸國間往來、交聘、接待、翻譯的官署。

〔二〕「松裹」句：言松葉上的水珠繁密明亮。

〔三〕渺渺：悠遠貌。

〔四〕樾：路旁遮陰的樹。

黄海棠

輕如紅豆排冰雪，一拂新鵝色更奇〔一〕。不覺濃陰破明玉，有情誰解賞披離①〔二〕。

【校】

①披離：毛本作「離披」。

【注】

〔一〕一拂：指一塵不染，如剛拂試清洗過一樣。新鵝：小鵝，新鵝色：即鵝黄，淡黄色。剛孵出來的小鵝絨毛呈淡黄色。常用來詠黄色花朵。宋韋驤《再詠黄石榴花二首》：「花似新鵝色澤均，萼如柘繭亂紛紛。」

〔二〕披離：即離披。分散下垂貌；紛紛下落貌。戰國楚宋玉《九辯》：「白露既下百草兮，奄離披此梧楸。」朱熹集注：「離披，分散貌。」

梅華

的皪横枝愛老崔〔一〕，一尊長對畫圖開。此生端有梅花分〔二〕，閑遠春風入手來。

【注】

〔一〕的皪：光亮、鮮明貌。宋范成大《雨後田舍書事》：「熟透晚梅紅的皪，展開新篺翠扶疏。」老崔：唐末詩人崔道融，自號東甌散人，荆州江陵（今湖北省江陵縣）人。官至右補闕。與司空圖爲詩友，人稱江陵才子。工絶句。其《梅花》詩曰：「數萼初含雪，孤標畫本難。香中別有韻，清極不知寒。横笛和愁聽，斜枝倚病看。朔風如解意，容易莫摧殘。」

〔二〕端有：正好有。

蔡太常珪　四十六首

珪字正甫，大丞相松年之子〔一〕。七歲賦菊詩，語意驚人，日授數千言。天德三年進士，擢第後不赴選調，求未見書讀之，其辨博爲天下第一。歷澄州軍事判官、三河簿。正隆三年，銅禁行，官得三代以來鼎鐘彝器無慮千數。禮部官以正甫博物且識古文奇字，辟爲編類官。丁父憂，起復翰林修撰，同知制誥，改户部員外郎，太常丞。朝廷稽古禮文之事，取其議論爲多。大定十四年，由禮部郎中出守濰州，道卒。有《續歐陽文忠公集録金石遺文》六十卷，《古器類編》三十卷，《補南北史志書》六十卷，《水經補亡》四十篇，《晉陽志》十二卷，《金石遺文跋尾》一十卷，《燕王墓辨》一卷，傳於世。國初文士如宇文大學〔二〕、蔡丞相、吴深州之等〔三〕，不可不謂之豪傑之士，然皆宋儒，難以國朝文派論之。故斷自正甫爲正傳之宗，党竹谿次之〔四〕，禮部閑閑公又次之〔五〕。自蕭户部真卿倡此論〔六〕，天下迄今無異議云。

【注】

〔一〕大丞相松年：蔡松年，字伯堅。官至尚書右丞相。《金史》卷一二五有傳，《中州集》卷一有小傳。

〔二〕宇文大學：宇文虚中（一〇七九——一一四六），字叔通，别號龍溪居士。成都廣都（今四川省成都市雙流縣）人。宋徽宗大觀三年進士，官至資政殿大學士。出使金國被留，官禮部尚書、翰林學士承旨，封河内郡開國公。後被殺。工詩文，有文集行世，今佚。《宋史》卷三七一、《金史》卷七九有傳，《中州集》卷一有小傳。

〔三〕吴深州：吴激，字彦高。建州（今福建省建甌縣）人。宋欽宗靖康二年奉命使金，金不遣返，命爲翰林待制。曾出知深州。《金史》卷一二六有傳、《中州集》卷一有小傳。

〔四〕党竹谿：党懷英（一一三四——一二一一），字世傑，號竹谿，祖籍馮翊（今陝西省馮翊縣）人，後居奉符（今山東省泰安市）。大定十年進士，官至翰林學士承旨，世稱「党承旨」。工詩善文，兼工篆籀，著有《竹溪集》三十卷。《金史》卷一二五、《中州集》卷三有傳。

〔五〕禮部閑閑公：趙秉文（一一五九——一二三二），字周臣，晚號閑閑老人。磁州滏陽（今河北省磁縣）人。大定二十五年進士，累拜禮部尚書、翰林學士。能詩文，又工草書，著有《閑閑老人滏水文集》。《金史》卷一一〇、《中州集》卷三有傳。

〔六〕蕭户部真卿：蕭貢（一一五八——一二二三），字真卿，咸陽（今陝西省咸陽市）人。大定二十二年進士，曾任監察御史、刑部侍郎等職，以户部尚書致仕，世稱「蕭尚書」。貢好學，讀書至老不倦，有《注史記》一百卷。《金史》卷一〇五有傳、《中州集》卷五有小傳。

野鷹來〔一〕

南山有奇鷹，寘穴千仞山〔二〕。網羅雖欲施，藤石不可攀。鷹朝飛，聳肩下視平蕪低，健狐躍兔藏何遲〔三〕。鷹暮來，腹肉一飽精神開，招呼不上劉表臺〔四〕。錦衣少年莫留意，飢飽不能隨爾輩。

【注】

〔一〕野鷹來：樂府舊題，相傳爲劉表所作。劉表（一四二——二〇八）：字景升，山陽高平（今山東省鄒城市）人。東漢末年名士，漢室宗親，荆州牧，漢末群雄之一。《後漢書》卷七四、《三國志》卷六有傳。

〔二〕寘：置。

〔三〕「鷹朝飛」三句：用杜甫《畫鷹》「攫身思狡兔，側目似愁胡……何當擊凡鳥，毛血灑平蕪」詩意。

平蕪：草木叢生的平曠原野。

〔四〕劉表臺：又名景升臺，呼鷹臺。因劉表築臺呼鷹而得名。北魏酈道元《水經注》卷二八「沔水」：「水南有層臺，號曰『景升臺』，蓋劉表治襄陽之所築也。言表盛遊於此，常所止憩。表性好鷹，嘗登此臺，歌《野鷹來》曲，其聲韻似孟達《上堵吟》矣。」蘇軾《人日獵城南，會者十人，以身輕一鳥過槍急萬人呼爲韻，軾分得鳥字》：「莫上呼鷹臺，平生笑劉表。」王十朋集注云：「續《襄陽耆舊傳》云：劉表任荊州刺史，築臺名呼鷹，仍作《野鷹來曲》。《襄沔記》：『劉表呼鷹臺在縣東七里，高三丈，周七十丈。』」以上三句贊揚野鷹靠自己的本領生存，志得意滿，不願受人豢養。

撞冰行〔一〕

船頭傳鐵橫長錐〔二〕，十十五五張黄旗。百夫袖手略無用〔三〕，舟過理棹徐徐歸〔四〕。吴儂笑向吾曹説〔五〕，昔歲江行苦風雪。揚槌啟路夜撞冰〔六〕，手皮半逐冰皮裂。今年窮臘波溶溶〔七〕，安流東下閑篙工〔八〕。江東賈客借餘潤〔九〕，貞元使者如春風〔一〇〕。

【注】

〔一〕詩題：《金史·海陵紀》：貞元元年（一一五三）十一月「以户部尚書蔡松年等爲賀宋正旦使」。合觀末句「貞元使者如春風」，詩當隨父使宋時作。時值隆冬，若長江冰凍，有礙行舟，便需撞冰開道。詩中所言撞冰船夫乃宋朝爲金朝賀正使所遣。是年冬暖，江水無冰，撞冰船虚設。行：樂府詩體。

〔二〕傳：包裹。

〔三〕袖手：藏手於袖。謂不能參與其事。此處言行船順利，船夫無事可做。

〔四〕理棹：摇划船槳。

〔五〕吴儂：吴地自稱曰我儂，稱人曰渠儂、他儂。因稱人多用儂字，故以「吴儂」指吴人。此指南宋派遣的撞冰船夫。

〔六〕槌：同「椎」。捶擊器具。

〔七〕窮臘：古代農曆十二月臘祭百神之日。後以指農曆年底。溶溶：河水流動的樣子。

〔八〕篙工：掌篙的船工。

〔九〕餘潤：比喻旁及的德澤、利益。

〔一〇〕貞元使者：指貞元元年金派出的賀正旦使蔡松年等。

讀史

夏氏不無釁，作孽生妖龍〔一〕。蒼姬丁衰期，玄黿游後宫〔二〕。天心未悔禍〔三〕，墜此文武功〔四〕。檿弧漏天網，哲婦鴟梟同〔五〕。狂童一何愚〔六〕，巧言惟爾從。殷鑒不云遠〔七〕，覆車還蹈蹤〔八〕。坐令周南詩，悲入黍離風〔九〕。君看後庭曲〔一〇〕，曾笑驪山烽〔一一〕。

【注】

〔一〕「夏氏」二句：述夏朝衰亡事。《史記·夏本紀》：「帝孔甲立，好方鬼神，事淫亂。夏后氏德衰，諸侯畔之。天降龍二，有雌雄。」釁：禍患。

〔二〕「蒼姬」二句：述周朝衰亡事。《史記·周本紀》載：夏王朝衰落時，有兩條神龍降臨宮庭中，夏帝把龍的唾涎用木盒藏起來。傳至周厲王，其將木盒開啟，龍涎溢出，化爲玄黿進入後宮，一宫女感而有孕，四十年後生褒姒。幽王爲其所惑，廢太子，戲諸侯，西周滅亡。蒼姬：周王姬姓，以木爲德，因以爲號。《孟子注疏·孟子題辭解考證》「孟子亦自知遭蒼姬之訖録」疏云：「蒼姬者，周以木德王，故號爲蒼姬。」丁：當。玄黿：蜥蜴。《國語·鄭語》：「（漦）化爲玄黿，以入於王府。」韋昭注：「黿，或爲『蚖』。蚖，蜇蜴，象龍。」《淮南子·墬形訓》：「先龍生玄黿。」

〔三〕天心：天意。未悔禍：未撤去所加災禍。

〔四〕文武功：指周朝的文王與武王建立的文治武功及其王朝基業。《禮記·祭法》：「湯以寬治民而除甚虐，文王以文治，武王以武功，去民之災，此皆有功烈於民者也。」

〔五〕「檿弧」二句：述褒姒亡周事。《史記·周本紀》：周宣王時，有女童謠曰：「檿弧箕服，實亡周國。」韋昭曰：「山桑曰檿，弧，弓也；箕，木名；服，矢房也。」指桑木弓與用箕做的箭袋。宣王張榜緝拿製賣「檿弧箕服」者。賣桑弓箭袋的夫婦就逃往郊外，路遇女棄嬰，即感玄黿而孕者，於是帶着她逃到褒，撫養成人，即爲褒姒。哲婦：本指多謀慮之婦人。《詩·大雅·瞻卬》：「哲夫成城，哲婦傾城。懿厥哲婦，爲梟爲鴟。」孔穎達疏：「若爲智多謀慮之婦人，則傾敗人之城國。婦言是用，國必滅亡。」後因以指亂國的婦人。鴟梟：俗稱貓頭鷹，民間以爲不祥之鳥。《詩·豳風·鴟鴞》：「鴟鴞鴟鴞，既取我子，無毁我室。」

〔六〕狂童：指輕狂頑劣的少年。語出《詩·鄭風·褰裳》：「狂童之狂也且。」孔穎達疏：「狂童，謂狂頑之童稚。」朱熹集傳：「狂童猶狂且，狡童也。」此指周幽王。一何：多麽。

〔七〕殷鑒：《詩·大雅·蕩》：「殷鑒不遠，在夏后之世。」周文王感歎殷商未以夏朝的滅亡爲鑒。

〔八〕覆車：比喻失敗、教訓。漢劉向《説苑·善説》：「《周書》曰：『前車覆，後車戒。』蓋言其危。」蹤：蹤轍。

〔九〕坐令：猶言致使。周南詩：《詩·國風》之一，所收大抵爲今陝西、河南、湖北之交的民歌。歌頌周德化及南方。黍離：《詩·王風·黍離》，是東周大夫悲悼宗周覆亡之作。《詩序》：「《黍離》，閔宗周也。周大夫行役，至於宗周（西周首都鎬京，今陝西省西安市西南）。過故宗廟宫室，盡爲禾黍。閔周室之顛覆，彷徨不忍去而作是詩也。」

〔一〇〕後庭曲：即《後庭花》，樂府清商曲，吴聲歌曲名。唐爲教坊曲名。本名《玉樹後庭花》，南朝陳後主製。其辭輕蕩，而其音甚哀，故後多用以稱亡國之音。

〔一一〕「曾笑」句：用周幽王「烽火戲諸侯」事。周幽王爲博褒姒一笑，燃起驪山烽火臺上烽火，各路諸侯趕去救駕。後京城告急，再燃烽火，諸侯無人發兵。城破，幽王死，褒姒被擒，西周滅亡。

醫巫閭〔一〕

幽州北鎮高且雄〔二〕，倚天萬仞蟠天東。祖龍力驅不肯去，至今鞭血餘殷紅〔三〕。崩崖暗谷森雲樹，蕭寺門横入山路〔四〕。誰道營丘筆有神〔五〕，只得峰巒兩三處。我方萬里來天涯，坡陀繚繞昏風沙〔六〕。直教眼界增明秀〔七〕，好在嵐光日夕佳〔八〕。封龍山邊生處樂〔九〕，此山之間亦不惡。他年南北兩生涯，不妨世有揚州鶴〔一〇〕。

【注】

〔一〕醫巫閭：山名，古稱於微閭、無慮山，又作醫無閭。今稱閭山，在遼寧省錦州北鎮市。《周禮·職方》：「東北曰幽州，其山鎮曰醫無閭。」《宋史·禮志五》：「立冬祀北嶽恒山、北鎮醫巫閭山並於定州。」

〔二〕幽州：古九州之一，今河北北部及遼寧一帶。北鎮：北方鎮山。《周禮集説》卷七：「所謂四鎮，青之沂山，幽之醫無閭，冀之霍山，揚之會稽是也。」《廣寧縣鄉土志》：「舜封十二山，以醫巫閭山爲幽州之鎮，故名北鎮。」

〔三〕「祖龍」二句：《史記·秦始皇本紀》：「(三十六年秋)使者從關東夜過華陰平舒道，有人持璧遮使者曰：『爲吾遺滈池君。』因言曰：『今年祖龍死。』」裴駰集解引蘇林曰：「祖，始也；龍，人君像；謂始皇也。」《藝文類聚》卷七九引晉伏琛《三齊略記》：「始皇作石橋，欲過海觀日出處。於時有神人，能驅石下海。城陽一山石，盡起立，嶷嶷東傾，狀似相隨而去。云石去不速，神人輒鞭之，盡流血，石莫不悉赤，至今猶爾。」相傳秦始皇曾鞭山填海，在趕山鞭下，醫巫閭山巋然不動，但山脊留下了十三道深深的鞭痕。

〔四〕蕭寺：佛寺。唐李肇《國史補》卷中：「梁武帝造寺，令蕭子雲飛白大書『蕭』字，至今一『蕭』字存焉。」後因稱佛寺爲蕭寺。

〔五〕營丘：即李營丘。李成（九一九——九六七），字成熙。遷居山東營丘，人稱李營丘。工詩能琴，尤善山水畫。初師荆浩、關仝，後以摹寫真景而自成一家。多作平遠寒林，畫法簡練，筆勢鋒利。《畫史會要》卷二：「李成，營丘人。世業儒，爲郡名族。成幼屬文能畫，山水林木當時稱爲第一。」

〔六〕坡陀：山勢起伏貌。蘇軾《次前韻答馬忠玉》：「坡陀巨麓起連峰，積累當年慶自鍾。」

〔七〕直：應該。

〔八〕「好在」句：語自晉陶潛《飲酒》「山氣日夕佳」。日夕：黄昏時分。

〔九〕封龍山：又名飛龍山，在河北省鹿泉市與元氏縣交界處，以溝深林茂、清泉碧溪、奇峰怪石爲勝。《山堂肆考》：「元氏西北有封龍山，山勢如伏龍欲飛舉狀，舊名飛龍山，唐改今名。」《元氏縣志》曰：「峰巒泉石，迴環錯列，稱爲奇勝。其最著者爲龍首、熊耳、華蓋諸峰。」生處樂：《新五代史・寇彦卿傳》：「昭宗亦顧瞻陵廟，彷徨不忍去。謂其左右俚語云：『紇干山頭凍死雀，何不飛去生處樂。』」按王慶生《金代文學家年譜》蔡松年天會十三年除真定府判官，遂在此安家。時蔡珪五歲。珪長於真定，故以屬區名山與醫巫閭相比。

〔一〇〕揚州鶴：集做官、財富、成仙於一身，多用以形容人生得意之事。典出南朝梁殷芸《小説》：「有客相從，各言所志，或願爲揚州刺史，或願多貲財，或願騎鶴上升。其一人曰：『腰纏十萬貫，騎鶴上揚州。』欲兼三者。」詩中比喻能兩全其美，達到功名事業與山水享樂的統一。

讀戎昱詩有作二首〔一〕

我家北潭邊〔二〕，溪流卧衡門〔三〕。俗客自不來，好客時開尊〔四〕。路人或不知，云是渭南村〔五〕。底事半年別，此懷誰與論。

【注】

〔一〕戎昱（七四四—八〇〇），唐荆州人，登進士第。衛伯玉鎮荆南，辟爲從事。後爲辰、虔二州刺史。《全唐詩》卷二七〇收其詩一卷。

〔二〕北潭：指真定北潭。蔡松年《庚申閏月從師，還自潁上，對新月獨酌十三首》之十二：「問舍前年秋，已買潭西地。」知其天眷元年（一一三八）購居於此。《水調歌頭・鎮陽北潭，追和老坡韻》

注：「北潭在鎮陽官園，府之勝境。」

〔三〕衡門：横木爲門。指簡陋的房屋。《詩·陳風·衡門》：「衡門之下，可以棲遲。」朱熹集傳：「衡門，横木爲門也。」《漢書·韋玄成傳》顔師古注：「衡門，謂横一木於門上，貧者之所居也。」

〔四〕「俗客」二句：奪胎於唐劉禹錫《陋室銘》「談笑有鴻儒，往來無白丁」。

〔五〕渭南村：唐時長安京兆府渭南村莊，後代指水竹桑雉村落，隱居之處。唐徐夤《將入城靈口道中作》：「錦袖臂鷹河北客，青桑鳴雉渭南村。」蘇軾抄録宋無名氏詩：「欲掛衣冠神武門，先尋水竹渭南村。」

又

來時西郊林，木末秋未老〔一〕。借箸數歸日〔二〕，廼復見冬杪〔三〕。心馳倚門望〔四〕，望我綿綿道〔五〕。慚愧戎子詩，在家貧亦好〔六〕。

【注】

〔一〕木末：樹木的頂梢。二句言鎮陽西郊樹林梢葉尚未黄落。

〔二〕「借箸」句：《史記·留侯世家》：「張良對曰：『臣請藉前箸爲大王籌之。』」箸，筷子。後因以「借箸」指爲人謀劃。此指爲自己歸家之日數算。按辛棄疾《祝英臺近·晚春》：「試把花卜歸期，才簪又重數。」此處也可能指借箸作占卜用。

〔三〕迺：同「乃」。冬杪：冬末。上四句承前詩「底事半年別」，言外出已半年，歸心似箭，望眼欲穿。

〔四〕倚門望：靠着家門向遠處眺望。形容父母盼望子女歸來時的迫切心情。語出《戰國策·齊策六》：「女朝出而晚來，則吾倚門而望。女暮出而不還，則吾倚閭而望。」

〔五〕綿綿道：漢樂府《飲馬長城窟行》：「青青河邊草，綿綿思遠道。」

〔六〕「慚愧」二句：謂讀了戎昱此詩，爲自已久出未歸、不能侍奉高堂而深感慚愧。戎子：即戎昱。其《長安秋夕》（一作《中秋感懷》）：「遠客歸去來，在家貧亦好。」

感寓

九官名世人①〔一〕，制作歸一夔〔二〕。達樂不達禮，漢儒言足嗤〔三〕。古人寓意耳〔四〕，結髦持鍛鎚〔五〕。俗子未易識，絶藝聊相推〔六〕。坐令編簡門〔七〕，亦以專門奇〔八〕奇疑作期。堂堂張長史〔九〕，楷妙世莫知〔一〇〕。謂予言不信，願視郎官碑〔一一〕。

【校】

① 官：底本原作「宫」。據李本、毛本改。

【注】

〔一〕九官：古傳舜設置的九官。《漢書·劉向傳》：「臣聞舜命九官，濟濟相讓，和之至也。」顔師古

注：「《尚書》：禹作司空，棄后稷，契司徒，咎繇作士，垂共工，益朕虞，伯夷秩宗，夔典樂，龍納言，凡九官也。」

〔二〕制作：指設制創作禮樂。夔：人名。舜時負責典樂。《尚書·虞書·舜典》：「帝曰：『夔，命女典樂。』」

〔三〕「達樂」二句：《禮記·仲尼燕居》載，子貢越席而對曰：「敢問夔其窮與？」子曰：「古之人與？古之人也！達于禮而不達于樂，謂之素。達于樂而不達於禮，謂之偏。夫夔達於樂，而不達於禮，是以傳於此名也，古之人也。」漢鄭玄注：「見其不達於禮。」「素與偏，俱不備耳。夔達於樂，傳世名，此賢人也。非不能，非所謂窮。」達，通曉。漢儒言，《禮記》相傳爲西漢戴聖編纂，今本爲東漢鄭玄注本，故云。

〔四〕寓意：寄寓情懷。蘇軾《寶繪堂記》語：「君子可以寓意於物，而不可以留意於物。寓意於物，雖微物足以爲樂，雖尤物不足以爲病。留意於物，雖微物足以爲病，雖尤物不足以爲樂。」

〔五〕結髦：用劉備好結髦事。鍛鎚：用嵇康打鐵事。蘇軾《寶繪堂記》：「劉備之雄才也，而好結髦。嵇康之達也，而好鍛煉。」劉備事見《三國志》裴松之注引《魏略》：「備性好結髦，時適有人以髦牛尾與備者，備因手自結之。亮乃進曰：『明將軍當復有遠志，但結髦而已矣！』備知亮非常人也，乃投髦而答曰：『是何言與！我聊以忘憂耳。』」嵇康事見《晉書·嵇康傳》：「性絶巧而好鍛。宅中有一柳樹甚茂，乃激水圜之，每夏月，居其下以鍛。」後遂指行其愛好而自得其樂。

〔六〕絶藝：極高超的技藝。相推：指贊賞。

〔七〕坐令：猶言致使。編簡：書籍，多指史册。簡：本指細長的竹條。把細長的東西交叉組織起來就叫編織。編簡門：當承劉備結髦事，指編織類的技藝。

〔八〕「亦以」句：言史書將此有特殊才藝的人别立一類，以之示奇。

〔九〕張長史：即張旭（六七五——七五〇？），字伯高，一字季明，吴（今江蘇省蘇州市）人。曾官常熟縣尉，金吾長史。故稱。張旭書法，始化於張芝、二王一路，以草書名聲最著，人稱「草聖」。

〔一〇〕楷妙：楷書之妙。

〔一一〕郎官碑：即《郎官石柱記》，亦稱《郎官廳壁記》。陳九言撰文，張旭書，唐開元二十九年立於長安（今陝西省西安市）。原石久佚，傳世僅王世貞舊藏「宋拓孤本」。《古今法書苑》：「張顛草書見於世者，其縱放奇怪近世未有，而此序獨楷書，精勁嚴重，出於自然。書一藝耳，至於極者乃能如此。其楷字概罕見於世，則此序尤爲可貴也。」

風竹如水聲

好竹風淅淅〔一〕，流水聲泠泠。吾廬兼有此，要是佳友生〔二〕。北窗午夢斷〔三〕，冷簟無飛蠅〔四〕。端疑故人至〔五〕，喚作寒泉鳴。攬衣起徘徊，自笑還自驚。無須問形似，自可名雙清〔六〕。

【注】

〔一〕淅淅：風聲。

〔二〕友生：朋友。《詩·小雅·常棣》：「雖有兄弟，不如友生。」。

〔三〕「北窗」句：化用晉陶淵明《與子儼等疏》「嘗言五六月中，北窗下卧，遇涼風暫至，自謂是羲皇上人」句意。

〔四〕冷簟：涼席。

〔五〕端疑：正在猜疑。

〔六〕雙清：謂思想及行事皆無塵俗氣。杜甫《屏跡》之二：「杖藜從白首，心跡喜雙清。」仇兆鼇注引楊守阯曰：「心跡雙清，言無塵俗氣也。」

荷香如沉水〔一〕

新荷翠參差，十畝藏漪瀾〔二〕。臨風倚雲蓋，過雨驚珠盤〔三〕。夕陽香四來，坐我西欄干。三徑未論菊〔四〕，九畹空羞蘭〔五〕。聊分海南珍，炷之古博山〔六〕。誰能品優劣，待以季孟間〔七〕。

【注】

〔一〕沉水：即沉香，又名「沉水香」、「水沉香」。薰香料。因色黑芳香，脂膏凝結爲塊，入水能沉，故稱。沉香香品高雅，且十分難得，自古以來即被列爲衆香之首。

〔二〕漪瀾：水波。《文選・左思・吴都賦》：「理翮整翰，容與自玩。雕啄蔓藻，刷湯漪瀾。」劉逵注：「漪瀾，水波也。」

〔三〕「臨風」二句：用宋周邦彦《蘇幕遮・燎沉香》「葉上初陽乾宿雨。水面清圓，一一風荷舉」詞意。言風來時荷葉傾斜如車蓋，雨過時荷葉如承玉珠的圓盤。

〔四〕「三徑」句：用晉陶淵明《歸去來兮辭》：「三徑就荒，松菊猶存。」

〔五〕「九畹」句：屈原《離騷》：「余既滋蘭之九畹兮，又樹蕙之百畝。」二句言荷香不輸菊、蘭。

〔六〕「聊分」二句：點出題旨，言姑且分割沉香入爐燎燒，試與荷香比較香味。海南珍：指沉香，産自南洋。博山：即博山爐，又叫博山香爐、博山香薰、博山薰爐。漢、晉時期常見的焚香器具，多爲銅製。爐體有蓋，蓋高而尖，呈山形，山形重疊，鏤空，多雕飛禽走獸。

〔七〕「待以」句：《論語・微子》：「齊景公待孔子，曰：『若季氏，則吾不能；以季、孟之間待之。』」何晏集解：「魯三卿，季氏爲上卿，最貴；孟氏爲下卿，不用事。言待之以二者之間。」後用以借指上等和下等之間。二句言荷花味可與沉香匹敵，難分優劣。

鄰屋如江村

斜川一壺玉〔一〕，川東三四家。籬落半流水，茁茁青蒲芽〔二〕。我爲水邊遊，月魄舒晴華〔三〕。隔籬見燈火，兒語時紛拏〔四〕。想像澤南州〔五〕，寄興棲雲霞。從渠非知音，我意亦自嘉。

【注】

〔一〕斜川：古地名。在江西省星子、都昌二縣縣境。瀕鄱陽湖，風景秀麗，晉陶潛曾遊於此，作《遊斜川》詩並序。此指真定之小斜川。蔡松年《南鄉子·庚申仲秋陪虎茵居士置酒小斜川》魏道明注：「許丹房置園亭於恒陽，號小斜川，以擬淵明之斜川也。」知小斜川原爲松年舅氏許采别墅所在地。

〔二〕茁茁：草木初生貌。《詩·召南·騶虞》：「彼茁者葭。」唐孔穎達疏：「言彼茁茁然出而始生者，葭草也。」

〔三〕月魄：指月初生或圓而始缺時不明亮的部分。亦泛指月亮、月光。唐李商隱《街西池館》：「疏簾留月魄，珍簟接煙波。」

〔四〕紛拏：混戰；互相扭扯。《文選·傅毅·舞賦》：「簡惰跳踃，般紛拏兮。」李善注：「紛拏，相著牽引也。」

〔五〕南州：泛指南方地區。《楚辭·遠遊》：「嘉南州之炎德兮，麗桂樹之冬榮。」姜亮夫校注：「南州猶南土也，此當指楚以南之地言。」此代陶潛所遊斜川之地。

保德軍中秋〔一〕

定羌城下河南流，定羌城上三層樓。使君置酒勞行役〔二〕，今夕何夕當中秋〔三〕。孤煙落日明天末〔四〕，洶湧碧雲俄暮合。悜悜騎馬雨中歸〔五〕，造物戲人無乃虐〔六〕。絖如戍鼓方三更〔七〕，夢回一室還虛明〔八〕。出門驚笑遽如許，浮雲四卷秋天清。誰家高會搴珠箔〔九〕，笑語聲從雲外落。倦客明朝又短亭〔一〇〕，行人何似居人樂。

【注】

〔一〕保德軍：北宋景德元年以定羌軍改置，治今山西省保德縣，屬河東路。金大定二十二年升爲州。王慶生《金代文學家年譜》蔡珪大定八年（一一六八）下云，珪因事責授河東北路轉運副使。謂詩作於行部時，繫於次年。

〔二〕使君：漢時稱刺史爲使君。此當指保德軍官長。行役：指因公務而出外跋涉。《詩·魏風·陟岵》：「予子行役，夙夜無已。」

〔三〕今夕何夕：今夜是何夜？多用作贊歎語，謂此是良辰。《詩·唐風·綢繆》：「今夕何夕，見此良人。」鄭玄箋：「今夕何夕者，言此夕何月之夕乎。」孔穎達疏：「美其時之善，思得其時也。」

〔四〕孤煙落日：唐王維《使至塞上》：「大漠孤煙直，長河落日圓。」天末：天的盡頭。指極遠的地方。

杜甫《天末懷李白》：「涼風起天末，君子意如何。」

〔五〕「惺惺」句：唐劉禹錫《揚州春夜李端公益》：「自羞不是高陽侶，一夜惺惺騎馬回。」蘇軾《聞李公擇飲傅國博家大醉二首》：「不肯惺惺騎馬迴，玉山知爲玉人頹。」惺惺：清醒貌。

〔六〕造物戲人：老天戲弄、捉弄人。以上二句謂天公不作美，一場突如其來的驟雨頓然使歡宴賞月事化爲泡影。

〔七〕紞：形容擊鼓的聲音。《晉書·良吏傳·鄧攸》：「紞如打五鼓，鷄鳴天欲曙。」

〔八〕虚明：形容月光斜入，居室空寂明亮的樣子。

〔九〕珠箔：即珠簾。李白《陌上贈美人》：「美人一笑褰珠箔，遥指紅樓是妾家。」

〔一〇〕短亭：舊時城外大道旁，五里設短亭，十里設長亭，爲行人休憩或送行餞别之所。北周庾信《哀江南賦》：「十里五里，長亭短亭。」

雪擬坡公韻〔一〕

門外黄昏噪晚鴉，瑶塵細逐九雲車。豐年待作三登兆〔二〕，暮景重開六出花〔三〕。濁酒無人同此興，扁舟有客訪誰家。明朝試望東林樹，百尺寒梢倚玉叉。

【注】

〔一〕詩題：拟蘇軾《雪後書北臺壁》其二韻。蘇詩云：「城頭初日始翻鴉，陌上晴泥已没車。凍合玉樓寒起粟，光揺銀海眼生花。遺蝗入地應千尺，宿麥連雲有幾家。老病自嗟詩力退，空吟冰柱憶劉叉。」坡公：對蘇軾的敬稱。蘇軾號東坡居士，故稱。

〔二〕「豐年」句：言瑞雪兆豐年。三登：謂五穀一年三熟。北魏酈道元《水經注·耒水》：「（便縣）縣界有温泉，在郴縣之西北，左右有田數十頃……温水所溉，年可三登。」

〔三〕六出：即雪花。雪花六角，因以爲雪的别名。唐元稹《賦得春雪映早梅》：「飛舞先春雪，因依上番梅。一枝方漸秀，六出已同開。」

登陶唐山寺〔一〕

嶺外高槐驛路長，嶺頭蕭寺俯朝陽〔二〕。定知絶頂有佳處，聊與瘦藤尋上方〔三〕。千里好風隨野色，一軒空翠聚山光。道人底是憐行役，不惜禪牀坐午涼〔四〕。

【注】

〔一〕陶唐山：堯初居陶，後徙唐，故稱陶唐氏。今山西省霍州市東三十里有陶唐谷。疑陶唐山在此。詩當大定中責授河東北路轉運副使時作。

〔二〕蕭寺：佛寺。見蔡珪《醫巫閭》注〔四〕。

〔三〕上方：指佛寺。唐解琬《奉和九月九日登慈恩寺浮圖應制》：「瑞塔臨初地，金輿幸上方。」

〔四〕道人：指僧人。底是：何事。是，用同「事」。《七國春秋平話》卷中：「孫子曰：『特來計和一件是。』樂毅曰：『何是也？』」末二句言道人憐惜詩人遠道而來，陪坐至午後。

到廣河

清漳節物似清江〔一〕，不復蓴鱸夢故鄉〔二〕。歷下果能留太白〔三〕，鏡湖端是屬知章〔四〕。身隨客路常岑寂〔五〕，心與沙鷗共渺茫。尚困馬蹄三百里，小舟聊欲過滄浪①。

【校】

①欲：李本、毛本作「與」。

【注】

〔一〕清漳：水名。漳河上流，源出於山西省平定縣南大黽谷。《山海經·北山經》：「又東北百二十里，曰少山，其上有金玉，其下有銅。清漳之水出焉，東流於濁漳之水。」節物：隨季節變化的景物。清江：水名。按詩意當指詩人生長地真定一帶之河流。

〔二〕「不復」句：用西晉張翰典故。已見。

〔三〕「歷下」句：天寶初，李白曾於齊州（治所在今山東省濟南市）紫極宫行入道禮，受道籙，成爲道教徒，並作《餞高尊師如貴道士傳道籙畢歸北海》詩。歷下：隋唐時屬齊州歷城縣，宋代屬濟南府歷城縣，在今山東省濟南市。

〔四〕「鏡湖」句：天寶二年，賀知章以年老請爲道士歸鄉里，玄宗詔許，並賜鑒湖剡川。事見《新唐書》賀知章本傳。端：正。

〔五〕岑寂：寂寞、冷清之意。

簡王溫父昆仲〔一〕

荷鈿小小半溪香〔二〕，槐幄陰陰一畝涼〔三〕。飛絮亂將春色晚〔四〕，行雲閑屬暮山長。求田已喜成三徑〔五〕，適意真堪寄一觴。君是山陰換鵝手〔六〕，可無傑句傲風光。

【注】

〔一〕簡：書柬。此作動詞用，指寄送書信。王溫父：其人不詳。昆仲：兄弟。長曰兄，次曰仲。

〔二〕荷鈿：荷花。鈿：用金銀玉貝等製成的花朵狀的首飾。

〔三〕槐幄：形容枝葉茂密如帳篷的大槐。

〔四〕將：傳送。句言柳絮亂飛，傳送了春將歸去的信息。

〔五〕「求田」句：用蔣詡歸里，荊棘塞門，舍中有三徑典故。指歸隱者的家園。

〔六〕「君是」句：用東晉王羲之寫經换鵝典故。出自南朝何法盛《晉中興書》：「山陰道士養群鵝，羲之意甚悅。道士云：『爲寫《黄庭經》，當舉群相贈。』乃爲寫訖，籠鵝而去。」《晉書・王羲之傳》中稱寫的是《道德經》。後泛指以高才絶技换取心愛之物，或贊揚書法之高妙。

秋日和張温仲韻二首〔一〕

琴裏忘憂盡日彈〔二〕，百憂俱息夜初闌〔三〕。青燈把卷逢真味〔四〕，緑酒傾尊破薄寒。月色半留梧影上，露華應到菊花團〔五〕。在家須信貧猶好〔六〕，夢想人間行路難〔七〕。

【注】

〔一〕張温仲：當爲詩人友人。和韻：依照别人詩作的原韻作詩。

〔二〕「琴裏」句：古人常有彈琴忘憂之説，漢代傅毅《琴賦》有「抒心志之鬱滯」句。此句或從晉嵇康《兄秀才公穆入軍贈詩十九首》其十七「彈琴詠詩，聊以忘憂」句化出。

〔三〕闌：晚。

〔四〕真味：真實的意旨或意味。宋嚴羽《滄浪詩話・詩評》：「讀《騷》之久，方識真味。」

〔五〕露華：露水。團：指圓形的花朵。

〔六〕「在家」句：用戎昱《長安秋夕》（一作《中秋感懷》）詩意：「遠客歸去來，在家貧亦好。」

〔七〕人間行路難：猶世事艱難。杜甫《將赴成都草堂途中有作先寄巖鄭公五首》其四：「三年奔走空皮骨，信有人間行路難。」

又

照水疏林萬木蒼，迎軒爽氣一襟涼。有時獨聽溪春坐〔一〕，無事方驚晝景長。雲薄西山聊隱見，煙横白鳥去微茫。可憐騎省多秋思〔二〕，拘士安能識大方〔三〕。

【注】

〔一〕溪春：即水碓，又稱機碓、水擣器等，是古人發明的一種用水力去除糧食皮殼的機械。明徐光啟《農政全書》卷一八：「機碓，水擣器也。」《古今圖書集成》：「凡水碓，山國之人，居河濱者之所爲也，攻稻之法，省人力十倍。」

〔二〕騎省：散騎之省。本爲官署名，因晉潘岳《秋興賦序》有「寓直於散騎之省」，故後人常以此代潘岳。唐劉禹錫《秋螢引》：「行子東山起征思，中郎騎省悲秋氣。」

〔三〕拘士：指拘泥固執、不知變通的人。漢賈誼《鵩鳥賦》：「拘士繫俗兮，攌如囚拘。」大方：大道弘理。亦指深明大道之人，即「大方之家」的略稱。

和彦及《牡丹》，時方北趨薊門，情見乎辭〔一〕

舊年京國賞春濃〔二〕，千朵曾開共一叢。好事祇今歸北圃，知音誰與醉東風。臨觴笑我官程遠，賦物輪君句法工。卻笑燕城花更晚，直應趁得馬家紅〔三〕。

【注】

〔一〕彦及：其人不詳。薊門：亦作「薊丘」。古地名。在北京德勝門外西北。《史記・樂毅列傳》：「樂毅報遺燕惠王書曰：『薊丘之植，植於汶篁。』」張守節正義：「幽州薊地西北隅有薊丘。」

〔二〕京國：當指北宋西京洛陽。

〔三〕直：真，簡直。趁得：趕上。馬家紅：牡丹名種。

戲楊新城〔一〕

長短亭中竟日忙〔二〕，解鞍初喜水雲鄉〔三〕。風前列席花鈿秀〔四〕，雨後行廚杏粥香〔五〕。春色紛紛驚過眼〔六〕，歌聲故故促傳觴〔七〕。蓬萊殿下同年客〔八〕，定笑狂夫老更狂〔九〕。

【注】

〔一〕楊新城：據詩中「同年客」可知其與詩人同爲天德三年進士，餘不詳。

〔二〕長短亭：指長亭、短亭，古時送别餞行之處。

〔三〕解鞍：解下馬鞍。表示停駐。水雲鄉：水雲彌漫，風景清幽之處。

〔四〕花鈿：用金翠珠寶製成的花形首飾。代指歌女侍姬。

〔五〕行廚：出遊時攜帶的酒食。杏粥：用杏仁製成的粥。古時寒食節食品之一。晉陸翽《鄴中記》：「寒食三日作醴酪，又煮粳米及麥爲酪，擣杏仁煮作粥。」

〔六〕春色：兼指歌女侍姬。

〔七〕傳觴：宴飲中傳遞酒杯勸酒。故故：屢屢。以「紛紛」對「故故」，宋徐鉉《九月三十夜雨寄故人》：「別念紛紛起，寒更故故遲。」

〔八〕同年：科舉時同榜録取的人互稱同年。

〔九〕「定笑」句：用杜甫《狂夫》詩句：「欲填溝壑唯疏放，自笑狂夫老更狂。」

和曹景蕭《暮春即事》 户部尚書望之〔一〕

甕頭春色開重酎〔二〕，門外春風改袷衣。灼灼向來花又笑〔三〕，翩翩幾處燕于飛〔四〕。山陰未辨羲之集〔五〕，沂上聊從點也歸〔六〕。節物驚心遽如許〔七〕，卻因觀化識天機〔八〕。

【注】

〔一〕曹景蕭：曹望之，字景蕭，其先臨潢人，遼季移家宣德。金太宗天會間，以秀民子選充女直字學生。後補正令史，改行臺吏部員外郎。與蔡松年友善。金世宗大定十二年爲户部尚書。《金史》卷九二有傳。

〔二〕甕頭：酒甕的口。春：指酒。古人呼酒爲春。重酎：醇酒，指經過兩次或多次重釀的酒。《説文》：「酎，三重醇酒也。」

〔三〕灼灼：鮮明貌。

〔四〕燕于飛：語本《詩・邶風・燕燕》：「燕燕于飛，差池其羽。」

〔五〕「山陰」句：用王羲之蘭亭集會事。晉王羲之《蘭亭集序》：「永和九年，歲在癸丑，暮春之初，會於會稽山陰之蘭亭，修禊事也。」

〔六〕「沂上」句：用孔子事典。點：即曾點，字皙。孔門弟子七十二賢之一。《論語・先進》記孔子問子路、曾皙、冉有、公西華四人志向，曾皙答曰：「暮春者，春服既成，冠者五六人，童子六七人，浴乎沂，風乎舞雩，詠而歸。」曾皙勾勒出一幅太平盛世圖景，這是禮治的結果，符合孔子禮樂教化的主張。二句扣詩題曹景蕭《暮春即事》，謂集會諸人有蘭亭名流的曠達雅致，有曾點春遊的閒逸情懷。

〔七〕節物：各個季節的風物景色。唐高適《重陽》：「節物驚心兩鬢華，東籬空繞未開花。」遽：急迫。

〔八〕觀化：觀察自然運行變化。《莊子・至樂》：「且吾與子觀化而化及我，我又何惡焉！」天機：比喻大自然的秘密、奧秘。句言通過觀察大自然節物的變化體味到天道的運行規律及人道隨運任化的哲理。

并門無竹，舊矣。李文饒嘗一植之，至今寺僧日爲平安報，其難可知已。官舍東堂之北，種碧蘆以寄意。因作長句〔一〕

青君那肯顧寒鄉〔二〕，試着葭蘆擬汶篁〔三〕。有若何堪比夫子〔四〕，虎賁猶想見中郎〔五〕。色添新雨簾櫳好，聲入微風枕簟涼。他日東堂慚政拙，只將此物當甘棠〔六〕。

【注】

〔一〕詩題：并門，并州。因其爲中原北方之門户，故稱。按下引「北都」語，此指太原。李文饒：李德裕（七八七——八五〇），字文饒，真定贊皇（今河北省贊皇縣）人。唐武宗時爲相，平藩鎮之亂，威權獨重，封衛國公。唐段成式《酉陽雜俎續集·支植下》：「衛公（李德裕）言，北都惟童子寺有竹一窠，才長數尺。相傳其寺綱維每日報竹平安。」綱維：寺廟中的司事僧。

〔二〕青君：指竹子。《晉書·王徽之傳》：「（徽之）嘗寄居空宅中，便令種竹。或問其故，徽之但嘯詠指竹曰：『何可一日無此君邪！』」句用此典，以「君」表示尊重。

〔三〕葭蘆：初生的蘆葦。汶篁：汶上（春秋魯中都地，今山東省東平縣東南）之竹。《戰國策·燕策》：「薊丘之植，植於汶篁。」

〔四〕有若：孔子弟子，字子有。《史記·仲尼弟子列傳》：「孔子既没，弟子思慕。有若狀似孔子，弟子相與共立爲師，師之如夫子時也。他日弟子進問……有若默然無以應。弟子起曰：『有子避之，此非子之座也。』」

〔五〕虎賁：指守衛王宮、護衛君王的禁軍。賁：同「奔」，像虎一樣勇猛有力，所向無敵。中郎：漢代官職，即虎賁中郎將。據《後漢書·百官志二》：虎賁中郎將統領虎賁禁兵，主宿衛，秩比二千石，隸屬光禄勳。《漢官典職》：「虎賁中郎將，主虎賁千五百人。」句言儘管葭蘆難與汶篁媲美，但自己仍將其想像得如汶篁一般。

〔六〕甘棠：木名，即棠梨。此句用召公甘棠遺愛典。周成王年幼繼位，無力治國，周公召公，一陝中分，分而治之。召公嘗在棠梨樹下受理民事，秉公辦事，政績卓著，百姓安居樂業。召公死後，人們懷念他，作《詩·召南·甘棠》篇。後人以詠甘棠稱頌官員的政績，表達百姓對地方官的懷念之情。此處以召公甘棠自勉。

春陰

城上春陰暗晚空，城頭山色有無中〔一〕。似聞啼鳥來幽樹，已有遊絲曳好風〔二〕。流水小橋歸未得，落霞孤鶩興無窮〔三〕。林花不解東君意〔四〕，邀勒遊人未破紅〔五〕。

【注】

〔一〕山色有無中：眺望遠山，山色若有若無。用唐王維《漢江臨眺》詩句：「江流天地外，山色有無中。」

〔二〕遊絲：飄動着的蛛絲。南朝梁沈約《三月三日率爾成篇》：「遊絲映空轉，高楊拂地垂。」

〔三〕落霞孤鶩：出自唐王勃《滕王閣序》：「落霞與孤鶩齊飛，秋水共長天一色。」興，指「落霞與孤鶩」及「歸未得」所引發的日暮途遠、孤客他方的情思。《詩·王風·君子于役》：「日之夕矣，牛羊下來。君子于役，如之何勿思。」後世詩詞中常以日暮作思家之意象。

〔四〕東君：司春之神。宋辛棄疾《滿江紅·暮春》詞：「可恨東君，把春去，春來無跡。」

〔五〕邀勒：强迫。破紅：紅花敗衰。

初至洛中〔一〕

水北酴醾半欲芳〔二〕，長條十丈更餘長。春風得得憐羈客〔三〕，借與窗櫳六日香。

【注】

〔一〕洛中：洛陽。

〔二〕「水北」句：金元好問《送李同年德之歸洛西》：「水南水北相逢在，剩醉酴醾十日春。」水北：指洛陽市的洛河北部。元好問《滿江紅·再過水南》有「問柳尋花，津橋路，年年寒節。佳麗地，梁園池館，洛陽城闕」語。「津橋」即洛陽南之天津橋，知水南、水北指洛河在洛陽的兩岸地段。酴醾：花名。本酒名，以花顏色似之，故取以爲名。宋陸游《東陽觀酴醾》：「福州正月把離杯，已見酴醿壓架開。」

〔三〕得得：頻頻。金高庭玉《柳絮》：「得得穿朱户，時時撲翠屏。」

霫川道中〔一〕

扇底無殘暑，西風日夕佳〔二〕。雲山藏客路，煙樹記人家。小渡一聲櫓，斷霞千點鴉〔三〕。詩成鞍馬上，不覺在天涯。

【注】

〔一〕霫：古代東北少數民族名。隋唐時居潢水（今西拉木倫河）以北。後遷潢水以南，併於奚。唐末奚、霫俱附契丹。霫川：因古霫族居此而得名，在今遼河上游、内蒙古寧城縣大名城一帶。《欽定熱河志》卷一一九《宣授興中州達嚕噶齊公平治道塗碑》：「夫青巒嶺者，自古有之。東連遼水，西接霫川。」又元許有任《哈噶斯哀辭》：「哈噶斯取父字，姓丁，字文苑，于闐人。與予同登乙卯進士第……予除兩淮轉運使，文苑移山北，邸報同日至。山北置大寧，古白霫地，去京師東北尚八百里。」大寧，即遼之中京，金之北京，元世祖至元七年改北京路爲大寧路，治大寧縣（今内蒙古寧城縣西）。

〔二〕「西風」句：語自晉陶潛《飲酒》「山氣日夕佳」。西風：秋風。

〔三〕「斷霞」句：用宋秦觀《滿庭芳》詞「斜陽外，寒鴉數點，流水繞孤村」意。

飲陳氏第代主人留客

風定息林葉，雨晴開夕陽。停歌方待月，插羽且傳觴〔一〕。文舉客常滿〔二〕，次公醒亦狂〔三〕。更闌君莫去〔四〕，促席就新涼〔五〕。

【注】

〔一〕插羽：酒杯上插羽，以示速飲。宋程大昌《演繁露》卷一四「古爵羽觴」：「劉良曰：『杯上插羽以速飲。』」唐李紳《和晉公三首》：「插羽先飛酒，交鋒便著文。」傳觴：宴飲中傳遞酒杯勸酒。唐盧綸《送張郎中還蜀歌》：「回首岷峨半天黑，傳觴接膝何由得。」

〔二〕「文舉」句：孔融（一五三——二〇八），字文舉，魯（治今山東省曲阜市）人，孔子二十世孫。漢獻帝時任虎賁中郎將、北海相，時稱孔北海。性好賓客。《後漢書·孔融傳》：「性寬容少忌，好士，喜誘益後進。及退閑職，賓客日盈其門。常歎曰：『座上客恒滿，尊中酒不空。吾無憂矣。』」

〔三〕「次公」句：蓋寬饒，字次公。《漢書·蓋寬饒傳》載：蓋寬饒爲官廉正不阿，刺舉無所回避。平恩侯許伯治第新成，權貴均往賀，寬饒不行，請而後往，自尊無所屈。許伯親爲酌酒，寬饒曰：「無多酌我，我乃酒狂。」丞相魏侯笑道：「次公醒而狂，何必酒也？」

〔四〕更闌：更深夜殘。

〔五〕促席：坐席互相靠近。指彼此坐得很近。

寄通州王倅〔一〕

長夏少人事〔二〕，官閑簾户深。枕涼秋入夢，林密翠交陰。適欲非吾事〔三〕，謀閑遂此心〔四〕。絶交吾豈敢，覓句識知音〔五〕。

【注】

〔一〕通州：金州名，治今北京市通州區。倅：州郡長官的副職。

〔二〕長夏：指夏日。因白晝較長，故稱。

〔三〕適欲：順遂欲望。

〔四〕謀閑：追求閑適。

〔五〕覓句：指詩人構思寫作。

出居庸〔一〕

亂石妨車轂〔二〕，深沙困馬蹄。天分斗南北〔三〕，人間日東西。側脚柴荆短〔四〕，平頭土舍低〔五〕。

山花兩三樹，笑殺武陵溪〔六〕。

【注】

〔一〕居庸：即居庸關。已見。

〔二〕車轂：車輪中心插軸的部分。泛指車輪。

〔三〕「天分」句：古以十二星次的位置劃分地面上州、國的位置與之對應。就天文而言，稱作分星；就地面而言，稱作分野。句言居庸關是分星、分野的界限。

〔四〕側脚：脚側。

〔五〕「平頭」句：言低矮的土屋與頭齊平。

〔六〕武陵溪：用晉陶潛桃花源典。其《桃花源詩序》：「晉太元中，武陵人捕魚爲業。緣溪行，忘路之遠近，忽逢桃花林。夾岸數百步，中無雜樹，芳草鮮美，落英繽紛。」

葵花

北墉開處葉森森〔一〕，政以多花負賞音〔二〕。小智區區能衛足〔三〕，孤忠耿耿衹傾心〔四〕。

【注】

〔一〕墉：牆。

〔二〕政：正。負：辜負。

〔三〕衛足：比喻自全或自衛。語自《左傳·成公十七年》：「仲尼曰：『鮑莊子之知不如葵，葵猶能衛其足。』」杜預注：「葵傾葉向日，以蔽其根。」

〔四〕孤忠：杜甫《自京赴奉先縣》：「葵藿傾太陽，物性固難奪。」句化用其意，以寓自己不求人體察而忠心耿耿之情懷。

讀史

伯陽名跡世人知〔一〕，太史成書未免譏〔二〕。不是道家齊物我〔三〕，豈容同傳著韓非〔四〕。

【注】

〔一〕伯陽：即老子，字伯陽。《文選·應璩·與滿公琰書》：「西有伯陽之館，北有曠野之望。」李善注：「伯陽，即老子也。」

〔二〕「太史」句：應指《史記·老子韓非列傳》對老子評價的兩個方面：其一：「老子所貴道，虛無，因應變化於無爲，故著書辭稱微妙難識。」其二：「世之學老子者則絀（黜）儒學，儒學亦絀老子。『道不同不相爲謀』，豈謂是邪？」

〔三〕道家：指老莊爲代表的思想流派。齊物我：《莊子·齊物論》認爲宇宙間一切事物如物我、有無等，都是相對的，應當同等對待。

〔四〕「豈容」句：《史記》卷六三有《老子韓非列傳》。韓非：戰國晚期韓國（今河南省新鄭市）人，荀子學生。韓非吸收了儒、墨、道諸家觀點，成爲法家思想的集大成者。二句言司馬遷受莊子齊物論思想的影響，把老子和韓非這兩個道家與法家的代表人物合爲一傳，不倫不類，不免被人譏笑。

閭山〔一〕

西風絶境撫孤松〔二〕，千里川原四望通。但怪林梢看鳥背〔三〕，不知身到碧雲中。

【注】

〔一〕閭山：即醫巫閭山，古稱於微閭、無慮山，又名廣寧山。位於遼寧北鎮與和義之間，南北縱貫，北方名山之一。

〔二〕絶境：猶絶頂。

〔三〕「但怪」句：能望見樹上之鳥的背部。形容人居高處。

十三山下村落〔一〕

閭山盡處十三山，溪曲人家畫幅間。何日秋風半篙水，小舟容我一蓑閑。

【注】

〔一〕十三山：山名，在今遼寧省凌海縣東。《遼史拾遺》卷一三「十三山」：「《遼史》燕王淳討武朝彦至乾州十三山，皆此地也。策騎山嶺，見十三峰互相起伏，峰勢巉巖，中無尺樹，絶類研山。山頂有池，池下有洞，居人往往避兵於此。」

暮春

陌上歌聲枕上聽，秋千梧影兩亭亭〔一〕。春風三月正花好，曉日一竿初酒醒。

【注】

〔一〕亭亭：高聳直立貌。

即事〔一〕

竟日開編樂有餘〔二〕，古人妙處不欺予。胸中更著五千卷〔三〕，未到漢家城旦書〔四〕。

【注】

〔一〕即事：以當前事物爲題材的詩。

〔二〕開編：打開書本。

〔三〕「胸中」句：形容讀書之多。《隋書·崔儦傳》：「每以讀書爲務，負恃才地，忽略世人，大署其戶曰：『不讀五千卷書者，無得入此室。』數年之間，遂博覽群言，多所通涉。」

〔四〕城旦書：泛稱刑律之書。典出《史記·儒林列傳》：「竇太后好《老子》書，召轅固生問《老子》書。固曰：『此是家人言耳。』太后怒曰：『安得司空城旦書乎？』」裴駰集解：「徐廣曰：『司空，主刑徒之官也。』《漢書音義》曰：『道家以儒法爲急，比之於律令。』」城旦：古代刑罰名。一種築城四年的勞役。

燕山道中三首〔一〕

款段乘涼末五更〔二〕，徐河十里霧中行〔三〕。前村煙樹望不見，欲到忽聞雞犬聲。

【注】

〔一〕燕山：遼燕京，北宋末改曰燕山府，金初因之，治今北京市。

〔二〕款段：指馬行遲緩貌。《後漢書·馬援傳》：「吾從弟少游常哀吾慷慨多大志，曰：『士生一世，但取衣食裁足，乘下澤車，御款段馬，爲郡掾史，守墳墓，鄉里稱善人，斯可矣。』」李賢注：「款猶緩也，言形段遲緩也。」

〔三〕徐河：源出今河北省易縣五迴嶺。東南流經滿城、徐水縣境。

又

獨輪車重汗如漿〔一〕，蒲秸芒鞋亦販商〔二〕。我自行人更憐汝，卻應達者笑予狂〔三〕。

【注】

〔一〕獨輪車：俗稱手推車，只有一個車輪。是古代一種輕便的運載工具。

〔二〕蒲秸芒鞋：用蒲草、麥秸、芒莖外皮編織的鞋。泛指草鞋。

〔三〕卻：便，就。

又

燕南趙北困風埃，投宿雲居眼暫開〔一〕。明日都門選官路〔二〕，逢人羞道見山來。

【注】

〔一〕雲居：指隱居之所。或指寺院。眼暫開：形容眼睛睜大，驚喜興奮的神情。

〔二〕選官：聽候吏部選任官職。

太白捉月圖〔一〕

寒江覓得釣魚船，月影江心月在天。世上不能容此老〔二〕，畫圖常看水中仙〔三〕。

【注】

〔一〕詩題：此爲題畫詩。太白捉月：宋洪邁《容齋隨筆》卷三《李太白》：「世俗多言李太白在當塗采石因醉泛舟於江，見月影，俯而取之，遂溺死，故其地有捉月臺。」宋梅堯臣《采石月贈郭功甫》：「采石月下聞謫仙，夜披錦袍坐釣船。醉中愛月江底懸，以手弄月身翻然。」《太白捉月圖》金元人多有題詠，如元程鉅夫《謫仙捉月圖》、王惲《李白捫月圖》等。宋金之交的畫家喬仲常曾作《李白捉月圖》。宋鄧椿《畫繼》卷四：「喬仲常，河中人。工雜畫，師龍眠。圍城中思歸，一日作《河中圖》贈邵澤民侍郎，至今藏其家。又有《龍宫散齋》手軸，《山居羅漢》、《淵明聽松風》、《李白捉月》、《玄真子西塞山》、《列子御風》等圖傳於世。」此詩所題或爲喬仲常所畫。

〔二〕「世上」句：杜甫懷李白詩《不見》：「不見李生久，佯狂真可哀。世人皆欲殺，吾意獨憐才。」此老：指李白。

〔三〕水中仙：傳説中的水中神仙，此指李白。唐司馬承禎《天隱子·神解八》：「在人謂之人仙，在天曰天仙，在地曰地仙，在水曰水仙，能變通之曰神仙。」元薩天錫《采石懷太白》：「只應風骨蛾眉妒，不作天仙作水仙。」

雪谷早行圖〔一〕

冰風刮面雪埋屋〔二〕，客子晨征有底忙〔三〕。我欲題詩還自笑，東華待漏滿靴霜〔四〕。

【注】

〔一〕詩題：此爲題畫詩。雪谷早行圖：金代畫家楊邦基畫。楊邦基，字德茂，號息軒，華陰（今陝西省華陰市）人，仕至禮部尚書。善畫。《金史》卷九〇有傳、《中州集》卷八有小傳。此畫金人多有題詠，如王寂《拙軒集》卷二《跋楊德懋雪谷早行圖》，李俊民《莊靖集》卷三《雪谷早行圖》、元好問《遺山集》卷一四《楊秘監雪谷早行圖》等。

〔二〕冰風：寒冷刺骨的風。

〔三〕有底忙：有何忙。

〔四〕東華：舊時文官上朝走東華門。待漏：朝廷官員殿外等候皇帝早朝。此句化用蘇軾《薄薄酒二首》「五更待漏靴滿霜」詩句。

華亭圖〔一〕

頭無片瓦足無土，不犯清波過一生〔二〕。釣得金鱗便歸去，依然明月大江横〔三〕。

【注】

〔一〕詩題：此爲題畫詩。華亭：指高僧船子德誠（八二〇—八五八），四川遂寧人，得法於藥山惟儼禪師。奉師三十年後，離藥山，隱居於秀州華亭（今上海市松江區）吴江畔，以小舟渡人，時人稱「船子和尚」。《五燈會元》説他「節操高邈，度量不群」，「率性疏野，惟好山水」。傳法於夾山善會後，入水而逝。

〔二〕「頭無」二句：寫船子和尚一生無屋無地、以小舟渡人事。其《垂釣偈》其二有「三十年來海上遊，水清魚現不吞鉤」句。

〔三〕「釣得」二句：寫船子和尚傳法夾山善會後，入水而逝。船子和尚有著名偈語「釣盡江波，金鱗始現」。其《垂釣偈》：「夜静水寒魚不食，滿船空載月明歸。」金鱗：喻指嗣法弟子。

畫眉曲七首

樓外春山幾點螺〔一〕，樓頭望處染雙蛾〔二〕。不知深淺隨宜否〔三〕，卻倩菱花問眼波〔四〕。

【注】

〔一〕螺：形容深碧色的山石蟠旋似螺髻。

〔二〕雙蛾：指美女的兩眉。蛾，蛾眉。

〔三〕「不知」句：化用唐朱慶餘《閨意上張水部》句：「畫眉深淺入時無？」

〔四〕菱花：菱花鏡。古代以銅爲鏡，映日則發光，影如菱花，故名。《埤雅·釋草》：「舊説，鏡謂之菱華，以其面平，光影所成如此。」或謂古代銅鏡名。鏡多爲六角形或背面刻有菱花者名菱花鏡。《趙飛燕外傳》：「飛燕始加大號婕妤，奏上三十六物以賀，有七尺菱花鏡一奩。」

又

小閣新裁寄遠書，書成欲遣更踟躕。黛痕試與雙雙印，封入雲箋認得無〔一〕。

【注】

〔一〕雲箋：用雲狀花紋紙寫的書信。

又

織葉斜横蜀柳條〔一〕，拂成風思自妖嬈。元和才子才猶拙〔二〕，只對春風詠舞腰。

【注】

〔一〕「織葉」二句：所詠眉式或爲柳葉眉，以細長稱。用南朝齊張緒蜀柳典故。《南史·張緒傳》：「劉悛之爲益州，獻蜀柳數株，枝條甚長，狀若絲縷。時舊宫芳林苑始成，武帝以植於太昌靈和殿前，常賞玩，咨嗟曰：『此楊柳風流可愛，似張緒當年時。』」

〔二〕「元和」二句：唐孟棨《本事詩·事感》：「白尚書（居易）姬人樊素善歌，姬人小蠻善舞，嘗爲詩曰：櫻桃樊素口，楊柳小蠻腰。」元和才子：指白居易。

又

畫手新翻十様圖，西巡故事出成都〔一〕。憑君列置華堂上，與問丹青解語無〔二〕。

【注】

〔一〕「畫手」二句：叙安史之亂中唐明皇逃難蜀中，令畫工畫十様圖事。十様圖：指十種畫眉的式様。西巡故事：唐張泌《妝樓記》載：「明皇幸蜀，令畫工作十眉圖，横雲、斜月皆其名。」蘇軾《眉子硯歌贈胡誾》：「君不見，成都畫手開十眉，横雲卻月爭新奇。」

〔二〕丹青：畫工的代稱。三國魏曹丕《與孟達書》：「故丹青畫其形容，良史載其功勳。」解語：領會。

又

龍尾雲根玉作紋〔一〕，紋間有月半痕新〔二〕。若爲唤取文姬輩〔三〕，分付雲窗筆下春〔四〕。

【注】

〔一〕龍尾：喻眉式盤旋上升之狀。雲根：雲起之處，代指眉頭。

〔二〕「紋間」句：此種眉式或爲月眉，即女性狀如初月的秀眉。唐李賀《昌谷詩》：「泉樽陶宰酒，月眉謝郎妓。」王琦匯解：「梁武帝詩：容色玉耀眉如月。謂眉之彎環，狀如初月也。」

〔三〕若爲：倘若能。文姬：蔡文姬，名琰，陳留圉（今河南省杞縣）人，東漢文學家蔡邕之女。歷史上著名的才女，博學能文，又善詩賦，兼長辯才與音律。代表作有《胡笳十八拍》、《悲憤詩》等。

〔四〕分付：託付。雲窗：華美的窗户。常以指女子居處。句言讓文姬筆下生花，叙寫女子的美麗。

又

未識春愁識曉酲〔一〕，嬌啼恰恰似雛鶯〔二〕。日高阿母嗔妝晚，促畫鴉兒轉不成〔三〕。

【注】

〔一〕酲：病酒。酒醒後神志不清，有如患病的感覺。

〔二〕「嬌啼」句：化用杜甫《江畔獨步尋花》詩句「自在嬌鶯恰恰啼」。

〔三〕鴉兒：指婦女用鴉黄粉在額上畫的妝飾。蘇軾《蝶戀花·代人贈别》詞：「學畫鴉兒猶未就，眉尖已作傷春皺。」轉：移動。用筆描畫。

又

時世華妝巧鬭春，張卿態度獨清新〔一〕。五陵年少多才思〔二〕，數點章臺走馬人〔三〕。

【注】

〔一〕張卿：指張敞，字子高，河東平陽（今山西省臨汾市）人。曾任京兆尹。《漢書·張敞傳》：「爲婦畫眉，長安中傳張京兆眉憮。」

〔二〕五陵：漢代五位皇帝陵墓，即長陵、安陵、陽陵、茂陵、平陵，在長安附近。因當時富家豪族都居住在五陵附近，故後世常以五陵爲富豪人家聚居之地。五陵少年：指京都富豪子弟。李白《少年行》：「五陵少年金市東，銀鞍白馬度春風。」

〔三〕章臺走馬人：《漢書·張敞傳》：「敞無威儀，時罷朝會，過走馬章臺街，使御吏驅，自以便面拊馬。」按歐陽修《蝶戀花》（庭院深深）：「玉勒雕鞍游冶處，樓高不見章臺路。」此應指到歌樓妓館眠花宿柳的男子。一句謂五陵紈袴不像張敞那樣對妻摯愛專誠，而是成天奔走妓院，談情説愛，用盡心思。

高内翰士談 三十首

士談字子文，一字季默，宋韓武昭王瓊之後〔一〕。宣和末任忻州户曹〔二〕，仕國朝爲翰林直學士。皇統初預宇文大學之禍〔三〕。有《蒙城集》行於世〔四〕。如云：「寒花貪晚日，瘦竹强秋霜。」又《題禹廟》云：「可憐風雨胼胝苦，後世山河屬外人。」時人悲之。子公振〔五〕，字特夫，亦有詩名。

【注】

〔一〕韓武昭王瓊：《宋史》卷二八九本傳載：「高瓊，家世燕人。祖霸，父乾。五代時，李景據江南，潛結契丹，歲遣單使往復。霸將契丹之命，以乾從行使景。方至江左，諜間北使與中夏搆隙，以紓疆埸之難，遂殺霸，居乾濠州，聲言爲汴人所殺。乾在濠州生三子，以江左蹙弱，尋挈族歸中朝，給田亳州之蒙城，因土著焉。」韓武昭王：王珪爲高瓊所撰《神道碑》載，宋哲宗元祐七年（一〇九二）十二月，「詔太皇太后曾祖贈太師、開府儀同三司、追封吴王瓊改封韓王」。又「熙寧九年，天子篤寶慈之養，而念王之功。乃親考六家之書，以安民有功曰烈，折衝禦侮曰武，特賜謚曰『烈武』」。高瓊應是韓武烈王，而非韓武昭王。詳見張靜《金初詩人高士談考論》（《社會科學輯刊》二〇〇七年第三期）。

〔二〕忻州：金州名，屬河東北路，治今山西省忻州市。

〔三〕皇統：金熙宗年號（一一四一——一一四九）。宇文大學之禍：皇統六年，高士談因宇文虚中案牽連被殺。《中州集》卷一宇文虚中小傳：「乃鍛鍊所藏圖書爲反具。叔通（虚中字）歎曰：『死自吾分。至於圖籍，南來士大夫家例有之。喻如高待制士談，圖書尤多於我家，豈亦反邪？』有司承風旨，並寘士談極刑。」

〔四〕《蒙城集》：據《宋史》高瓊本傳可知，高士談祖籍亳州蒙城（今安徽省蒙城縣），故以是名集。

〔五〕公振：高公振，字特夫。正隆二年進士，官至密州刺史。《中州集》卷八有小傳。

梨花

中原節物正〔一〕，梨花配寒食。黄昏一雨過，滿地嗟狼藉。塞垣春已深〔二〕，花事猶寂寂〔三〕。朝來三月半，初見一枝白。爛漫雪有香，瓏鬆玉仍刻〔四〕。芳心點深紫，嫩葉裁輕碧〔五〕。懶慢不出門，雙瓶貯春色。殷勤遮老眼，邂逅慰愁夕。一尊對花飲，況有風流客〔六〕。酒闌思故鄉，相顧空歎息。

【注】

〔一〕節物：指各個季節、節氣所對應的風物景色。

〔二〕塞垣：指北方邊境地帶。

〔三〕花事：指春日花盛之事。寂寂：絲毫没有動静。

〔四〕瓏鬆：同「蘢蔥」，花木繁貌。此句化用唐王建《題唐昌觀玉蕊花》詩句：「一樹瓏璁玉刻成，飄廊點地色輕輕。」

〔五〕輕碧：淺緑。

〔六〕況：仿佛。

將赴平陽，諸公祖席，分韻作〔一〕

灞橋波似箭〔二〕，南浦草如裙〔三〕。此夜燈前淚，他年日暮雲〔四〕。醉和醒一半①，悲與笑相分。莫作陽關疊〔五〕，愁多不忍聞。

【校】

① 醒：李本、毛本皆作「醒」。

【注】

〔一〕平陽：宋金府名。漢置平陽縣，宋升爲平陽府。金仍曰平陽府，屬河東南路，今山西省臨汾市。祖席：餞行的宴席。分韻：數人相約賦詩，選擇若干字爲韻，各人分拈，依拈得之韻作詩，謂之分韻。宋嚴羽《滄浪詩話·詩體》：「有分韻，有用韻，有和韻，有借韻，有協韻，有今韻，有古韻。」詩當自上京將往平陽時作。宇文虛中《證類本草跋》言其皇統三年九月游平水（即平陽）。

〔二〕灞橋：位於西安城東。春秋時期，秦穆公稱霸西戎，改滋水爲灞水，並在水上修橋，是爲「灞橋」。唐朝時，灞橋邊設驛站，凡送別親友，多在此分手，折柳相贈。故灞橋又叫「斷腸橋」、「銷魂橋」。

〔三〕南浦：南面的水濱。泛指送別之處。《楚辭·河伯》：「送美人兮南浦。」南朝梁江淹《別賦》：「送君南浦，傷如之何！」

〔四〕「他年」句：杜甫《春日憶李白》：「渭北春天樹，江東日暮雲。」

〔五〕陽關疊：即《陽關三疊》。古曲名。創作於唐代，以王維《送元二使安西》詩譜寫而成。因詩有「渭城」、「陽關」等地名，故又名《渭城曲》、《陽關曲》。

予所居之南，下臨短壑。因鑿壁開窗，規爲書室。坐獲山林之趣，榜曰野齋。且作詩約諸友同賦〔一〕

我本麋鹿姿〔二〕，强服冠與簪。束縛二十年，夢寐遊山林。揭來古晉國〔三〕，官舍南城陰。鑿壁取疏豁①〔四〕，開窗舒滯淫〔五〕。山光射几席，野色供登臨。怡顔盼庭柯〔六〕，明目增遥岑〔七〕。草木遞榮落，雲煙自浮沉。玩彼物色變，感此歲月侵。兀坐獨無人〔八〕，窺檐囀幽禽〔九〕。誰知城市中，闃若郊居深②〔一〇〕。巷陋顔子樂〔一一〕，地偏陶令心〔一二〕。一室亦何有，狼藉書與琴。晴暉朝徙倚，皎月夜相尋。欲賦畔牢愁③〔一三〕，先爲梁父吟〔一四〕。詩成輒自和，酒熟時孤斟。結茅會有期〔一五〕，種竹當及今。日來官更忙，塵埃滿衣襟。暮歸唯僊卧〔一六〕，筋力殊不任。常思返丘壑，豈願紆朱金〔一七〕。遥知北山處，猿鶴餘清音〔一八〕。

【校】

①疏：毛本作「蔬」。

②闃：底本原作「門」，從李本、毛本。
③畔：底本原作「伴」，從李本、毛本。

【注】

〔一〕詩題：蔡松年《漢宮春·次高子文韻》注：「士談。……歸朝爲絳倅。」按「古晉國」諸句，當士談仕金初官絳倅時作。規：規劃建造。榜：題署匾額。
〔二〕麋鹿姿：指像麋鹿一樣喜歡山林無拘無束的稟性。
〔三〕朅來：猶言來，來到。
〔四〕疏豁：開闊敞亮。
〔五〕滯淫：謂久積的潮濕鬱悶。
〔六〕「怡顏」句：晉陶潛《歸去來兮辭》：「引壺觴以自酌，眄庭柯以怡顏。」句言顧視庭院中的樹木使容顏喜悦。
〔七〕遥岑：遠處陡峭的小山崖。唐韓愈、孟郊《城南聯句》：「遥岑出寸碧，遠目增雙明。」
〔八〕兀坐：獨自端坐。
〔九〕嚩：婉轉悦耳的鳥鳴聲。幽禽：鳴聲幽雅的禽鳥。
〔一〇〕闃若：寂靜貌。
〔一一〕「巷陋」句：語出《論語·雍也》：「子曰：『一簞食，一瓢飲，在陋巷，人不堪其憂，回也不改其樂。』」顔子：即顔回。

〔一二〕「地偏」句：陶令，晉陶潛曾任彭澤令，故稱。其《飲酒》第五首：「結廬在人境，而無車馬喧。問君何能爾，心遠地自偏。」

〔一三〕畔牢愁：漢揚雄所作辭賦篇名，已佚。《漢書·揚雄傳上》：「又旁《惜誦》以下至《懷沙》一卷，名曰《畔牢愁》。」顔師古注引李奇曰：「畔，離也。牢，聊也。與君相離，愁而無聊也。」後也借指離愁之作。

〔一四〕《梁父吟》：亦作《梁甫吟》，古代民間曲調，音調悲切淒苦。《琴操》曰：曾子耕泰山之下，天雨雪凍，旬月不得歸，思其父母，作《梁山歌》。蔡邕《琴頌》曰：梁甫悲吟，周公越裳。梁甫，山名，在泰山下。一説《梁甫吟》，蓋言人死葬此山，亦爲葬歌。今傳諸葛亮所作《梁甫吟》辭，乃述春秋齊相晏嬰二桃殺三士事；李白所作辭，則抒寫其抱負不能實現的悲憤。

〔一五〕結茅：編茅爲屋，謂建造簡陋的屋舍。

〔一六〕憊：困乏。

〔一七〕紆朱金：紆朱懷金。即佩朱綬，懷金印。形容高居官位。漢揚雄《法言·學行》：「紆朱懷金者之樂不如顔氏子之樂。顔氏子之樂也内，紆朱懷金者樂也外。」二句本此。

〔一八〕「遥知」二句：反用南朝宋孔稚珪《北山移文》中諷刺假隱士周顒離開北山之句：「蕙帳空兮夜鶴怨，山人去兮曉猨驚。」言自己仍懷戀未仕時的隱逸生活。

春愁曲〔一〕

壓花曉露萬珠冷，金井咿啞轉纖綆〔二〕。寶堦寂寂苔紋深〔三〕，東風摇碎湘簾影〔四〕。芙蓉帳暖春眠重〔五〕，窗外啼鶯唤新夢。推枕起來嬌翠顰〔六〕，一線沉煙困金鳳〔七〕。遊絲飛絮俱悠揚〔八〕，慵倚繡牀春晝長。郎馬不嘶芳草暗〔九〕，半篩急雨飛横塘〔一〇〕。

【注】

〔一〕詩題：此詩次唐温庭筠《春愁曲》原韻。温詩云：「紅絲穿露珠簾冷，百尺啞啞下纖綆。遠翠愁山入卧屏，兩重雲母空烘影。涼簪墜髪春眠重，玉兔熅香柳如夢。錦迭空牀委墜紅，颸颸掃尾雙金鳳。蜂喧蝶駐俱悠揚，柳拂赤闌纖草長。覺後梨花委平緑，春風和雨吹池塘。」

〔二〕金井：井欄上有雕飾的井。咿啞：象聲詞。形容摩擦碰撞聲。綆：井繩。

〔三〕寶階：本佛教語，指佛自天下降的步階，此指豪華的臺階。

〔四〕湘簾：用湘妃竹（即斑竹）製作的簾子。

〔五〕芙蓉帳：用芙蓉花染繒製成的帳子。亦泛指華麗的帳子。

〔六〕翠顰：皺着的翠眉。

〔七〕沉煙：指點燃的沉香。金董解元《西廂記諸宫調》卷四：「寶獸沉煙嫋碧絲，半折的梨花繁杏枝〔七〕。」金鳳：金質的或金飾的鳳形熏爐。

〔八〕遊絲飛絮：遊動的蛛絲，飄盈的柳絮。悠揚：飄揚、飛揚。前蜀韋莊《思歸》：「暖絲無力自悠揚，牽引東風斷客腸。」

〔九〕嘶：馬叫。

〔一〇〕半篩急雨：形容片雲下面來得急、雨點大的雨。横塘：泛指水塘。宋陸游《秋思絶句》：「黄蛺蝶輕停曲檻，紅蜻蜓小過横塘。」

次韻東坡定州立春日詩〔一〕

柳色看猶未，梅花折已堪〔二〕。流年空客恨〔三〕，舊事與誰談。落日窺愁絶〔四〕，東風半醉酣。雲深歸曉雁，水暖浴春蠶。從事終無愧〔五〕，空餐色有慚〔六〕。家山方杳杳〔七〕，官府謾覃覃〔八〕。隱几心猶静〔九〕，焚香鼻觀參〔一〇〕。語新憐鵲喜〔一一〕，聲鄙惡鴟貪〔一二〕。旅跡何時定，歸心不厭南。佳辰近燒燭〔一三〕，盛事憶傳柑〔一四〕。學業虚千卷〔一五〕，生涯寄一庵。誰能弔雙影，無月不成三〔一六〕。

【注】

〔一〕次韻：也稱步韻，和韻的一種，按照原詩的韻脚及用韻次序來和。元祐八年（一〇九三）哲宗親政，蘇軾離京知定州（今河北省定州市），作《立春日小集呈李端叔》詩。其詩曰：「白髮已十載，青春無一堪。不驚新歲換，聊與故人談。牛健民聲喜，鴉嬌雪意酣。霏微不到地，和暖要宜蠶。歲月斜川似，風流曲水慚。行吟老燕代，坐睡夢江潭。丞掾頗哀援，歌呼誰怕參。衰懷久灰槁，習氣尚饞貪。白啖本河朔，紅消真劍南。辛盤得青韭，臘酒是黄柑。歸卧燈殘帳，醒聞葉打庵。須煩李居士，重説後三三。」

〔二〕堪：可。

〔三〕流年：如水般流逝的光陰、年華。客恨：客居他鄉之恨。

〔四〕窺：暗中察看。

〔五〕從事：辦事。

〔六〕空餐：不勞而食。

〔七〕家山：謂故鄉。

〔八〕謾：通「漫」，徒然。覃覃：深邃貌。

〔九〕隱几：靠或伏在案几上。几：古人坐時憑依或擱置物件的小桌。後專指放置小件器物的傢俱。《書・顧命》：「相被冕服，憑玉几。」《禮記・檀弓下》：「有司以几筵舍奠於墓左。」陳澔集説：「几，所以依神。」

〔一〇〕鼻觀：佛教修行法之一。注目諦觀鼻尖，時久鼻息成白。語出《楞嚴經》卷五。蘇軾《和黄魯直燒香》其一：「不是聞思所及，且令鼻觀先參。」

〔二〕鵲喜：舊傳以鵲鳴聲兆喜，故稱。唐宋之問《發端州初入西江》：「破顔看鵲喜，拭淚聽猿啼。」

〔三〕鴟貪：《詩·豳風·鴟鴞》：「鴟鴞鴟鴞，既取我子，無毁我室。」後人稱鴟鴞爲凶惡貪婪之鳥。

〔三〕燒燭：指正月十五上元節，即元宵節點放花燈事。

〔四〕傳柑：宋代上元夜宫中宴近臣，貴戚宫人以黄柑相贈，謂之「傳柑」。蘇軾《上元侍飲樓上》：「歸來一點殘燈在，猶有傳柑遺細君。」自注：「侍飲樓上，則貴戚爭以黄柑遺近臣，謂之傳柑。」

〔五〕千卷：《金史·宇文虚中傳》：「虚中曰：『死自吾分，至于圖籍，南來士大夫家家有之，高士談圖書尤多于我家。』」

〔六〕「誰能」二句：化用李白《月下獨酌》詩句：『花間一壺酒，獨酌無相親。舉杯邀明月，對影成三人。」

集東坡詩贈程大本〔一〕

十圍便腹貯天真〔二〕，謀道從來不計身〔三〕。公業有田常乏食〔四〕，陶潛無酒亦從人〔五〕。異同更莫疑三語〔六〕，飢飽終同寓一塵〔七〕。待我南遊載君去〔八〕，扁舟歸釣五湖春〔九〕。

【注】

〔一〕東坡：蘇軾號東坡居士。程大本：其人不詳。

〔二〕「十圍」句：出自蘇軾《寶山晝睡》：「七尺頑軀走世塵，十圍便腹貯天真。」十圍：形容粗大。圍的長度，有多種説法，有一圍等於三寸、五寸之説。偏腹：即便腹，肥滿之腹。《世説新語·容止》：「庾子嵩長不滿七尺，腰帶十圍。」

〔三〕「謀道」句：出自蘇軾《陸龍圖詵挽詞》：「挺然直節庇峨岷，謀道從來不計身。」

〔四〕「公業」句：出自蘇軾《送鄭户曹》：「公業有田常乏食，廣文好客竟無氈。」

〔五〕「陶潛」句：出自蘇軾《送邵道士彦肅還都嶠》：「許邁有妻還學道，陶潛無酒亦從人。」後句用「白衣送酒」典。已見。

〔六〕「異同」句：出自蘇軾《次韻道潛留别》：「異同更莫疑三語，物我終當付八還。」三語：即三語掾，以三字評老莊與聖教。語出《世説新語·文學》：「阮宣子有令聞。太尉王夷甫見而問曰：『老莊與聖教同異？』對曰：『將無同。』太尉善其言，辟之爲掾。世謂『三語掾』。」將無同：大概相同。

〔七〕「飢飽」句：出自蘇軾《次韻陳履常雪中》：「可憐擾擾雪中人，飢飽終同寓一塵。」道家稱一世爲一塵。晉葛洪《神仙傳·丁約》：「儒謂之世，釋謂之劫，道謂之塵。」《莊子·齊物論》認爲宇宙間一切事物，如生死壽夭，是非得失，物物有無，都應同等看待。句持此觀。

〔八〕「待我」句：出自蘇軾《和參寥見寄》詩，略有不同。蘇詩爲「待我西湖借君去，一杯湯餅潑油葱」。

〔九〕「扁舟」句：出自蘇軾《過密州次韻趙明叔喬禹功》：「一别膠西舊朋友，扁舟歸釣五湖春。」用范蠡攜西施泛五湖典故，表達詩人的歸隱思想。

曉起戲集東坡句二首

簟紋如水帳如煙〔一〕，一榻清風直萬錢〔二〕。困卧北窗呼不起〔三〕，老夫風味也堪憐〔四〕。

【注】

〔一〕「簟紋」句：出自蘇軾《南堂五首》：「掃地焚香閉閣眠，簟紋如水帳如煙。」簟：竹席。句言涼席縱横編織的紋理如水波一樣，輕薄的牀帳如煙一樣飄浮。

〔二〕「一榻」句：出自蘇軾《睡起聞米元章到東園送麥門冬飲子》：「一枕清風直萬錢，無人肯買北窗眠。」榻：矮脚牀。

〔三〕「困卧」句：出自蘇轍《逍遥堂會宿二首》：「困卧北窗呼不醒，風吹松竹雨淒淒。」因附於蘇軾詩前，故高士談誤以爲蘇軾詩句。蘇軾《再遊徑山》有句：「枕書熟睡呼不起。」晉陶潛《與子儼等疏》：「常言五六月中，北窗下卧，遇涼風暫至，自謂是羲皇上人。」句暗用此典。

〔四〕「老夫」句：出自蘇軾《李行中秀才醉眠亭》：「孝先風味也堪憐，肯爲周公晝日眠。」風味：風度；風采。憐：愛。

又

清風終日自開簾〔一〕，吏散空庭雀噪檐〔二〕。午醉醒來無一事〔三〕，地偏心遠似陶潛〔四〕。

【注】

〔一〕「清風」句：出自蘇軾《聽武道士彈賀若》：「清風終日自開簾，涼月今宵肯掛檐。」

〔二〕「吏散」句：出自蘇軾《次韻子由種杉竹》：「吏散空庭雀噪檐，閉門獨宿夜厭厭。」

〔三〕「午醉」句：出自蘇軾《春日》：「午醉醒來無一事，只將春睡賞春晴。」

〔四〕「地偏」句：出自蘇軾《遠樓》：「不獨江天解空闊，地偏心遠似陶潛。」用晉陶潛《飲酒》其五：「問君何能爾，心遠地自偏。」表達詩人對陶淵明遠離塵世紛雜的嚮往。

秋興〔一〕

鼓角邊城暮，關河古塞秋。淵明方止酒〔二〕，王粲亦登樓〔三〕。摇蕩傷殘歲〔四〕，棲遲憶故丘〔五〕。乾坤尚傾仄〔六〕，吾敢歎淹留〔七〕。

【注】

〔一〕詩題：宇文虚中有《和高子文秋興二首》，二首韻脚不同，可知高士談《秋興》詩原爲二首，《中州集》只選其二，其一已佚。

〔二〕「淵明」句：晉陶潛《止酒》：「平生不止酒，止酒情無喜。……始覺止爲善，今朝真止矣。」句言因止酒而抑鬱不歡。

〔三〕「王粲」句：漢王粲在荆州依劉表，意不自得，且痛家國喪亂，乃作《登樓賦》，借眼前景物，以抒思鄉之情。

〔四〕「揺蕩」句：謂因秋風浩蕩而感傷一年又將終。戰國楚宋玉《九辯》：「悲哉，秋之爲氣也！蕭瑟兮，草木揺落而變衰。」

〔五〕棲遲：飄泊失意。故丘：家鄉的山丘；故鄉。杜甫《解悶》：「一辭故國十經秋，每見秋瓜憶故丘。」

〔六〕傾仄：亦作傾側，指國家的覆滅、敗亡。此處應指金與南宋交兵，天下戰亂不息。

〔七〕敢：豈敢。淹留：指滯留於金地。

村行

墟落依林莽〔一〕，茅廬出短牆。兒童避車馬，父老饋壺漿〔二〕。半濕田新雨，猶青棗未霜〔三〕。逢人問豐歉〔四〕，一一歎聲長。

【注】

〔一〕墟落：村落。

〔二〕饋：獻食於人。壺漿：茶水、酒漿。以壺盛之，故稱。饋送壺漿，多用以形容百姓對軍隊或官長歡迎、接待之意。

〔三〕「半濕」二句：謂新雨短暫，土壤半乾半濕；棗葉未經霜凍，仍然緑緑的。

〔四〕豐歉：指農作物的收成。

不眠

不眠披短褐〔一〕，曳杖出門行。月近中秋白，風從半夜清。亂離驚昨夢〔二〕，漂泊念平生。淚眼依南斗〔三〕，難忘去國情。

【注】

〔一〕褐：粗布衣。貧賤者所服。

〔二〕「亂離」句：言身經戰亂奔波，像昨日之夢一樣，想起來仍心驚肉跳。

〔三〕「淚眼」句：用杜甫《秋興八首》「夔府孤城落日斜，每依南斗望京華」詩意。南斗：星名。即斗宿，有星六顆。《史記・天官書》「南斗爲廟」張守節正義：「南斗六星，在南也。」

秋晚書懷

肅肅霜秋晚〔一〕，荒荒塞日斜。老松經歲葉，寒菊過時花。天闊愁孤鳥，江流惯斷槎〔二〕。

有巢相喚急，獨立羡歸鴉。

【注】

〔一〕肅肅：蕭瑟清冷。

〔二〕斷槎：孤筏。二句以孤鳥、斷槎自喻，寫自己羈留金朝的孤獨。

早起

曉起先烏鵲，愁多竟不眠。風霜嚴塞草，星月淡秋天。落葉親攜帚，垂瓶自汲泉。禁門朝萬馬〔一〕，魂斷憶當年。

【注】

〔一〕禁門：即宫門。

春日

遲日回輕暖〔一〕，東風掃積陰〔二〕。客愁眉上見，春意柳邊尋。健犢躬耕計〔三〕，歸鴻去國心〔四〕。醉鄉如可隱〔五〕，會放酒杯深。

【注】

〔一〕遲日：《詩・豳風・七月》：「春日遲遲。」言春天日長。輕暖：微暖。

〔二〕積陰：指殘冬的久寒之氣。

〔三〕健犢：强健的小牛。句言看到健犢就想到親自從事農業生産（歸隱）的宿願。

〔四〕「歸鴻」句：謂春天大雁自南北來，看到它就引發久離故國的傷心。

〔五〕「醉鄉」句：唐王績《醉鄉記》：「阮嗣宗、陶淵明等十數人，並遊於醉鄉。」醉鄉，指醉酒後神志不清、物我皆忘的境界。

庚戌元日〔一〕

舊日屠蘇飲最先〔二〕，而今追想尚依然。故人對酒且千里，春色驚人又一年。習俗天涯同爆竹〔三〕，風光塞外只寒煙。殘年無復功名望，志在蘇君二頃田〔四〕。

【注】

〔一〕庚戌：金太宗天會八年（一一三〇）歲次庚戌。元日：正月初一。《書・舜典》：「月正元日，舜格于文祖。」孔傳：「月正，正月；元日，上日也。」

〔二〕屠蘇：藥酒名。古代風俗，於農曆正月初一飲屠蘇酒。南朝梁宗懔《荆楚歲時記》：「（正月一日)長幼悉正衣冠,以次拜賀,進椒柏酒,飲桃湯,進屠蘇酒。」

〔三〕爆竹:古時在春節用火燒竹,畢剥發聲,以驅除鬼物,謂之「爆竹」。火藥發明後以多層紙密卷火藥,接以引線,燃之使爆炸發聲,亦稱爲「爆竹」。南朝梁宗懔《荆楚歲時記》:「正月一日……雞鳴而起,先於庭前爆竹、燃草,以辟山臊惡鬼。」宋王安石《元旦》:「爆竹聲中一歲除,春風送暖入屠蘇。」

〔四〕蘇君:即蘇秦(前三三七——前二八四),字季子,洛陽人。戰國時期縱横家。句用蘇秦「二頃田」典故。《史記·蘇秦列傳》:「蘇秦喟然歎曰:『此一人之身,富貴則親戚畏懼之,貧賤則輕易之,况衆人乎!且使我有洛陽負郭田二頃,吾豈能佩六國相印乎!』」二頃良田本指供温飽以謀生的田産。後多用作歸隱之詞。此處表示棄官歸隱。

次伯堅韻〔一〕

公道向來惟白髮〔二〕,浮生何處用黄金〔三〕。東風吹散三年恨,春色驚回萬里心〔四〕。急景只教人貌改〔五〕,滄溟不放酒杯深。異時儻及公榮酌〔六〕,準擬歸來卧柳陰。

【注】

〔一〕伯堅:蔡松年,字伯堅。蔡氏皇統二年至上京任刑部員外郎後,與高士談、劉著、邢具瞻等多有往來，詩作於是時。

〔二〕「公道」句：唐杜牧《送隱者一絶》：「公道世間唯白髮，貴人頭上不曾饒。」謂無論貧賤富貴，人都會衰老。在這一點上是公平、公正的。

〔三〕浮生：語本《莊子·刻意》：「其生若浮，其死若休。」以人生在世，虚浮不定，因稱人生爲「浮生」。句用莊子齊生死、等萬物的觀點，謂人生既然没有貧富貴賤的差别，又何必追求黄金財富呢！

〔四〕「春色」句：用唐杜審言《和晉陵陸丞早春遊望》：「獨有宦遊人，偏驚物候新。」謂看到春色，驚歎遠滯北國又一年了。

〔五〕急景：急馳的時日。

〔六〕儻：同倘，若，假如。公榮：即劉公榮，一作劉公容。西晉名士，曾任兗州刺史，喜饮酒。《世説新語·任誕》：「劉公容與人飲酒，雜穢非類。人或譏之，答曰：『勝公容者，不可不與飲；不如公容者，亦不可不與飲；是公容輩者，又不可不與飲。』故終日共飲而醉。」

次韻《飲嵓夫家醉中作》〔一〕

月中招得飲中仙〔二〕，草露吹風灑淨便。地有溪山真可樂〔三〕，人如冰雪自無眠。清新李白詩能勝〔四〕，勃窣張憑理最玄〔五〕。功業本非吾輩事，此身聊復鬭尊前。

【注】

〔一〕次韻：也稱步韻，和韻的一種，按照原詩的韻脚及用韻次序來和。嵓夫：邢具瞻（？——一一四七），字嵓夫，利州龍山（遼寧省建昌縣西北）人。天會二年進士。仕至翰林待制。能詩善詞。皇統七年六月被殺。與吴激、蔡松年爲文章友。《中州集》卷八有小傳。

〔二〕「月中」句：當時稱翰林院爲玉堂，玉堂本指仙人居所，故玉堂仙爲翰林學士的雅號。李白曾供奉翰林，杜甫《飲中八仙歌》：「李白斗酒詩百篇，長安市上酒家眠。天子呼來不上船，自稱臣是酒中仙。」此指飲於邢具瞻家的諸友。

〔三〕可樂：令人喜悦。《左傳·襄公三十一年》：「德行可象，聲氣可樂。」

〔四〕「清新」句：杜甫《春日憶李白》謂李白詩：「清新庾開府，俊逸鮑參軍。」

〔五〕「勃窣」句：《晉書·張憑傳》載：張憑，字長宗，吴郡人。西晉名士，聰慧善清言，常語驚四座。簡文帝召與語，歎曰：「張憑勃窣爲理窟！」用爲太常博士。勃窣：猶婆娑。形容才氣横溢，言談意深旨遠。此句的張憑與上句的李白，皆指代邢具瞻家宴飲的能詩者、善清言者。

晚登遼海亭〔一〕

登臨酒面灑清風，竟日憑欄興未窮。殘雪樓臺山向背，夕陽城郭水西東。客情到處身如寄〔二〕，别恨他時夢可通。自歎不如華表鶴〔三〕，故鄉常在白雲中〔四〕。

【注】

〔一〕遼海亭：據金毓黻《遼海叢書》：「金人張浩構遼海亭於遼陽，高士談有詩詠之。」張浩，字浩然，遼陽人。歷仕五朝，官至尚書令，封秦國公。《金史》卷八三有傳。

〔二〕身如寄：即人生如寄。寄：寓居，暫住。人生短促，就像暫時寄居在人世間一樣。魏曹丕《善哉行》：「人生如寄，多憂何爲。」

〔三〕華表鶴：用遼東人丁令威成仙化鶴歸鄉典故。舊題晉陶潛《搜神後記》卷一：「丁令威，本遼東人，學道於靈虚山，後化鶴歸遼，集城門華表柱。時有少年舉弓欲射之，鶴乃飛。」

〔四〕「故鄉」句：用唐狄仁傑「白雲親舍」典故。《新唐書·狄仁傑傳》：「薦授并州法曹參軍，親在河陽。仁傑登太行山，反顧，見白雲孤飛，謂左右曰：『吾親舍其下。』瞻悵久之，雲移，乃得去。」表達詩人的思鄉念親情懷。

風雨宿江上

風雨蕭蕭作暮寒，半晴煙靄有無間〔一〕。殘紅一抹沉天日，濕翠千重隔岸山。短髮不羞黄葉亂，寸心常羨白鷗閑。濤聲午夜喧孤枕，夢入瀟湘落木灣。

【注】

〔一〕煙靄：雲霧。唐王勃《慈竹賦》：「崇柯振而煙靄生，繁葉動而風飈起。」

棣棠〔一〕

閑庭隨分占年芳〔二〕，裊裊青枝淡淡香。流落孤臣那忍看〔三〕，十分深似御袍黄。

【注】

〔一〕棣棠：即棣棠花。落葉灌木，花黄色。

〔二〕隨分：到處；隨處。年芳：指美好的春色。占年芳：指占盡春色。李商隱《判春》：「一桃復一李，井上占年芳。」

〔三〕流落孤臣：自指。流落金朝的宋遺民。

雪

蔌蔌天花落未休〔一〕，寒梅疏竹共風流。江山一色三千里，酒力消時正倚樓。

【注】

〔一〕蔌蔌：飄落貌。宋蘇軾《浣溪沙·徐門石潭謝雨道上作》詞：「蔌蔌衣巾落棗花，村南村北響繅車。」

苦竹〔一〕

密葉修莖雨後新，肯因憔悴損天真〔二〕。清如南國紉蘭客〔三〕，瘦似西山採蕨人〔四〕。

【注】

〔一〕苦竹：又名傘柄竹。稈圓筒形，高達數米。其筍有苦味，不能食用。

〔二〕肯：豈肯，不肯。

〔三〕清：高潔。紉蘭客：指楚國的屈原。因其《離騷》有「扈江離與辟芷兮，紉秋蘭以爲佩」而得名。徐鉉《和蕭郎中午日見寄》：「豈知澤畔紉蘭客，來赴城中角黍期。」

〔四〕西山採蕨人：指隱於首陽山、採薇而食的伯夷、叔齊。

睡起

平生心性樂疏慵〔一〕，多病追歡興亦空。睡起不知春已老，一簾紅雨杏花風〔二〕。

【注】

〔一〕疏慵：亦作「疏庸」，疏懶、懶散之意。唐元稹《臺中鞫獄憶開元觀舊事》：「疏慵日高卧，自謂輕人寰。」

〔二〕紅雨：隨春風飄零的粉紅色花瓣。通常指桃花、杏花、櫻花等。杏花風：指清明前後杏花開放時的風，春風。

楊花〔一〕

來時官柳萬絲黄，去日飛毬滿路傍。我比楊花更飄蕩，楊花只是一春忙。此詩亦嘗載《橘林集》中，然子文集是其子特夫手録〔二〕，恐無誤收者，故從之。

【注】

〔一〕詩題：此詩爲宋人石懋詩。石懋：字敏若，自號橘林，蕪湖人。元符三年進士。著有《橘林集》。錢鍾書《談藝録》：「《楊花》詩亦見《後村大全集》卷一百七十七詩話引，謂是石氏詩。當是士談愛而手寫，其子遂誤收。」此説極是。楊花：柳絮。明李時珍《本草綱目·木二·柳》：「楊枝硬而揚起，故謂之楊。楊柳弱而垂流，故謂之柳。蓋一類兩種也……又《爾雅》云：『楊，蒲柳也。旄，澤柳也。檉，河柳也。』觀此，則楊可稱柳，柳亦可稱楊，故今南人猶並稱楊柳。」

〔二〕特夫：高公振，字特夫。高士談子，正隆二年進士，官至密州刺史。《中州集》卷八有小傳。

道中

鳴鳩逐婦婦欲去〔一〕，燕子引雛雛不來〔二〕。樹底樹頭千點雨，山南山北一聲雷。

【注】

〔一〕鳴鳩：即斑鳩。宋歐陽修《鳴鳩》：「天將陰，鳴鳩逐婦鳴中林，鳩婦怒啼無好音。天雨止，鳩呼婦歸鳴且喜，婦不亟歸呼不已。」寫天陰雨、天放晴前的生物徵兆。

〔二〕「燕子」句：寫天將下雨時燕子引雛學飛的情形。

丙寅刑部中二首〔一〕

世事邯鄲枕〔二〕，歸心渭上舟〔三〕。釁來無朕兆〔四〕，意外得俘囚。忠信天堪仗，清明澤自流。藜羹猶火食，永愧絶粮丘〔五〕。

【注】

〔一〕丙寅：金熙宗皇統六年（一一四六）歲次丙寅。是年六月，高士談因宇文虛中案牽連，羈押被害。此二詩爲刑部獄中所作。

〔二〕邯鄲枕：也作黄粱一夢。用來比喻榮華富貴如夢一場，短促而虚幻。典出唐沈既濟《枕中記》：開成七年，盧生於邯鄲逆旅遇道士吕翁，自歎困窮。翁乃取囊中枕授之。曰：「子枕吾枕，當令子榮適如志！」盧生就枕入夢，遂歷盡人間富貴榮華。夢醒，店主蒸黄粱未熟。

〔三〕渭上舟：渭水上的漁舟。意謂歸隱爲漁父，在渭水上垂釣。詩人之意，非學姜尚之意，而是本白居易「誰知對魚坐，心在無何鄉」詩意。唐白居易《渭上偶釣》：「况我垂釣意，人魚又兼忘。無機兩不得，但弄秋水光。興盡釣亦罷，歸來飲我觴。」

〔四〕釁：禍患，災難。朕兆：即徵兆。

〔五〕「藜羹」二句：用孔子典故。藜羹：藜藿之羹，爲粗食的代稱。火食：舉火煮飯。丘：孔子。《荀子·宥坐》：孔子南適楚，戹於陳、蔡之間，七日不火食，藜羹不糂，弟子皆有飢色。《論語·衛靈公》：「在陳缺糧，從者病，莫能興。子路愠見曰：『君子亦有窮乎？』子曰：『君子固窮，小人窮斯濫矣。』」此處詩人既以孔子自勉，也表達自己忠信而獲罪之冤屈。

又

幽囚四十日，坐穩穴藜牀〔一〕。縲紲元非罪〔二〕，艱難已備嘗。全家音頓阻，孤枕夢難忘。會有相逢日，牽衣話更長。

【注】

〔二〕藜牀：藜莖編的牀榻。泛指簡陋的坐榻。句言囚坐之日久。

〔三〕縲紲：捆綁犯人的繩索。借指監獄，囚禁。

二月十一日見桃花

鳴鳩天色半陰晴〔一〕，竹屋松窗老寸心。閉户不知春早晚，桃花紅淺柳青深。

【注】

〔一〕鳴鳩：以斑鳩鳴指天氣陰。詳前《道中》注〔一〕。

志隱軒

家居瀟灑似江村，花草侵堦水映門。元亮結廬山掛眼〔一〕，孔融好客酒盈尊〔二〕。肯教軒冕移心志〔三〕，未厭林泉入夢魂〔四〕。我亦平生倦遊客，一廛無處問東屯〔五〕。

【注】

〔一〕「元亮」句：陶潛，字元亮。其詩《飲酒》其五：「結廬在人境，而無車馬喧。問君何能爾，心遠地自偏。采菊東籬下，悠然見南山。」南山：即廬山。采菊見南山，非是眼尋山，而是山掛眼。寫廬山與心不期然而遇的愜意。

〔二〕「孔融」句：《後漢書·孔融傳》：「性寬容少忌，好士，喜誘益後進。及退閑職，賓客日盈其門。常歎曰：『座上客恒滿，尊中酒不空。吾無憂矣。』」

〔三〕軒冕：本指古時官員的車乘和冕服，後借指官位爵禄。

〔四〕林泉：山林與泉石，代隱居之處。

〔五〕一廛：泛指一塊土地，一處居宅。柳宗元《柳長侍行狀》：「無一廛之土以處其子孫，無一畝之宫以聚其族屬。」此句表達詩人欲求田問舍以歸隱的思想。

偶題

羨他田父老於農〔一〕，遠是莊西與舍東。不似宦遊情味惡〔二〕，半生常在别離中。

【注】

〔一〕老於農：終生不離自家的田地。

〔二〕宦遊：舊謂外出求官或做官。

馬御史定國 三十一首

定國字子卿，茌平人〔一〕。唐中令周裔孫〔二〕。少日志趣不凡，宣政末題詩酒家壁，有「蘇黄不作文章伯，童蔡翻爲社稷臣」之句，用是得罪，亦用是得名。阜昌初遊歷下亭〔三〕，以詩撼齊王豫。豫召與語，大悦，授監察御史。仕至翰林學士。石鼓自唐以來無定論〔四〕，子卿以字畫考之，云是宇文周時所造〔五〕。作辨餘萬言，出入傳記，引據甚明，學者以比蔡正甫《燕王墓辨》〔六〕。初，學詩未有入處，夢其父與方寸白筆，從是文章大進。自號薺堂先生。有集傳於世。

【注】

〔一〕茌平：金縣名。秦時置縣，因在「茌山之平陸」而得名，後併入聊城。金天會八年，僞齊劉豫復置茌平縣。今屬山東聊城市。

〔二〕唐中令周：馬周（六〇一——六四八），字賓王，博州茌平（今屬山東）人。精《詩》《書》，善《春秋》。深得唐太宗賞識，累官至中書令。新、舊唐書有傳。

〔三〕阜昌：僞齊政權劉豫年號（一一三〇——一一三七），金滅北宋後，在中原地區建立的第一個傀儡政權，國號大齊，立叛宋降金的濟南知府劉豫爲皇帝，年號阜昌。歷下亭：亦稱古歷亭，在山東濟南。因其南臨歷山（千佛山），故名。其位置幾經變遷，今歷下亭位於大明湖中最大的湖中島上。

〔四〕石鼓：東周初秦國刻石。形略像鼓，共有十個，上用籀文分刻十首四言韻文，記述秦國國君的遊獵情況。後世亦稱爲「獵碣」。唐初在天興（今陝西省寶雞市）三時原出土。杜甫、韓愈等都有詩篇歌詠，歐陽詢、虞世南、褚遂良都極推重其書法。現一石字已磨滅，其餘九石也有殘缺，藏北京故宫博物院。

〔五〕宇文周：即南北朝時期的北周。因皇室姓宇文，故稱。公元五五七年，宇文泰子宇文覺代西魏稱帝，國號周，都長安（今陝西省西安市），史稱北周。公元五七七年滅北齊，統一中國北方。公元五八一年爲隋所代。共歷五帝，二十五年。

〔六〕蔡正甫：蔡珪，字正甫，蔡松年子。天德三年進士。擢第後不赴選調，求未見書讀之，其辨博爲天下第一。禮部官以其博物且識古文奇字，辟爲編類官。改户部員外郎，太常丞。著有《燕王墓辨》一卷。《中州集》卷一有小傳。

宿田舍

狂風作帚掃春陰，投宿田廬話古今。尊俎只如平日事〔一〕，干戈方識故人心〔二〕。淒涼一樹梅花發，迤邐千門柳色深〔三〕。天子蒙塵終不返〔四〕，酒酣相對淚沾襟。

【注】

〔一〕尊俎：宴席的代稱。

〔二〕干戈，古代兵器的通稱。後引申爲戰爭。

〔三〕迤邐：曲折連綿貌。

〔四〕「天子」句：靖康元年閏十一月，金軍破北宋都城汴梁（今河南省開封市），北宋滅亡。次年金軍虜徽、欽二帝北返。囚五國城（今黑龍江省哈爾濱市依蘭縣），二帝先後死於此。

清平道中〔一〕

棘林苦荳野花黄，一馬駸駸渡漯陽〔二〕。别墅酒旗依古柳，點溪花片落新香。伏波事業空歸漢〔三〕，都護田園不記唐〔四〕。今日清明過寒食〔五〕，又將書劍客他鄉。

【注】

〔一〕清平：金縣名，今山東省臨清市。

〔二〕駸駸：馬疾速奔馳貌。漯陽：漯河之北。漯，古水名。自今河南省浚縣西南别黄河，東北流經濮陽、范縣，山東省莘縣、聊城等境入海。

〔三〕「伏波」句：東漢建武十七年，光武帝拜馬援爲伏波將軍，平息交趾叛亂。凱旋後，其曰：「方今匈奴、烏桓尚擾北邊，欲自請擊之，男兒要當死於邊野，以馬革裹屍還葬耳！」又領命揮師出雁門，屢建功勳。事見《後漢書·馬援傳》。

〔四〕「都護」句：新、舊《唐書》載，馬周卒贈幽州都督。唐太宗待馬周甚厚，曾爲置宅。以上二句以漢唐时期馬援、馬周自比，有生不逢時、無人知遇之感。

〔五〕寒食：寒食節。在清明前一二日，有禁煙、寒食、插柳等習俗。

登歷下亭有感〔一〕

男子當爲四海遊，又攜書劍客東州〔二〕。煙横北渚芰荷晚〔三〕，木落南山鴻雁秋。富國桑麻連魯甸〔四〕，用兵形勢接營丘〔五〕。傷哉不見桓公業〔六〕，千古遶城空水流。

【注】

〔一〕歷下亭：亦稱古歷亭，在山東濟南。因其所南臨千佛山又稱歷山，故名。

〔二〕東州：指濟南。因在其家鄉茌平東，故稱。

〔三〕北渚：亭名。在歷下亭附近。芰：菱。

〔四〕甸：即甸地，甸邑，古時稱都城五百里外區域，遠郊。後泛指國都附近的地方。魯甸：魯國都城附近的地方。

〔五〕營丘：古邑名。在今山東省臨淄北，以營丘山而得名。周武王封吕尚於齊，建都於此。後改名臨淄。《史記·齊太公世家》：「武王已平商而王天下，封師尚父於齊營丘。」張守節正義引《括地志》：「營丘，在青州臨淄北百步外城中。」一説在今山東省昌樂縣東南，春秋時名緣陵，漢置營陵縣，曾爲北海郡治所。

〔六〕桓公：齊桓公（前七一六——前六四三），名小白，春秋時期齊國國君。「春秋五霸」之首。在位期間任用管仲爲相，改革齊政，國富民强。遂「九會諸侯，一匡天下」，成就霸業。句以桓公齊國比劉豫僞齊，以管仲自許，希望幫助劉豫成就大業。

長相思〔一〕

歷歷春陽被群木，白沙淺水明如鵠〔二〕。結廬聊可障雨風，學道未能充耳目。故人家居紫翠傍，枳籬日落青山長〔三〕。歲云晏矣不可見〔四〕，望盡楚天飛鳥行〔五〕。

【注】

〔一〕長相思：唐教坊曲，取自南朝樂府「上言長相思，下言久離别」句，多寫男女相思之情。

〔二〕鵠：天鵝，羽毛潔白。

〔三〕枳籬：枳木做的籬笆。《詩·王風·君子于役》：「君子于役，不知其期。曷至哉？雞棲于塒，日之夕矣，羊牛下來。君子于役，如之何勿思。」句暗用此典，言故人對自己久客他鄉的思念。

〔四〕歲云晏：《詩·小雅·小明》：「昔我往矣，日月方除。曷云其還，歲聿云暮。」

〔五〕楚天：古楚國的天空，也泛指南方的天空。二句言一年又開始，然歸期茫茫，注視北歸的鴻雁，興人不如鳥之悲。

客懷

結髮游荆楚〔一〕，勞心惜寸陰〔二〕。草長春逕窄，花落曉煙深。穀旱惟祈雨，年飢不問金〔三〕。三齊雖淡薄〔四〕，留此亦何心。

【注】

〔一〕結髮：束髮。古人男子二十歲束髮而冠，女子十五歲束髮而笄，表示成年。荆楚：今湖北一帶。馬氏有《郢州城西》詩，宋時郢州倚郭長壽縣即今湖北省鍾祥市。「游荆楚」當指此地。

〔二〕勞心：勞精費神，用心思。《孟子·滕文公上》：「或勞心，或勞力；勞心者治人，勞力者治於人。」此處指在郢州任地方官，下文的天旱祈雨、歲災免税皆其職責。

〔三〕「年飢」句：因災年而減省賦税。

〔四〕三齊：古地區名。項羽分封諸王時，曾立故齊王族人田都爲齊王，都臨淄，田市爲膠東王，都即墨，田安爲濟北王，都博陽。此稱「三齊」。後泛指今山東的大部分地區。此處代詩人故鄉。淡薄：印象淺淡而模糊。

招康元質〔一〕

此生依著定何如，不傍耕疇即釣蓑〔二〕。北皁平蕪隨鳥遠〔三〕，東湖新漲與天多。詩成重墨題飛葉，睡起輕芒踏軟莎〔四〕。猶有客愁銷不盡，風軒茶竈待君過〔五〕。

【注】

〔一〕康元質：其人不詳。

〔二〕耕疇：耕種田地。

〔三〕北皁：北面的山崗。

〔四〕輕芒：輕便的草鞋。

〔五〕茶竈：烹茶的小爐竈。過：來訪。

雨晴離開化寺〔一〕

澗谷流秋水，樓臺入暮寒。連城遭雨積，一日得泥乾。利劍青鯊室〔二〕，名駒白鐵鞍。回頭棲隱地，風樹響珊珊〔三〕。

【注】

〔一〕開化寺：寺院名。所指不詳。

〔二〕青鯊室：青鯊皮製的劍鞘。

〔三〕珊珊：形容風雨等聲音。唐元稹《琵琶歌》：「一彈既罷又一彈，珠幢夜靜風珊珊。」宋辛棄疾《臨江仙》詞：「夜雨南塘新瓦響，三更急雨珊珊。」

秋日書事

南山悠悠去天尺，雀寒未晚爭投棘。野人籬落不勝荒，溪欲絶流堆亂石。小園蔬藥知有無，未免杖藜煩兩屐。霧蒙甘菊細莖紫〔一〕，風動牽牛晚花碧〔二〕。鄰舍翁歸竹几空，秋天日落松窗寂。小杯翻酒足自娱〔三〕，閭巷浮沉真可惜〔四〕。

【注】

〔一〕甘菊：菊類的一種。《日用本草》：「花大而香者爲甘菊。」南朝梁陶弘景《名醫别録》：「菊有兩種：一種莖紫，氣香而味甘，葉可作羹食者爲真。」

〔二〕牽牛：牽牛花。

〔三〕翻酒：倒酒。

〔四〕閭巷：小的街道，即里巷。泛指鄉里民間。

讀《莊子》

吾讀漆園書〔一〕，秋水一篇足〔二〕。安用十萬言〔三〕，磊落載其腹〔四〕。北風熟柤梨〔五〕，冷日照鴻鵠。人生固多事，端坐至秉燭〔六〕。

【注】

〔一〕漆園：指莊子。《史記·老子韓非列傳》：「莊子者，蒙人也，名周。周嘗爲蒙漆園吏。」

〔二〕秋水：指《莊子·秋水》篇，宣揚自由隱逸、厭棄仕途的思想。

〔三〕十萬言：《史記·老子韓非列傳》言莊子：「其著書十萬言，大抵率寓言也。」

〔四〕磊落：衆多而錯雜的樣子。此句用唐韓愈《送諸葛覺往隨州讀書》詩句：「爲人强記覽，過眼不再讀。偉哉群聖文，磊落載其腹。」

〔五〕柤梨：山楂和梨，指不同口味的水果。出自《莊子·天運》：「故譬三皇五帝之禮義法度，其猶柤梨橘柚，其味相反而皆可於口。」

〔六〕端坐：安坐；正坐。秉燭：一作「炳燭」，用晉平公師曠典。《説苑·建本》晉平公問於師曠曰：

「吾年七十，欲學，恐已暮矣。」師曠曰：「何不炳燭乎？」此處代年老。

雪霽

高巖旭日吐深赬〔一〕，雪霽樓臺白玉京〔二〕。獨往南塘探春色，枇杷花下竹雞鳴〔三〕。

【注】

〔一〕赬：红色。

〔二〕白玉京：李白《經亂離後天恩流夜郎憶舊遊書懷贈江夏韋太守良宰》：「天上白玉京，十二樓五城。」此處用以寫雪中樓臺。

〔三〕枇杷：果木名。花白色，冬花夏熟。實球形，或橢圓形。竹雞：明李時珍《本草綱目·禽二·竹雞》：「竹雞生江南川廣，處處有之，多居竹林。形比鷓鴣差小，褐色多斑，赤文。其性好啼，見其儔必鬭。」

寒食〔一〕

燕泥半落烏衣巷〔二〕，柳色全添綠綺窗〔三〕。且伴丁香過寒食〔四〕，弄晴蝴蝶一雙雙〔五〕。

【注】

〔一〕寒食：寒食節，亦稱「禁煙節」「百五節」，在夏曆冬至後一百零五日，清明節前一二日。初爲節時，禁煙火，吃冷食。後世逐漸增加了祭掃、踏青、鞦韆等習俗。

〔二〕烏衣巷：在南京秦淮河南岸，三國時吴國守石頭城部隊營房所在地。當時軍士皆穿黑色服裝，故以「烏衣」爲巷名。後爲東晉時高門士族的聚居區。句本唐劉禹錫《烏衣巷》「舊時王謝堂前燕」。

〔三〕綠綺：綠色的絲綢。

〔四〕丁香：花木名。寒食節前後開花。

〔五〕弄晴：指戲耍。

楊休烈村居〔一〕

籬落牽牛放晚花〔二〕，西風吹葉滿人家。閉門久雨青苔滑，時見鴛鴦下白沙。

【注】

〔一〕楊休烈：唐開元二十五年官京兆府倉曹參軍。

〔二〕牽牛：花名。秋末仍有花。

遊何氏園

八尺龍蛇薜荔牆〔一〕，瘦松疏竹更蒼涼。梅花映水無人見，隔岸飛來片片香。

【注】

〔一〕八尺龍蛇：形容蔓生的薜荔附着於高牆上的形狀。

四月十日遇周永昌 二首〔一〕

竹里涓涓雨未晴〔二〕，日高窗牖受虚明〔三〕。數家燕雀青雛出，是處園林緑顆成。貧覺酒杯真有味，病思丘壑豈無情〔四〕。東山舊隱許相過〔五〕，他日秋原看耦耕〔六〕。

【注】

〔一〕周永昌：其人不詳。

〔二〕涓涓：細水緩流貌。

〔三〕虚明：清澈明亮。

〔四〕丘壑：山水幽深之處，亦指隱者所居之處。南朝宋謝靈運《齋中讀書》：「昔余游京華，未嘗廢丘壑。」

〔五〕東山舊隱：指東晉謝安，曾隱於東山。《晉書·謝安傳》：「安雖受朝寄，然東山之志始末不渝，每形於言色。」過：前往拜訪。

〔六〕耦耕：二人併耕。後亦泛指農事或務農。又《論語·微子》有「長沮桀溺耦而耕」章，後以耦耕代隱者或隱居生活。

又

幼時種木已巢鳶〔一〕，猶向花前作酒顛〔二〕。郭外青山招曉出，圃中明月照春眠。世無蘇黄六七子〔三〕，天斷文章三十年〔四〕。今日逢君如舊識，醉持杯杓望青天〔五〕。

【注】

〔一〕鳶：鷹。

〔二〕顛：同「癲」。酒顛：謂酒後態度狂放之人。唐劉禹錫《春日書懷寄東洛白二十二楊八二庶子》：「心知洛下閒才子，不作詩魔即酒顛。」

〔三〕蘇黄：宋代文學家蘇軾、黄庭堅。《宋史·文苑傳·黄庭堅》：「庭堅學問文章，天成性得……與張耒、晁補之、秦觀俱游蘇軾門，天下稱爲四學士，而庭堅於文章尤長於詩，蜀、江西君子以庭堅配軾，故稱『蘇黄』。」六七子，指蘇黄及其門下諸人。

〔四〕「天斷」句：謂蘇、黃卒後，文運不濟，至北宋滅亡之初已三十年了。

〔五〕杯杓：亦作「杯勺」。酒杯和舀酒的杓子。借指飲酒。

過李湘〔一〕

數樹高槐散乳鴉〔二〕，時於缺處見黃花。涼風不斷如流水，相對胡牀坐日斜〔三〕。

【注】

〔一〕過：拜訪。李湘：其人不詳。

〔二〕乳鴉：幼鴉。宋秦觀《昭君怨》詞：「隔葉乳鴉聲軟，號斷日斜陰轉。」

〔三〕胡牀：又稱交牀。一種可以折疊的輕便坐具。

雪

紅樓翠瓦不禁寒，欲剪梅花去路難。淨掃竹亭聊飲酒，恰如明月照金盤。

懷高圖南〔一〕

劉叉一狂士，尚得韓愈知〔二〕。君才百劉叉，知者果其誰。三隨計吏貢〔三〕，躡履游京師〔四〕。

文章善變化，不以一律持。碧海涵萬類，青天行四時。去年高唐別〔五〕，河柳摇風枝。今年清明飲，高花見辛夷〔六〕。兹來又幾日，軍檄忽四馳〔七〕。尺書無處寄〔八〕，相見果何期。白日鬬龍蛇①〔九〕，黄塵笳鼓悲〔一〇〕。春風獨無憂，吹花發江湄〔一一〕。一杯送歸雁，萬里寄相思〔一二〕。

【校】

①鬬：底本原作「閧」，從毛本。

【注】

〔一〕高圖南：高鷁化，字圖南，平原（今屬山東）人。少即能詩。馬定國《薺堂集》載其師友六人，高圖南爲其中之一。《中州集》卷二張子羽下附其小傳。

〔二〕劉乂：中唐詩人。以任氣著稱。賦《冰柱》、《雪車》二詩，險怪幽僻，得韓愈賞識，名出盧仝、孟郊之上。《新唐書·韓愈傳》附其傳。

〔三〕「三隨」句：用唐韓愈《縣齋有懷》詩句：「初隨計吏貢，屢入澤宫射。」計吏：古代州郡掌簿籍並負責到京師報告財政收支賬目的官員。漢代時郡國每歲遣詣京師上之，貢士相偕。後世以「隨計」指地方推薦人到京師赴試。

〔四〕躡履：趿着鞋。形容高氏狂傲簡慢。

〔五〕高唐：金縣名，屬博州。位於山東省西北部，今屬山東省聊城市。

〔六〕辛夷：落葉喬木，高數丈。花似蓮花而小如盞。

〔七〕軍檄：軍中檄文。此指徵兵的文書。

〔八〕尺書：指書信。漢樂府《飲馬長城窟行》：「客從遠方來，遺我雙鯉魚。呼兒烹鯉魚，中有尺素書。」

〔九〕鬬龍蛇：指戰爭。杜甫《喜晴》：「干戈雖横放，慘澹鬬龍蛇。」

〔一〇〕笳鼓：笳聲與鼓聲。借指軍樂。

〔一一〕江湄：江岸。

〔一二〕「一杯」二句：暗用鴻雁傳書典。

送王松年之汶上〔一〕

去去東平道〔二〕，飛轅不可攀。地隣邾子國〔三〕，天近穆陵關〔四〕。問俗徵前事，移家卜好山〔五〕。溪堂醉花月，春興幾時還。

【注】

〔一〕王松年：其人不詳。汶上：金縣名，有大汶河、小汶河流經北部及西部。金泰和八年，取「汶水在上（北）」之意，更名汶上縣，沿用至今。位於山東省東平縣南。

〔二〕去去：遠離。東平：金府名，治今山東省東平縣。

〔三〕郕子國：古國名，在今山東省鄒城市。
〔四〕穆陵關：沂山東麓古齊長城沿線上的一座重要隘口，曾是戰國時期齊魯兩國相爭的戰略要塞。
〔五〕「問俗」二句：古人遷移新居要選擇良鄰。二句謂通過詢問鄉人以了解前賢遺事，以便移置於有德者所在之地。

香嚴病中〔一〕

九州四海盡行路，萬户千門非我家。金彈不徒驚燕雀〔二〕，春雷終待起龍蛇〔三〕。

【注】
〔一〕香嚴：寺名。馬定國《薺堂集》載其師友六人，香嚴可道上人爲其中之一。見《中州集》卷二張子羽小傳。
〔二〕金彈：金製的彈子。燕雀：小鳥。比喻見識淺短，無遠大志向的凡俗之人。
〔三〕龍蛇：喻傑出人物。《左傳·襄公二十一年》：「其母曰：『深山大澤，實生龍蛇。』」杜預注：「言非常之地，多生非常之物。」此處指隱匿、退隱的傑出人物。《漢書·揚雄傳上》：「以爲君子得時則大行，不得時則龍蛇。」語本《易·繫辭下》：「龍蛇之蟄，以存身也。」故有終待春雷之説。此以豪傑自許，言將待時而出，施展抱負。

題崇子中庵〔一〕

羡君高節似陶潛〔二〕，五畝園林老不添。遯世人情雖淡薄〔三〕，開門秋色自清嚴〔四〕。案頭黄卷香終日〔五〕，砌下蒼苔雨一檐〔六〕。後夜中秋更應好，隔窗雲木看飛蟾〔七〕。

【注】

〔一〕崇子中：其人不詳。

〔二〕陶潛：指東晉陶淵明。

〔三〕遯世：避世隱居。

〔四〕清嚴：清新濃烈。

〔五〕黄卷：指書籍。

〔六〕砌：臺階。

〔七〕雲木：雲和樹。飛蟾：指月亮。

郢州城西〔一〕

秋江白水浪花粗〔二〕，墟落人歸鳥自呼。新月高城三百雉〔三〕，角聲吹徹小單于〔四〕。

【注】

〔一〕郢州：州名，宋時屬京西南路。今湖北省鍾祥市。

〔二〕秋江白水：指郢州城西的漢水。

〔三〕雉：古代計算城牆面積的單位，長三丈高一丈爲一雉。《左傳・隱公元年》：「都城過百雉，國之害也。」杜預注：「方丈曰堵，三堵曰雉，一雉之牆長三丈，高一丈。」

〔四〕角聲：畫角之聲。古代軍中吹角以爲昏明之節。吹徹：吹遍。小單于：唐大角曲名。《樂府詩集・横吹曲辭四・梅花落》郭茂倩題解：「梅花落，本笛中曲也。按唐大角曲亦有『大單于』、『小單于』、『大梅花』、『小梅花』等曲，今其聲猶有存者。」樂曲嗚咽悲涼，多以軍中號角吹奏。

送圖南〔一〕

壺觴送客柳亭東，回首三齊落照中〔二〕。老去厭陪新客醉，興來多與古人同。戍樓藤角垂新緑〔三〕，山店樫花落細紅〔四〕。他日詩名滿江海，薺堂相見兩衰翁〔五〕。

【注】

〔一〕圖南：高鶡化，字圖南，平原人。已見。

〔二〕三齊，古地區名，泛指今山東的大部分地區。因項羽曾以齊國故地立故齊王族人田都爲齊王，田市爲膠東王，田安爲濟北王，故稱三齊。

〔三〕戍樓：邊防駐軍的瞭望樓。

〔四〕檉：即檉柳，落葉灌木，老枝紅色，葉像鱗片，花淡紅色，有時一年開花三次，亦稱「紅柳」。

〔五〕薺堂：詩人書房名。馬定國自號薺堂先生，有《薺堂集》。

秋日書事

井邊薏苡吐秋珠〔一〕，舍下瓜區雜芋區。世道未夷聊小隱〔二〕，不須辛苦著潛夫〔三〕。

【注】

〔一〕薏苡：植物名。一年生或多年生草本植物，穎果卵形，淡褐色。子粒（薏苡仁）含澱粉。供食用、釀酒，並入藥。

〔二〕「世道」句：《論語·泰伯》：「天下有道則見，無道則隱。」唐白居易《中隱》：「大隱住朝市，小隱入丘樊。」

〔三〕潛夫：即《潛夫論》，東漢王符所著。王符性耿介，不苟同，終身不仕，隱居著書。其書抨擊時政得失，討論治國安民之術，取名爲《潛夫論》。

村居五首

溪頭梅是去年花，閑日初長逕竹斜。向晚孤煙三十里，不知樵唱落誰家〔一〕。

【注】

〔一〕樵唱：猶樵歌。唐祖詠《汝墳别業》：「山中無外事，樵唱有時聞。」

又

蠶蛹成蛾桑柘稀〔一〕，海棠花發照窗扉。《離騷》讀罷無人會〔二〕，獨立溪南看夕暉。

【注】

〔一〕蠶蛹：蠶吐絲結繭以後變成蛹。桑柘：桑木與柘木。其葉用於養蠶。

〔二〕離騷：戰國楚詩人屈原代表作。

又

五月南風化蟪蛄〔一〕，野塘晚筍未成蒲〔二〕。樫花落盡紅英細〔三〕，沙渚鴛鴦半引雛。

【注】

〔一〕蟪蛄：蟬的一種。體短，吻長，黄緑色，有黑色條紋，翅膀有黑斑，雄的腹部有發音器，夏末自早至暮鳴聲不息。

〔二〕蒲：蒲菜，又名深蒲、蒲筍，爲香蒲科植物香蒲嫩的假莖。嫩莖可供食用，四五月上市。《詩・大雅・韓奕》：「其蔌維何，維筍及蒲。」

〔三〕檉：檉柳，亦稱「三春柳」、「紅柳」。落葉灌木，老枝紅色，葉像鱗片，花淡紅色，有時一年開花三次，結蒴果。

又

柿葉經霜菊在溪，天寒落日見雞棲。西家有客篘新酒〔一〕，紅葉蕭蕭蓋芋畦。

【注】

〔一〕篘：用竹編成的濾酒器具。也用作動詞，指濾酒。

又

歲暮行人竟不來〔一〕，空吟溪樹覓寒梅。何時消盡關山雪，收拾春風入酒杯。

【注】

〔一〕歲暮：一年中最後一段時間。行人：外出之人。

宣政末所作 二首〔一〕

蘇黃不作文章伯〔二〕，童蔡翻爲社稷臣〔三〕。三十年來無定論，到頭姦黨是何人〔四〕。

【注】

〔一〕宣政：北宋末年徽宗年號政和（一一一一——一一一八）、宣和（一一一九——一一二五）的並稱。

〔二〕蘇黃：蘇軾與黃庭堅。文章伯：對文章大家或文壇領袖的尊稱。宋曾鞏《寄致仕歐陽少師》：「四海文章伯，三朝社稷臣。」《宋史·徽宗一》崇寧二年四月載：「詔毁刊行《唐鑒》及三蘇、秦、黄等文集。」

〔三〕童蔡：即北宋「姦臣」童貫與蔡京。童貫，字道夫，開封人。北宋權宦。蔡京，字元長，興化仙遊（今屬福建）人。北宋權相。社稷臣：謂關係國家安危之重臣。《史記·袁盎鼂錯列傳》：「絳侯所謂功臣，非社稷臣。社稷臣主在與在，主亡與亡。」

〔四〕姦黨：《宋史·徽宗一》崇寧二年九月載：「令天下監司長吏廳各立『元祐姦黨碑』。」

又

山杏山桃取次開〔一〕，紅紅白白上樓臺。移將海底珊瑚樹〔二〕，乞與人家也不栽〔三〕。

【注】

〔一〕取次：謂次第，一個挨一個地；依次。

〔二〕珊瑚樹：由珊瑚蟲分泌的石灰質骨骼聚結而成的東西，狀如樹枝，多爲紅色，也有白色或黑色的。鮮豔美觀，可做裝飾品。

〔三〕乞：給，給與。